僕の島は戦場だった

封印された沖縄戦の記憶

Sano Shinichi
佐野眞一

集英社インターナショナル

僕の島は戦場だった

封印された沖縄戦の記憶

装幀・本文デザイン　菊地信義

カバー写真　東松照明「沖縄　１９６９」
（沖縄県立博物館・美術館所蔵　©INTERFACE）

僕の島は戦場だった　封印された沖縄戦の記憶　目次

序……17

第一章 「援護法」という欺瞞……21

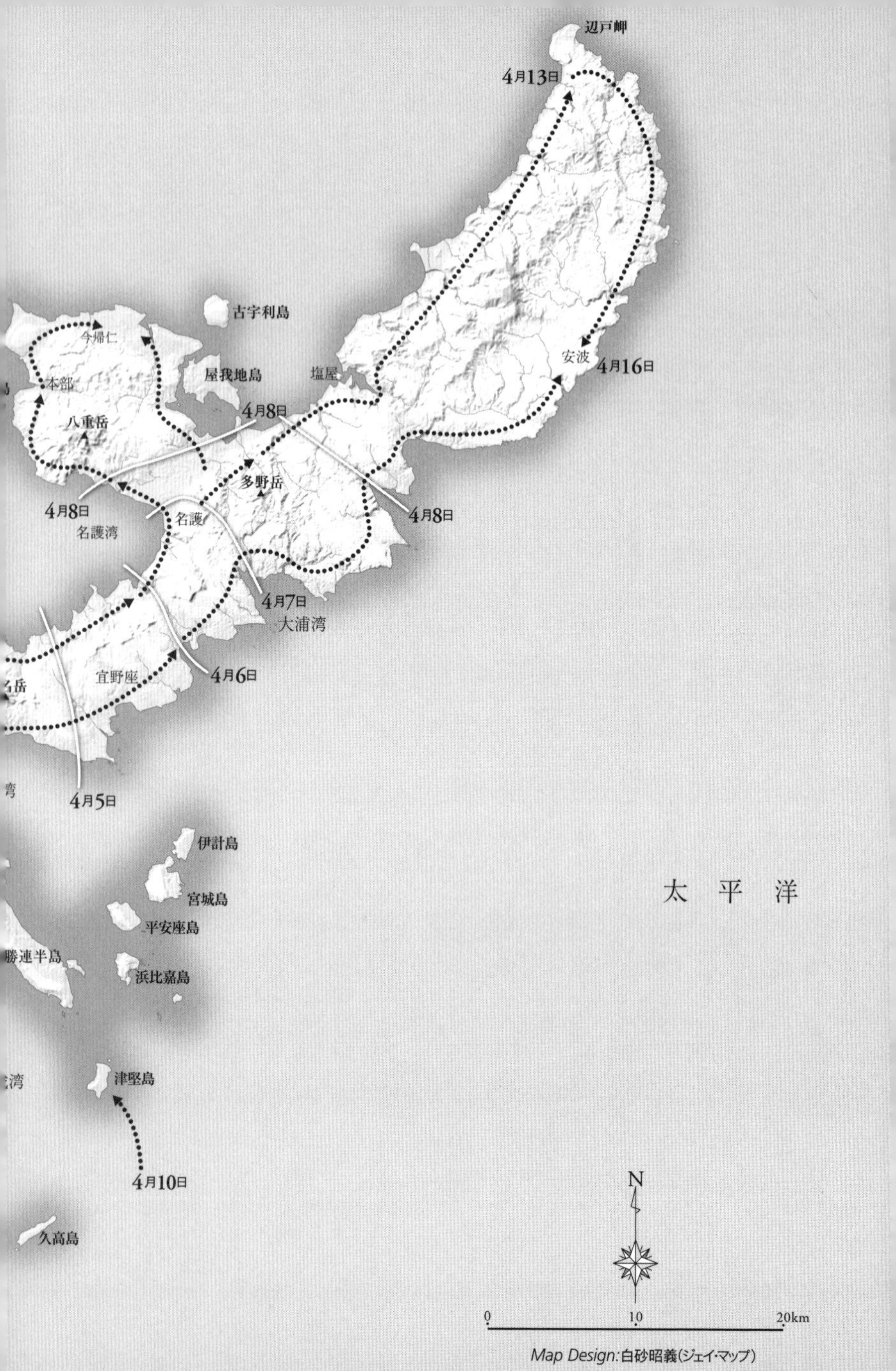

Map Design: 白砂昭義（ジェイ・マップ）

沖縄戦経過図

米軍の進撃ライン
伊江島
4月16日
東シナ海
粟国島
残波岬
4月2日
4月3日
4月1日
読谷
4月1日
米軍上陸
嘉手納
砂辺
慶良間諸島
米軍上陸
3月26日
座間味島
3月27日
屋嘉比島
阿嘉島
安室島
慶留間島
渡嘉敷島
外地島
久場島
3月27日
3月26日
牧港
宜野湾
嘉数
棚原
幸地
5月31日
5月31日
那覇
首里
運玉森
安里
識名
南風原
豊見城
東風平
糸数
糸満
与座岳
八重瀬岳
6月11日
真栄平
6月17日
伊原
摩文仁
6月20日
喜屋武岬
荒崎
6月21日

418
1000
220
1265
1049

1945年4月1日、読谷山村（現・読谷村）渡具知海岸に上陸した米陸軍第10軍。
（沖縄県公文書館所蔵）

1944年8月22日、米潜水艦の魚雷により撃沈された対馬丸。疎開中の学童775人を含む非戦闘員約1400人が犠牲となる大惨事だった。（日本郵船歴史博物館所蔵）

サイパンに上陸する米海兵隊員。日本軍の狙撃で二人が倒れる。（沖縄県公文書館所蔵）

1944年10月10日の「10・10空襲」で炎上する那覇港。（沖縄県公文書館所蔵）

1945年3月26日、米軍は慶良間諸島に侵攻。大艦隊が住民を恐れさせた。（沖縄県公文書館所蔵）

収容された戦争孤児。頭に包帯をした少女の物語は第３章参照。（沖縄県公文書館所蔵）

最大の激戦地首里で、子どもたちを安全地帯に移動させる米兵。（沖縄県公文書館所蔵）

コザ孤児院の子どもたち。先生は元ひめゆり学徒隊の津波古ヒサさん。
昼間は元気な子どもたちも、夜になると「おっかあ……」としくしく泣いた（第３章）。
（沖縄県公文書館所蔵）

訓練飛行中のオスプレイ。奥に見えるのは沖縄国際大学。（写真提供：共同通信社）

東村・高江では住民にベトナム兵の役をさせていた（第３章）。（沖縄県公文書館所蔵）

序

そのテレビ番組を観終わったとき、靖国神社の白い玉砂利の上を北回帰線の黒い影がさっと横切るイメージが浮かんだ。

わが国に北回帰線が通過する地点は日本最南端の南鳥島と沖ノ鳥島の間しかないので、これはもちろん幻影である。

熱帯地方でしか経験できないそんな妄想を私に結ばせたのは、琉球朝日放送制作の『英霊か犬死か〜沖縄靖国裁判の行方〜』というドキュメンタリーである。

私がこの〝破壊力〟あるタイトルの番組を観たのは、石橋湛山記念早稲田ジャーナリズム大賞の選考のためである。

私はこの賞の選考委員を第一回目からつとめている（第一三回＝二〇一三年度からは辞退）。本作品は第一一回（二〇一一年度）の応募作だった。

賞は「公共奉仕部門」「草の根民主主義部門」「文化貢献部門」の三ジャンルに分かれており、同作品は「草の根民主主義部門」で、満票近い得票を集めた。

私は選考会を代表して、この作品を次のように講評した。

〈軍人、軍属として国に命を捧げた人々が〝英霊〟として祀られる靖国神社に、沖縄戦で死んだ一般住民約六万人がともに祀られている事実はほとんど知られていない。それを知らしめたことだけでも、このドキュメントの功績は大きい。沖縄の住民にとって加害者である日本人兵士と並んで〝軍神〟となり、太平洋戦争をともに戦った〝英霊〟とされるのは、はかりしれない苦痛である。

〝皇軍〟のなれの果ての実態を知ってしまった沖縄戦の遺族たちから、肉親の名前を霊璽簿《れいじぼ》から外してほしいという訴えの裁判が始まった。番組では、日本兵によって壕《ごう》を追い出された母親が、日本軍に壕を提供した〝軍属〟として靖国に祀られ、スパイと見なされて日本軍に虐殺された住民が、日本軍の秘密を守るため自ら命を差し出したと解釈されて、軍人恩給に相当する援護年金を支給するなどの驚くべき欺瞞行為が、当事者たちの証言で洗いざらい暴露された。これは沖縄のテレビ局でなければ作れない執念のドキュメントである〉

私がこのドキュメンタリーを高く評価したのは、ややもするとイデオロギッシュな文脈で語られがちな靖国問題が、この作品では誰にも代えようがない個別的な〝身体性〟をもって語られていたからである。

言い換えれば、この作品における靖国問題は、右翼、左翼それぞれの立場からの机上の空論としてではなく、生々しい戦争の惨禍がもたらした冒瀆《ぼうとく》の物語として描かれている。

私は二〇〇八年秋に、集英社インターナショナルから『沖縄　だれにも書かれたくなかった戦後史』という本を出版した。二〇一一年夏には同書に大幅加筆した文庫本を上下二冊として刊行した。おかげさまで好評のうちに版を重ねている。

それは同書が、これまでのお約束通りの〝大文字〟言葉の沖縄論でなく、すべて読者の身の回りで見聞するような〝小文字〟言葉で書かれた沖縄論だったからではないかと、ひそかに自負している。

版を重ねると同時に、あの本の続編を書かないのか、という要望が随分寄せられるようになった。

『沖縄　だれにも書かれたくなかった戦後史』では、政治、経済、文化、芸能まで、およそ考えられる限りの沖縄現代史の全ジャンルを、それこそ沖縄名物料理の〝チャンプルー〟のように盛り込んだ。

血で血を洗う沖縄ヤクザの抗争史も、沖縄県警が置かれた特殊な状況も詳細に書いたし、これまでまったくといっていいほどふれられてこなかった軍用地主の問題にもたっぷり紙幅を割いた。大幅加筆した文庫版では、尖閣諸島の知られざる歴史や、琉球王朝の尚《しょう》家が〝琉球処分〟後にたどった悲しき哀亡史も、詳しく記した。

それでも沖縄に行く度、読者から「こんな面白い話があるさー。今度の本に載せたらいいさー」と言われることがしばしばあった。その都度、沖縄は本当に汲めども尽きない〝物語〟の宝庫だとあらためて痛感させられた。

いつかは同書の続編を書こうと思っていた。そう思っていた矢先に観たのが、この番組だった。

この番組には、私が沖縄と取り組むスタンスと共通して、イデオロギーではない生身の〝靖国問題〟が語られていた。

考えてみれば、〝だれにも書かれたくなかった沖縄の戦後史〟をテーマにしたと標榜しながら、〝沖縄の戦後史〟の原点になる沖縄戦については、同書ではほとんどふれてこなかった。

〝鉄の暴風〟といわれた沖縄戦では、約二〇万人の戦死者を出した。太平洋戦争唯一の地上戦といってもよいこの戦闘で、沖縄県民の実に四人に一人が尊い命を奪われた。

沖縄の戦後史は、ここから出発した。そして沖縄の米軍基地化もここから始まった。

この番組を手がかりに、沖縄の戦後史をもう一度検証し直そう。そこからこれまでまったく見えてこなかった沖縄の姿が見えてくるはずだ。

そんな予感を持って、米軍の沖縄本島上陸が始まった一九四五年四月一日から六七年後の二〇一二年四月半ば過ぎ、沖縄を訪ねた。

第一章

「援護法」という欺瞞

靖国問題と戦争孤児

最初に会ったのは、この番組をつくった琉球朝日放送の三上智恵《ちえ》である。三上には前年の二〇一一年秋の石橋湛山記念早稲田ジャーナリズム大賞の授賞式ですでに会っていたが、そのときは挨拶程度だったので、親しく話すのはこれが初めてだった。

――三上さんとは石橋湛山賞の授賞式のときにお会いして、たいへんな頑張り屋さんという印象を受けました。三上という名前でもわかるように〝ヤマトンチュ〟の三上さんが、「英霊か犬死か」という刺激的なタイトルの番組をつくった。局内に反発はありませんでしたか？

そう尋ねると、三上はあっけらかんと言った。

「ありましたが、沖縄の本当の現実を知るにはこれくらい刺激的な題名の方がいいと応援してくれる人もいて、何とか放送できました」

三上は毎日放送（ＭＢＳ）にアナウンサーとして入社し、一九九五年琉球朝日放送開局とともに移籍した。ＭＢＳ時代は、阪神・淡路大震災をいち早く速報したことで知られる。

大阪から沖縄への移籍は、父親の勤務先が日本航空から南西航空に移ったせいもあるが、成城大学時代、柳田國男の弟子の鎌田久子教授のもとで琉球の土俗宗教のゼミ授業を受けた影響もあったという。

『英霊か犬死か』で最も多く登場しているのは、金城《きんじょう》実《みのる》という読谷村《よみたんそん》在住の彫刻家である。白いあごひげを生やした独特な風貌で知られる。沖縄靖国訴訟の原告団団長でもある。金城実氏の反戦平和の言動はこれまで何回もテレビに取り上げられている。

私から言わせれば、国旗焼き捨て事件の知花昌一《ちばなしょういち》氏と並ぶ左翼のイデオローグを、〝主役〟扱いしたことによって、この作品にある種の〝色〟がついたことは否めない。

——金城実さんをいわば〝狂言回し〟にしたことは、プラスにもマイナスにも働いたと思います。金城さんには明日お会いしますが、私が番組の中で最も印象に残ったのは、安谷屋昌一《あだにやしょういち》さんという沖縄戦当時六歳の人です。お母さんを沖縄戦で失い、子ども五人だけで沖縄南部糸満《いとまん》の大度《おおど》海岸を裸足で逃げ回り、生き残ったそうですね。安谷屋さんが逃げ回った大度海岸は、いまはダイバーたちの間で抜群の人気スポットだと思うと、歴史の皮肉をますます感じます。

大度海岸は、糸満市伊原《いばる》にある「ひめゆり平和祈念資料館」前の県道三三一号線を海に向かって五分ほど走った静かな海岸である。

沖縄戦当時、その海岸は鮮血で真っ赤に染まったという。またその海岸と目と鼻の先にある摩《ま》文仁《ぶに》の断崖からは、ひめゆり学徒隊はじめ多くの人たちが投身自殺したという。大度海岸の風光明媚な景観からは、鮮血も投身自殺もまったく想像できなかった。

ひめゆり平和祈念資料館がまとめた絵本『ひめゆり』によると、ひめゆり部隊の少女たちが追いつめられてこの海岸にやってくると、たくさんのアメリカの軍艦が見えた。もう陸にも海にも逃げる場所はなかった。それでも少女たちは、崖を登ったりして必死に逃げつづけた。

――圧巻は、「虫の息だった姉を土に埋めた」という安谷屋さんの証言です。それを聞いて、胸が張り裂けそうになりました。三上さんの「お母さんやごきょうだいは犬死だったと思いますか」というインタビューに、安谷屋さんが「はい、叩き殺されたと思います」と言ったときには、沖縄戦の悲惨さをこれ以上語る言葉はないと思いました。寡黙そうな人なので、会っていただけるかどうかが心配です。

「安谷屋さんは取材には基本的に応じてくれると思いますよ」

三上がそう言うのを聞いて一安心した。

安谷屋氏が番組で取り上げられたのは、沖縄靖国訴訟原告団五人のうちの一人だからである。安谷屋氏は、両親と姉、弟の四人が無断で靖国に祀られている。特に信じられないのは、たった二歳の弟が「球部隊《たまぶたい》」の戦闘員の一員として靖国に合祀《ごうし》されていることである。

安谷屋氏はこれに対して合祀取り下げの訴訟をつづけているが、裁判所は一向に取り合っていない。安谷屋氏についての話がつづくうち、三上がこんなことを言った。

「安谷屋さんはコザ孤児院に入って、そのあと親戚の家で育ててもらったんです。若いうちからキリスト者になって、教会で知り合った奥さんと結婚されたんです」

コザ孤児院という施設があったのは、このとき初めて知った。だが、そのときはそれだけの話で、沖縄の靖国問題がコザ孤児院、ひいては沖縄の戦争孤児という大問題にまで発展するとは思ってもみなかった。

三上はコザ孤児院の話が終わると、今度は戦争トラウマの話をし始めた。これも沖縄の戦争孤児に直結する話だった。

「戦争トラウマの研究については、広島、長崎などではかなり進んでいますが、沖縄戦ではあまり進んでいません。戦争トラウマを専門に取り組んでいる蟻塚亮二《ありつかりょうじ》先生という方がいるんですが、この先生からたいへん興味深い話を聞いたことがあります」

そう言って三上が語ったのは、こんな話だった。

ツル子先生という八〇歳くらいの元教師のおばあちゃんがいる。彼女は六〇歳くらいから寝たきりになってしまった。内科にも外科にも行ったが、原因はわからない。症状は足の裏が焼けるように痛く、その灼熱感が太ももまであがってきて、動けなくなってしまった。

思い余った彼女は精神科の蟻塚先生を訪ねた。そしてある日、診察中の雑談の中で蟻塚先生に沖縄戦当時の話をした。

「私は子どもの頃、お母さんに手をひかれて、たくさんの死体を踏んで歩いた。泥はぬかるんで足の裏にどんどんくっついていったけど、乾いたら剝《は》がれた。だけど、人間の死体を踏んだところは、肉団子みたいになって膨らんでいくんです」

それを聞いた蟻塚医師は、「足の痛みの原因はこれだ」と直感し、戦争の話が自然にできるように精神的にコントロールしていった。その結果、いまはふつうに歩ける状態まで回復したという。

三上は蟻塚医師主催の講演会でこんな話も聞いた。

「戦争トラウマには、死体の山やお化けみたいな死傷者の群れなどの恐ろしい思い出がありますが、それより、通りすがりに死にかかった赤ちゃんを見たのに見て見ぬふりをしたといった記憶の方が、あとでたちの悪いトラウマになる。あのときなぜ赤ちゃんを助けてあげられなかったのか、自分の人生は無意味じゃないかという自己無用感に襲われ、以来眠れなくなる人もいる」

沖縄の靖国問題について取材を始めたつもりだったが、この問題は沖縄戦の根本にかかわるテーマをはらんでいるようだった。

だが、こうした思いがけない展開はいつも通りのことだった。取材するにしたがって、話がどんどんふくらんでいくのは、むしろ望むところだった。

――蟻塚先生にも会ってみたいと思います。安谷屋さんと蟻塚先生とは？

「まだ接していません。でも、いつか会わせたいと思っています。安谷屋さんは子どもの頃逃げ回ったときのことを、戦後何十年間もまったく覚えていなかったそうです。これは沖縄戦の体験者が共通して言うことですが、摩文仁の丘に上がってきたとき、初めて見た沖縄の焼け野原の風景は、白黒だったそうです。どんなにきれいな花を見ても色彩はなく、モノクロ。なぜなんでしょうね。脳の中の何かが命令して、白黒の記憶にしてしまうんでしょうかね」

——戦場の光景は死ぬまで残る痛切な記憶だったでしょうから、何かを消したい衝動が働いたのかもしれませんね。

「アウシュビッツ経験があるユダヤ人女性が、四十数年間嗅覚を失っていたという話が出てくるドキュメンタリー映画がありました。その女性が、ゲットー（ユダヤ人強制収容所）みたいなところを再訪したとき、突然、嗅覚が戻ってきたっていうんです」

彼女はおそらく自分の生命を守るため、嗅覚を遮断して生きてきたのだろう。

沖縄には精神を病んで受診している人が、日本の他地区に比べて高い部類に属している。この話は、沖縄取材の合間に各所で聞いて気になっていた。三上に会って、それが沖縄戦に関係しているらしいと思った。沖縄靖国問題の背後には、やはりこれまでの取材ではうかがい知れなかった沖縄の深々とした世界が広がっているようだった。

一つのテーマを取材して、方程式を解くように模範的な「解」を求める。そういう取材は、私のノンフィクションの流儀に合わない。取材のベクトルがどこへ行くかわからず、最後には収拾がつかなくなる。それが、私の理想とする取材の方法である。なぜなら、その試行錯誤の行程自体が、ノンフィクションが求める「解」だと考えているからである。

沖縄戦の心象風景

翌日、読谷村の金城実氏のアトリエを訪ねた。

アトリエの後ろの空き地には、沖縄戦をモチーフにした『鬼神』、米軍の強制的土地収用を描いた『銃剣とブルドーザー』など、金城氏の代表的な彫刻作品が、所せましと並べられている。いずれの作品も節くれだって荒々しく、圧倒的な迫力を感じさせる。だが、その作風を野卑と感じて、直接的すぎる金城氏の言動同様、辟易する者もいるだろう。

金城氏は一九三九年、沖縄県中部東海岸の勝連《かつれん》半島の沖合約四キロの浜比嘉島《はまひがじま》に生まれた。人口五〇〇人足らずの島には、当時は電気も水道もなかった。

浜比嘉島は沖縄戦の直接の舞台にはならなかった。飛行機が飛んでくるのを見て、日本軍だと思い、「万歳!」を叫んでいると、突然機銃掃射を受けるような、呑気な島だった。その島に、上陸用舟艇で米軍は静かに上陸してきた。

金城氏は、沖縄戦当時をこう振り返る。

「その頃ヘンな噂が島中に広まった。アメリカー（アメリカ人）につかまると股裂きされるとか、女は片っ端からさらわれていくとか。それで、おふくろは天井の上に隠し、おばさんは床の下に隠して、アメリカーが来たら両手をあげなさいとだけ言われて、浜に上陸してきたアメリカ人を見に行った」

――初めて見た外国人の感想はどうだったですか。

「そりゃあ、背は高いし、髪は赤いし、目の色は違うわで、鬼みたいだった。黒人もおって、最初、鍋底の煤《すす》を体じゅうに塗っているのかと思った。幸い家の中に入ってくることはなく、ラジオをつけてピクニックみたいに島をハイキングしていた。そして、子どもたちにチョコレートとチューインガムを配った。米兵がくれるものには毒が入っているから食べてはいけないと言われていたから、食べないでいると、その情報は米兵の耳にも入っていて、自分で目の前で食べてみせる。それで安心して食べると、あんまりおいしいんで、『もっとくれ、もっとくれ』って言いながら、追っかけて行った」

金城氏はこのとき、浜辺で心に残る光景を目にしている。

「一張羅の絣《かすり》の沖縄の着物を着たきれいな女の人が、海岸に立っていた。ものすごい晴天の日だった。そのとき子ども心に、こんなにきれいなおねえちゃんやったら、アメリカーが盗んでいくんやないかと期待していた。戦争っていうのはガキに伝染する。自分のおふくろがつかまったらただじゃ済まんけど、人のねえちゃんが立ってるのを見て、米兵に盗まれてほしい、と思うとる。そこが戦争の一番恐ろしいところだ」

だが、米兵は女性に指一本ふれるでもなく、声をかけてからかうでもなく、遠巻きにして去って行った。

「その女性は精神障害者だった。それは、米兵も知っていたんだろう」

島では彼女のことを〝ふりむん〟と呼んでいたという。

〝ふりむん〟とは、神に触れた者、神に召された者という意味である。

沖縄靖国問題に入る前に、それとは直接関係のない話題にふれたのは、戦争に対する金城氏の〝心象風景〟を知りたいと思ったからである。

――ところでお父さんが亡くなったのは南方ですか？

「熊本連隊に入隊後にブーゲンビル方面に行って、そこで戦死した」

――戦死の報は来たんですか？

「熊本連隊から来ました。遺品を取りに行ったのは（移民として）ペルーに行ったおじいさんと、おふくろ。勝連の役場まで船で取りに行った」

――遺品は何だったんですか？

「爪と髪の毛だけだった。親父は愛国心にどっぷりつかっていた」

――お父さんは靖国に祀られているんですか？

「靖国神社に問い合わせると、祀られていると返事が来た。抗議に行ったら機動隊に阻止されて、見ることができなかった。でも、おふくろは靖国裁判を始めるまでおやじの自慢ばっかりしていた」

――お母さんとしては、夫が靖国に祀られてうれしかった？

「だから（靖国神社に公式参拝をした）中曽根（康弘）を訴えたとき、『お前、何で総理大臣を訴えるんだ。お国のために戦って死んだんやから、国に祀られるのは当然や』と言った。それに対して、私は『何がお国のためや。おやじは犬死にさせられたんや』と言った。おふくろは激怒したけど、『もしまた戦争になったら、孫に戦場に行けと言えるか』と言うと、黙ってしまった」

――ところで、お母さんは戦死したお父さんの軍人恩給（遺族給与金）をもらっていたんですか？

「おふくろが死ぬまで、年間一九〇万円の恩給をもらっていた。だから、親戚のおじさんから、『お前、金もらっているのに何で靖国を訴えるのか』と怒られた」

――お母さんが死んでからは？

「おふくろが死んでからは、息子の私に年間二〇万円の金が支給されている。靖国訴訟になかなか人が集まらないのは、金をもらっているくせに国を訴えるなんておかしい、そんな者には訴訟ができないという噂が広がってしまったから」

――それをどう説得したんですか。

「この近くにチビチリガマという壕《ガマ》がある。日本軍の命令で八〇人以上が集団自決させられた。その遺族に、いくらもらっていると聞いたら、年間四万円だという。俺たち軍人の遺族には一九〇万円出ていて、子どもまで楯にされて殺された遺族が、援護法とは名ばかり、たった四万円しかもらっていない。これはどう考えてもおかしい。あんたら悔しくないか。もっとくれんかと言うべきで、金もらっているから裁判しないなんて意識でどうするんや、と言うとるんやが、全然わかってもらえない」

援護法についてはあとから詳しく述べたい。

金城氏は沖縄には、沖縄戦から汲み取る想像力と、そこを原点にして論理的に組み立てていく思考力がない、と繰り返し言った。

——沖縄にはなぜ、それがないんですか。

「昔から奴隷根性に凝り固まってきたからだろう。全然、戦争から学習していないんだ」

わずかな金と、靖国の「英霊」に祀られるという美名で、沖縄戦の実態が隠蔽される。ここには、日本による沖縄の歴史の捏造という深刻な問題をはらんでいる。

金城氏のアトリエを辞去して、近くのチビチリガマに行ってみた。

一九四五年四月一日、読谷村の渡具知《とぐち》ビーチから上陸した米軍は、翌二日、このチビチリガマ周辺に迫った。このためチビチリガマに避難していた住民約一四〇名中、八三名が壕の中で「集団自決」した。その約六割が一八歳以下の子どもたちだった。

『英霊か犬死か』の終わり近くに、金城氏が故郷・浜比嘉島の古い井戸を訪ねる場面がある。そこは〝産り井《ウマリガー》〟と言って、島で子どもが産まれると胎盤を流す井戸である。金城氏は、島人《シマンチュ》がと魂が帰ると言われるその井戸の水で口をゆすぎ、顔を洗いながらこう述懐する。

「ここは、俺のじいさんもばあさんも父もおふくろも胎盤を流した。靖国と本当に対峙できる場所はここしかないんだ」

犠牲者が戦闘参加者に

金城氏にインタビューした翌日、沖縄国際大学名誉教授の石原昌家《まさいえ》氏に会った。石原氏はここ十数年来、沖縄戦で生き残った人びとの聴き取り調査をしている。その過程で、靖国合祀問題に興味を持つようになった。

石原氏は二〇一〇年に沖縄靖国裁判で原告側の証人として出廷している。石原氏はそこで、靖国神社に祀られる霊璽簿の基礎資料となった「援護法」の沖縄への適用の経緯を説明して、「援護法の手続きの中で日本軍に協力したという形をとらないと申請が通らず、沖縄戦の犠牲者が戦争協力者となり歴史が捏造された」と述べている。

石原氏は会うなり、「沖縄作戦における沖縄島民の行動に関する史実資料」という二枚綴りのペーパーを示した。陸上自衛隊幹部学校が昭和三五（一九六〇）年五月に作成した資料である。

「これを書いた馬淵新治さんという方は大本営の元参謀です。この方が、厚生省の役人として、那覇の南方連絡事務所に派遣され、沖縄戦の実情を調査した。この調査でわかるのは、沖縄戦について物凄い怒りをもってレポートしていることです」

そう言って石原氏が示した資料には、こんな記述があった。


〈……心ない将兵の一部が勝手に住民の壕に立ち入り、必要もないのに軍の作戦遂行上の至上命令である立退かないものは非国民、通敵者として厳罰に処する等の言辞を敢えてして、住民を威嚇強制のうえ壕からの立退きを命じて己の身の安全を図ったもの、ただでさえ貧弱極まりない住民の個人の非常用糧食を徴発と称して掠奪するもの、住民の壕に一身の保身から無断進入した兵士の一団が無心に泣き叫ぶ赤児に対して此のまま放置すれば米軍に発見されるとその母親を強制して殺害させたもの、罪のない住民をあらぬ誤解、又は誤った威信保持等のため「スパイ」視して射殺する等の蛮行を敢えてし、これが精鋭無比の皇軍のなれの果てかと思わせる程の事例を残している〉


――「皇軍のなれの果て」ですか。これほどすさまじい言葉が、沖縄の住民側からではなく、日本政府側から出ていたとは、驚きです。

「ええ、だから書いた人の物凄い怒りが伝わってくるんですよ」

――ところで、「戦傷病者戦没者遺族等援護法」、通称「援護法」が制定されるのは、一九五二(昭和二七)年の四月三〇日です。これは象徴的です。サンフランシスコ講和条約が発効し、第二次世界大戦敗戦国の日本が国際的に独立国として認められてからわずか二日後だからです。この日、沖縄は日本から切り離され、その反対給付として沖縄の戦没者と戦傷者に「援護法」を適用することが翌年に決まった。

「援護法が制定された一九五二年の三月から四月にかけて厚生省の役人たちが沖縄戦の実態調査に入っているんです。遺骨収集という名目でね。これはおそらく、沖縄にも援護法を適用しないといけないという腹づもりがあったからだと思うんです。

その証拠に、遺族会に——まだ遺族会は正式には発足していませんでしたが、その後遺族会になる組織に——近く援護法が制定されるという情報が伝わって、急いで遺族会が結成される。そして遺族会の賛同を得る形で、一九五二年の四月に制定された法律が、翌年には沖縄に適用されるんです。これは本土法の適用の第一号じゃないかと思います」

石原氏が言った遺族会の前身の組織とは、一九四七年発足の日本遺族厚生連盟のことである。それが、一九五三年に日本遺族会と改称された。

「これは僕の推測ですが、日本政府は、このまま沖縄を放置したらたいへんなことになると考えたのではないか。そもそも援護法は、本土で日本遺族会が『あの無謀な戦争で前途ある有為な青年たちが国家による殺人行為で命を奪われた』という怒りの声明を発表して成立したものだった」

——そこまで言ったんですか。

「ええ、援護法とは何事だ、補償法にしろ、とも言っています。一九五二年三月の段階では、原爆や東京大空襲の被害者に対しても補償しろ、と言っています。ところが、沖縄ではそんなことを考える余裕もないほど困窮していましたから、立法院が設立されると同時に、この援護法を沖縄にも適用してほしいと陳情するんです。本土では援護法に猛反対して補償法にしろ、と言っているのに、あの人民党の瀬長亀次郎でさえ、沖縄遺族会の要請を受ける形で援護法の適用を立法院として決議する」

沖縄玉砕戦の直前、沖縄根拠地隊の司令官だった大田実が海軍次官宛てに「沖縄県民斯ク戦ヘリ　県民ニ対シ後世特別ノ御高配ヲ賜ランコトヲ」と打電した直後、那覇小禄《おろく》地区の豊見城《とよみぐすく》にあった海軍の壕内で、拳銃自決したことはよく知られている。

援護法の成立時に、これを彷彿とさせるやりとりがあった。一九五二年四月二二日に衆議院で開かれた「海外同胞引揚及び遺家族援護に関する調査特別委員会」の議事録の中から、その部分を抜粋しよう。同委員会委員長はまず、三月一五日に東京を出発し、二二日に那覇に到着して四月一八日に帰京した沖縄戦の遺骨調査団の報告をした上、こう訴えている。

〈目下衆議院の審議を終りまして参議院で御審議を願っておりまする戦傷病者戦没者遺族等援護法案も、近く成立いたしますようにわれ〳〵は期待いたしておるのでありまするが、これが成立いたしましたならば、沖縄県民も、同法の規定するところに従いまして援護を受け得られることになるのでありまするが、ただ現在のところ、日本政府が沖縄に対しまする行政権を持っていないので、実施上につきましていろ〳〵の研究を要する問題が残っておるという状況でございます。従いまして、これらの問題につきましては、なるべくすみやかに解決いたしまして、できるだけ早く援護の手がさしのべられることができますようにいたしたいと考えておる次第であります〉

これに対して政府側委員は、次のように答えている。

〈ただいまの御報告を聞いておりまして、まず第一に私の心に浮びますことは、同じ国民でありながらも、戦後の状況によりまして、今はわが国から行政的に引き離されておりながら、かくも丁寧に私どもの同胞の遺骨を守ってくれているこの島民に対して、私ども本土の者の感謝の意思表示をしたいということで、これをまずしたいと考える次第でございます〉

ここまでのやりとりは、しごくまっとうである。ところが、石原氏は、厚生省の役人によって、「援護法」が悪用され、六歳児未満の幼児まで〝戦闘参加者〟として靖国に祀られるようになったという。

「厚生省の頭のいい役人は『援護法』を沖縄に適用するにあたって、要するに、軍が民間人に『水を汲んでこい』という要請をしたら、もう国との雇用関係が成立するという解釈をしたのです。壕を明け渡せという要請をしたときは、壕を提供してくれたという解釈をした。こうやって、沖縄の人たちは知らないうちに〝準軍属〟扱いされていった。逆に言えば、〝援護法〟が旧日本軍や日本国家の戦争責任を免責する仕組みに利用されていったんです」

これだけではよくわからないという人もいると思うので、「援護法」について補足説明しておこう。旧厚生省社会・援護局援護課監修の『援護法Q＆A：仕組みと考え方　戦傷病者戦没者遺族等援護法』は、「援護法」を次のように規定している。

〈援護法は、国家補償の精神に基づき、①国と雇用関係（軍人および軍属）または雇用類似の関係（準軍属）にあった者が、②公務上または勤務に関連した傷病により死亡された場合、③死亡者の遺族に、④遺族年金または遺族給与金および弔慰金を、支給しようとする法律です〉

注目されるのは『援護法Q＆A』に「沖縄の戦闘参加者」という一項がわざわざ設けられていることである。

〈沖縄においては、昭和20年4月1日のアメリカ軍上陸以後、本邦で唯一の地上戦が行われ、民間人の中には現実の戦闘の場で軍の命令により戦闘に参加する例が多数みられました。

具体的には、沖縄本島や慶良間《けらま》諸島など、アメリカ軍が上陸し地上戦が行われた地域で、具体的な軍の命令により敵との銃撃戦に参加したり、弾薬・食料・患者等の輸送、陣地構築、炊事・水汲み・救護等の雑役に従事したり、四散した部隊に協力した（壕の提供、道案内等）方々がアメリカ軍の攻撃を受け死亡したり障害の状態になった場合に、戦闘参加者として援護法が適用されます。

なお、年少者であっても、保護者が戦闘参加者である場合は、保護者とともに行動することが

いわば運命共同体的な関係となることから、戦闘参加者になり得ると解釈されています〉

つまり、沖縄県民も戦争の〝共犯者〟だと言っている。

軍用地料と遺族年金

石原氏のインタビューに戻ろう。

――「援護法」で最も重要なポイントは、その適用者が〝戦闘参加者〟として靖国に合祀されるという〝栄誉〟だけでなく、遺族給与金という実質的な〝利益〟も得ていることです。沖縄戦で〝英霊〟になった人の遺族は、いくらくらいもらっているんですか。四万円くらいですか？

「いえいえ、これがすごいんです。年度によって違いますが、ここ何十年前からは、年間一律でおよそ一九六万円」

――一人頭ですか？

「ええ、だから慶良間《けらま》（諸島）で家族のうち四人が集団自決した場合は、一九六万円かける四人で、八〇〇万円近くになります」

――それはバカになりませんね。

「ええ、バカになりません。だから僕は、産業らしい産業がない沖縄で大きな収入になったのは、軍用地料と遺族年金だと言ってきたんです」

——つまり、金でがんじがらめにされている。これじゃ靖国合祀を取り消せという声が大きくならないわけです。石原さんが旧厚生省の役人は物凄く頭がいいと言った理由が、やっとわかりました。

「頭がいいというより、ずる賢い。国というのは、本当に赤子の手をひねるように国民を手玉にとるんです」

石原氏は別れ際に、二つの貴重な資料を提供してくれた。

一つは、表紙に「靖国神社の合祀に到る一連の援護手続き作業に携わった元琉球政府援護課職員金城《きんじょう》見好《みよし》さんからの聞き書き」（以下、「聞き書き」と略記）と書かれた六枚綴りのペーパーである。そこには、石原氏と松井裕子という女性の名前が聴取者として連名で記されていた。

松井裕子さんは、『英霊か犬死か』を制作した琉球朝日放送の三上智恵にも、沖縄靖国問題の原告団代表の金城実氏にも、ぜひ会った方がいい、と勧められた女性である。

石原氏がもう一つ提供してくれた資料は、二〇一〇年一月一九日に行われた沖縄靖国神社合祀取消訴訟に提出した「意見書」である。その結語部分で、石原氏は次のように述べている。

少し長いが、これまで靖国に対して誰も言ってこなかった重要な指摘なので、エッセンス部分をなるべく多く引用しておこう。

〈沖縄ではいまだに、政府が住民にも「援護法」の適用をどのように認定していったかについて、そのカラクリが共有されていません。

日本軍の指導・誘導・説得・強制・命令などによって、親子・友人・知人同士で殺し合う形を取らされて「集団死」した場合も、「壕提供」同様に「集団自決」という軍事行動による「戦闘参加者」という身分が与えられ、ゼロ歳児でも「準軍属」扱いされて、靖国神社の祭神になっています。

つまり、それによって遺族は、「遺族給与金」という経済的援助を受け、無惨に死んだ赤ちゃんでさえ、名誉ある戦死者、殉国死した者として、靖国神社で「天皇の親拝」を受け、「精神的癒し」を受ける形になっているのです。（中略）以上のように、「援護法」によって、沖縄戦の真実が捏造されてしまったことは、明白です。したがって、「戦闘参加者」という身分が付与され、「準軍属」として、靖国神社に「祭神」として合祀されているのは、明らかに不条理です。それは靖国神社にとっても不適切そのものです。（中略）

沖縄戦で筆舌に尽くしがたい惨状を聴き取りしてきたものとして、その死が「軍民一体」の戦闘によるものとして捏造されている状況は、到底容認できるものではありません。当時の日本軍によってスパイ視されて無念の思いで死んでいったひと、避難壕から砲煙弾雨の中へ追い出されて被弾死したひと、震えながら家族と共に墓や壕の中で避難している少年・少女が、水くみ、弾薬運搬、炊事、救急看護要員として駆り出されて被弾死したひとたちが、「積極的な戦闘協力」

をした「軍事行動」として「戦闘参加者」という身分を付与され、そのうえに死者を讃えている靖国神社へ合祀されているということ自体が、日本政府による死者への二重の冒瀆としか言いようがありません〉

こうした意見こそ、突撃ラッパを吹きながら軍服姿で靖国神社の境内を行進する〝軍事オタク〟に、ぜひ聞いていただきたい。もし彼らに、零歳児まで「戦闘参加者」として靖国の〝英霊〟とした沖縄戦の無惨さに思いをいたす想像力があれば、靖国を利用した兵隊ごっこなど、恥ずかしくてとてもできないはずである。

言葉を換えれば、六八年前の沖縄戦には靖国を虚妄化する破壊力が内蔵されているということである。

ヤマトンチュの怒り

石原氏に会った翌日、石原に協力して元琉球政府援護課職員から聴き取り調査をした松井裕子さんに会った。松井さんは沖縄靖国問題のいわば事務局長的立場にある。

松井という名前からもわかるように、彼女は琉球朝日放送の三上同様、生粋の〝ヤマトンチュ〟で、新潟県高田市（現・上越市）生まれである。だが、沖縄靖国問題に対する怒りは、〝ウチナーンチュ〟をしのいでいた。

〝ヤマトンチュ〟の女性二人が、〝ウチナーンチュ〟以上に沖縄靖国問題に懸命に取り組んでいる。沖縄の血縁関係のしがらみを離れて自由に活動する彼女らの姿は、女性の持つ本来の〝母性〟を感じさせて、頼もしかった。

彼女が靖国問題に関心を持った直接のきっかけは、おじがアドミラルティ諸島という赤道直下の島で玉砕したことだったという。

――そのおじさんも靖国に祀られているんですか。

「はい、命《みこと》になっています」

――ああ、祭神ですね。

「靖国神社に行って調べると、おじがどの部隊にいたかまではわかるんです。でも、あとは玉砕で戦死したということしかわからない。それで命《みこと》扱いされる理不尽さを、靖国に感じたんです」

そんな会話のあと、彼女はこんなものを出していますと言って、各地の裁判所で行われている靖国訴訟の経過をレポートした機関紙を提供してくれた。

機関紙といっても、A4判の黄色い紙に印刷された『ジンジャ・エール』という名前のわずか八ページの冊子である。神社と応援の意味のエールに、清涼飲料水をかけた『ジンジャ・エール』という紙名に、彼女のセンスのよさを感じた。

――靖国裁判といえば、『英霊か犬死か』の中に、安谷屋昌一さんが裸足で逃げ回った糸満の大度海岸を、靖国裁判担当の裁判長が現地視察するシーンがありましたね。あれを見て、裁判では原告側の意見が多少は反映されると思ったのですが、完全無視でしたね。

「あれを見て、本当にカクッときましたね。安谷屋さんは隠しているわけではないけれど、沖縄戦についてとつとつと語る人です。安谷屋さんは、何でもあけすけに話す彫刻家の金城実さんとは対照的に寡黙な人ですが、それが却って説得力になっている気がします。それだけに、裁判所には裏切られた思いが強いですね」

そんな話の様子から、彼女が安谷屋氏とふだんから親しそうなことがわかった。そこで、不躾《ぶしつけ》を承知で安谷屋氏を紹介してもらえないかと頼むと、彼女はあっさりと承知し、その場で連絡をとってくれた。そして、彼女が同席するという条件で、翌日会う約束まで取り付けてくれた。

親切はそれだけではなかった。彼女が沖縄国際大学の石原昌家教授に協力して、元琉球政府援護課職員の金城見好氏から貴重な聴き取りをしたことは、すでに述べた。

その金城氏にも、住まいが近所で顔見知りという松井さんの好意に甘えて連絡をとってもらった。そして翌日、戦争孤児の安谷屋氏にインタビューする前に、やはり彼女が同席の上で会うことになった。沖縄靖国問題における彼女の存在はきわめて大きい。もし〝ヤマトンチュ〟の彼女がいなかったら、沖縄靖国問題は地域の特殊な問題に限定され、全国的な広がりをもたなかったかもしれない。

金城氏には、沖縄本島南部の南風原町《はえばるちょう》のスナックで会った。金城氏が定年退職後、奥さんが自宅を改装して始めた店だという。

対馬丸事件の生存者

金城見好氏は一九三五年、南風原村で生まれた。首里高校を卒業後、上京して日本大学に進んだ。しかし、家庭の事情から大学を二年で中退し、一九五五年の暮れに沖縄に帰った。

――南風原の生まれなら、沖縄戦の思い出は強烈なんじゃないですか。

「いいえ、米軍が上陸してくる前に、疎開していましたから、沖縄戦の思い出はないんです」

――どこへ疎開されたんですか？

「熊本です」

――疎開されたのはいつですか？

「昭和一九年の八月です。あの対馬丸《つしままる》に乗り込む予定だったんです」

ここでまさか対馬丸の名前を聞くとは思ってもみなかった。

対馬丸事件は沖縄戦下の児童の悲劇を象徴している。

対馬丸は、昭和一九（一九四四）年八月二一日、沖縄の疎開学童約一六〇〇名を乗せて那覇港から出航した。そして長崎に向けて航行中の翌二二日午後一〇時過ぎ、トカラ列島の悪石島《あくせきじま》の北西一〇キロの地点でアメリカ潜水艦の攻撃を受けて撃沈された。

学童・一般の死者は一三七三人にも及んだ。助かった児童は、わずか五九名しかいなかった。

——あれだけの攻撃に遭って、よく助かりましたね。

「あの日、疎開する人は全員、南風原の国民学校に集まったんです。そして軍のトラックで那覇港まで行った。そのトラックが那覇港に着くのが遅れたものですから、対馬丸はもう出て行ったあとだったんです」

——危機一髪でしたね。

「ええ、あれが生死の分かれ目でした。その代わり、荷物は前もって柳行李《やなぎごうり》に詰めて対馬丸に積んであったものですから、全部ダメでした」

対馬丸記念館発行の公式ガイドブックによれば、対馬丸と同じ日に和浦丸《かずうら》と暁空丸《ぎょうくう》の二隻が那覇港を出航している。和浦丸には南風原などの国民学校の疎開児童が乗り込んだという記述がある。金城氏が乗り込んだのは和浦丸だったことがわかる。

同書の巻末の年表には、「昭和四一年一〇月一七日＝学童犠牲者、靖国神社に合祀される」という記述もあった。

金城氏がもし対馬丸に乗り合わせていれば、この記述通り靖国神社に合祀されていた。ところが、幸い対馬丸に乗り遅れたため、皮肉にも、靖国合祀の根拠になる「援護法」の手続き作業にかかわることになった。

——ところで疎開先の熊本から沖縄に戻ったのはいつですか？

「昭和二一年です」

――それじゃ、見る影もなかったんじゃないですか。

「はい、一面焼け野原でした」

――援護課で働くきっかけは何だったんですか。

「高校三年のときに琉球政府公務員三級に合格していたので、琉球政府に仕事はないかと那覇市内をぶらぶら歩いていたら、艦砲射撃で穴だらけになった旧『丸山号』という三階建てのデパートの建物の入り口に、『琉球政府援護課』という看板が出ていたんです。場所は泉崎《いずみざき》のあたりでした。そこは当時、人手が足りなかったようで、そこの職員とやりとりしているうち、私が琉球政府の採用試験に合格していたことがわかり、すぐに採用してくれたのです。正式の辞令は一九五六年一月一日付でした」

泉崎は、現在沖縄県庁や沖縄県警がある那覇の中心地である。

――最初の仕事は?

「とにかく雨が降ると米軍の砲弾を受けて開いた天井の穴から雨漏りして、部屋が水浸しになるようなボロな建物でした。だから、最初は仕事というより遺骨収集ばかりでした」

――あー、遺骨収集ですか。

「はい、南部に行ってですね。職員総動員で遺骨収集でした」

――援護課には職員が何人くらいいたのですか?

「当時は、六、七〇名いました」
――そんなにいたんですか。

　金城氏は遺骨収集の傍ら、日本政府の出先機関の那覇南方連絡事務所との連絡業務にあたった。那覇南方連絡事務所に関しては、石原昌家教授が松井裕子さんの協力で金城見好氏から聴き取った前掲の「聞き書き」に、こんな記述がある。

〈那覇南方連絡事務所は、援護業務が中心で、援護担当者は多いときには、十数名もいました。そこの馬淵事務官は、日頃から援護担当ということで緒方事務官も一所《ママ》に琉球政府の援護課へ指導ということで、よく顔を出してくれました。馬淵さんは、元大本営船舶参謀だったと聞いていたので、どれほどいかめしい、威厳のある人かと思っていましたが、敗戦ということで意気消沈している様子で、参謀だったという割には、元軍人らしいそぶりも見せず、一般の人と同じでとても優しい人でした〉

　ここに登場する馬淵元大本営参謀は、前出のように沖縄戦の惨状を調査して「皇軍のなれの果て」とまで概嘆した人物である。

――援護課の仕事をするのは昭和三一（一九五六）年からですよね。戦後一〇年以上経っているわけですが、それでも援護課の職員総動員で遺骨収集しなければならないほど、沖縄には遺骨がいっぱいあったわけですか？

「あー、いっぱいありました。現場に足を踏み入れたら、もう遺骨がごろごろ見えるんです」

――集めた遺骨はどうされたんですか？

「まず袋に詰めまして援護課の方に持って行きました。それがある程度集まると、火葬場に持って行って焼却し、識名《しきな》の納骨堂の方に持って行きました」

――でも、そうやって弔っても、肝心の身元はわからないですね。

「わかりません。結局、無縁です」

――肝心の「援護法」の認定は、どうやったんですか。

「軍人の場合は、記録が全部ありますから簡単です。それを厚生省にあげて死亡公報を出してもらって、恩給や年金などを支給すればいい。ところが、戦闘参加者の場合はそうはいきません」

――いかないですよね、民間人ですからね。

「だから、厚生省が戦闘参加者に適合する人のマニュアルを作ったんです。マニュアルに二〇項目ぐらいありました」

このマニュアルは、厚生省が一九五七年七月に作成したもので、そこには、以下の〃作業〃に参加した者が「戦闘参加者」と認定されると規定している。

①義勇隊（各町村ごとに調整） ②直接戦闘 ③弾薬・食糧・患者等の輸送 ④陣地構築 ⑤炊事・救護等雑役 ⑥食糧供出 ⑦四散部隊への協力 ⑧壕の提供 ⑨職域関係（県庁職員報道）

⑩区（村）長としての協力　⑪海上脱出者の刳《く》舟輸送　⑫特殊技術者（鍛冶工）　⑬馬糧蒐集　⑭飛行場破壊　⑮集団自決　⑯道案内　⑰遊撃戦協力　⑱スパイ嫌疑による斬殺　⑲漁撈勤務　⑳勤労奉仕作業

沖縄戦でこれらの〝作業〟に従事した民間人は、兵士同様に「戦闘参加者」と認定されることになった。

軍の命令で「集団自決」した民間人まで、「戦闘参加者」として靖国に「英霊」として合祀される〝栄誉〟ばかりか、「援護法」によって経済的利益を補償される。このアメとムチを使い分けたグロテスクさにこそ、沖縄戦の本質がある。

――「援護法」の適用にあたって最も多かったケースは何でしたか？

「壕の提供でした」

――壕の提供というと、自ら申し出たように聞こえますが、実際には軍の命令で強制立ち退きさせられたわけですよね。

「ええ、そうです。一般の人の感覚で言えば、壕を追い出されたと感じたと思いますね」

――でも、「壕を追い出された」では「戦闘参加者」にはならず、「援護法」の対象にもなりませんよね。

「ええ、だから、マニュアルに従って〝戦闘参加者〟になるようわれわれが代筆してあげたわけです」

――つまり捏造した？

「はい、そういうことです。最初の通達では〝戦闘参加者〟は一四歳までだったんです。それが七歳まで引き下げられ、最後は零歳児まで認められるようになった」

零歳児が〝戦闘参加者〟として認められたのは、アメリカ軍が最初に上陸した慶良間での「集団自決」のケースである。

――そうしたことも〝戦闘参加〟と認める業務をやってきたわけですね。いま振り返ってどう思いますか。

「まあ、恥を感じますよ。おっしゃる通り、零歳児が〝戦闘参加者〟になるはずがありませんしね。いまでも後ろめたく思っています」

――自分の子は〝戦闘参加者〟なんかじゃない、日本軍に虐殺されたんだと言った人はいなかったんですか。

「頑として受け付けなかった人もいました。でも、そういう人も、あとで役場の職員なりが〝戦闘参加者〟になっておいた方がいいよ、何ももらわんでは御霊《みたま》は浮かばれんじゃないか、と説得すると、従ってくれる方がほとんどでした」

金城氏は、前掲の「聞き書き」で、こんな痛切な告白をしている。

〈私は、南風原と東風平《こちんだ》での聴き取りを担当しました。軍の要請をうけて、戦闘に協力したということで、「戦闘参加者」として「申立書」を書いていかないといけなかったのです。おばあちゃんとかから面談していろいろ戦場での体験を聴くのですが、二十の項目に当てはまるものは一つもありません。

とくに摩文仁では、厚生省がいう「壕の提供」というケースが多かったのですが、「友軍のみなさんにすすんで壕を使って下さい。と言ったことは一度もない、『出て行け！』と言われたんで、自分から出て行ったのではない！　壕を提供したのでない」と、かなり怒って、たてついていたおばあちゃん達がずいぶんいましたよ〉

金城氏は対馬丸事件で九死に一生を得た数奇な体験を踏まえて、「そうした体験を持つ自分が、戦争で亡くなった人たちの遺族のための援護業務に就いたことは、何かの宿命だったと思っている」と振り返ったあと、「聞き書き」でこう続けている。

〈それで、なんとしてでもこの遺族のみなさんの生活を助けてあげたいという気持ちが強く、事実と違っても、援護金がもらえるようにしようと思いました。

ですから面談した話とはまったく逆に、戦闘に協力したと、申立書を書いていきました。そして書いた中身を見せないようにして、押印だけはしてもらいました。当時のお年寄りは文字も書けないで、読めないかたがたも多かったので、本人としては話したとおりのことを書いてあると思

っていたはずです。私が戦闘に協力したように書いた内容を知ったら、たぶん怒られたはずです〉

こうした歴史的捏造の背景には、遺族会からの強い要請があった。

「沖縄県遺族連合会の会長さんは、戦後真和志村《まわしそん》（現・那覇市）の村長をやった金城和信《わしん》さんという方でした。金城さんの二人の娘さんは、いわゆる〝ひめゆり学徒〟だったんですが、二人とも戦死しています。金城さんはそれを悲しみ、娘をせめて兵隊扱いしてほしいと懇願しています。戦死した方の遺品を集めた靖国神社の遊就館には、沖縄戦で自決した牛島満司令官の遺品と並んで、金城さんの娘さんの遺品も並べられています」

この話に間違いがなかったことは、後日、靖国神社を訪ねて確認した。幕末維新期の動乱から太平洋戦争までの戦没者の遺品を集めた遊就館には牛島満の軍服などと一緒に、金城和信氏の二人の娘さんの信子さん、貞子さんの着物、万年筆などの遺品が陳列されていた。

部屋の片隅にカラオケセットが設置され、天井にミラーボールが飾られたスナックの店内で、真っ昼間から自決した司令官とひめゆり学徒の話を聞く。言い古された表現だが、沖縄の戦後はまだまだ終わっていない。

だが、これは次に会った安谷屋昌一氏の話に比べれば、序章に過ぎなかった。

沖縄戦で戦争孤児となった安谷屋氏の話は、まさに〝だれにも書かれたくなかった沖縄の戦後史〟そのものだった。

六五年ぶりの慰霊祭

安谷屋昌一氏とは与那原町《よなばるちょう》にある大型スーパー内の喫茶店で会った。松井裕子さんも同席してくれた。

安谷屋氏は会うなり、三つ折の資料を見せた。表紙には「コザ孤児院慰霊祭」と書かれ、その下に孤児らしい子どもたちが体操する写真が掲載されている。

コザ孤児院の名前は、琉球朝日放送の三上から聞いていたが、それに関する資料を見たのは初めてだった。

中を開くと、「孤児院のあったコザキャンプ（嘉間良《かまら》収容所）」というキャプションがあり、コザ孤児院近くの地図が載っていた。その横に「コザ孤児院名簿」として四一二名の名前が記載されていた。

その名簿を眺めているだけで、戦争孤児たちの姿が目に浮かんでくるようで、想像力がふつふつとわいた。

〝鉄の暴風〟といわれた沖縄戦は、これまでもっぱら、戦争孤児たちより少し年上で、大田昌秀元沖縄県知事が従軍したことで知られる「鉄血勤皇隊」と、映画化された「ひめゆり部隊」によって語られてきた。

しかし、本当に沖縄戦の悲惨さを語れるのは、戦闘で父母や兄弟姉妹を失い天涯孤独の身になって戦後を必死で生き抜いてきた戦争孤児だったのではないか。『惑星ソラリス』で知られるアンドレイ・タルコフスキー監督の長編第一作映画『僕の村は戦場だった』以上の体験をした子どもたちは、まさか自分たちが沖縄戦について語る番になるとは思っていなかっただろう。

その戦争孤児たちが、いまや全員が七〇歳を過ぎて戦争体験を初めて語ろうとしている。私は歴史の現場に居合わせることができたことに、言い知れぬ興奮を覚えた。

名簿には、いま目の前にいる安谷屋昌一氏の名前もあった（ただし正一と誤記）。この名簿によると、安谷屋氏は当時七歳である（実際は六歳）。

――この資料には、コザ孤児院の慰霊祭を二〇一〇年の六月二〇日に沖縄市の納骨堂でやったと記されていますね。

この質問には松井さんが答えた。

「ええ、二〇一〇年が第一回の慰霊祭だったと思います。二〇一一年にはやらず、今年（二〇一二年）の三月二六日に第二回の慰霊祭が行われました」

二〇一〇年といえば、戦後六五年目にあたる。それだけの歳月を経なければ、慰霊祭ができなかったという事実に、戦争孤児たちがたどった運命の過酷さが刻まれているようだった。

――この資料の地図には、コザ孤児院の場所も記されています。久場《くば》さんという方が自分の家を提供されていたようですね。安谷屋さん、ここを覚えていますか。

そう言って、地図を指さすと、安谷屋氏は大きく肯《うなず》いた。

「はい、とても大きくて広い家だったという記憶があります。周辺は、全体が金網で囲まれていました」

――ところでお生まれは？

「与那原です。当時、与那原は大里村《おおざとそん》の区になっていました。父はそこの区長をやっていました」

――ごきょうだいは何人ですか？

「きょうだいは六人です。私は四番目で、上に女が三人います」

――男では一番上なんですね。

「はい、下に女、その下に男」

――安谷屋さんは昭和一四年の生まれですから、六歳のとき沖縄戦に巻き込まれるわけですね。戦争で最初に残っている記憶は何ですか？

「那覇の一〇・一〇空襲です。与那原の山の向こうは那覇ですが、夜空が真っ赤になったのを覚えています」

――明けて昭和二〇年の四月一日に読谷村の渡具知ビーチから米軍が上陸します。読谷ですから与那原とはだいぶ離れていますが、与那原が戦闘状態になったのはいつ頃ですか？

「よくわかりません。米軍が上陸して間もなく、母の実家の方に疎開しましたから」

――お母さんの実家はどちらですか？

「同じ与那原ですけど、ずっとはずれです。疎開に行く前の与那原の最後の記憶は、道の真ん中に馬が突っ立っていたことでした」

――エッ、馬ですか？

「飼い主のところを離れて、疎開でゴーストタウンのようになったところに、たった一頭でいたんです。ですから、家が燃えるとかそういう光景は見ていません」

――お母さんが亡くなったときのことは覚えていますか？

「私たちは岩山に隠れていました。母は祖母と一緒に、夜になると空き家になった民家に下りて食事を作り、朝早く持って上がってきました。ある日、いなくなったと知らせを受けました。たぶん暗いうちに爆弾を撃ち込まれて死んだんだと思います」

――そのときお祖母さん、下の弟さんも亡くされたんですね。一番上のお姉さんを亡くされたときは、どんな状況だったんですか。

「私は直接見ていなくて、姉から聞いた話です。あちこち逃げ回って学校らしいところにたどり着きました。中には人がいっぱいいるので、縁側のようなところの壁にもたれかかっていたんです。するといつの間にか、上の姉が下の姉にもたれかかってきた。そのとき上の姉の血が流れて熱く感じたそうです。それで負傷したことがわかった。こめかみを撃たれて脳がダメになっていたそうです」

この撃たれた人が、『英霊か犬死か』の中で「虫の息だった姉を土に埋めた」と安谷屋さんが証言した上のお姉さんである。

――そのときどう思いましたか。自分の家族を殺した米軍は絶対許さない、とは思いませんでしたか？

「それは世の中の大きな動きですから、憎しみとかそういうのはなかったですね」

――歯車がぐるっと回るような世の中の大きな動きの中では、一人ひとりの命なんていうのはちっぽけなものだった、という感覚ですか？

「はい。そういうところから考えると、私たち一人ひとりが国の動きを監視していかなければならないと思います」

――沖縄靖国訴訟の原告団に入ったのも、同じ考えからですか？

「最初は一坪反戦地主のグループのことを新聞記事で知って、その運動に加わりました。私たち一人ひとりの無関心が戦争を起こしていると思ったからです」

どちらかといえば寡黙な安谷屋氏が、ここまで自分の意見をはっきり言うとは、正直思わなかった。

安谷屋氏にはコザ孤児院に入るまでの記憶はほとんどない。

沖縄戦の混乱でほとんど学校に行けなかった。そのため時計の読み方も教わらなかった。そのせいで、その頃の日にちの感覚がほとんどない。これが、安谷屋氏があげた記憶喪失の理由だった。沖縄戦の残酷さが集約されたこの言葉の痛ましさに、あらためて胸を衝かれた。

それでも、とぎれとぎれの記憶をたどってもらい、安谷屋氏がコザ孤児院に入ってから出るまでの出来事が、ぼんやりと浮かび上がってきた。

安谷屋氏が最初収容されたのは、沖縄本島南部の玉城村《たまぐすくそん》の百名《ひゃくな》にあった施設だった。そこで戦争孤児だということが判明し、コザ孤児院に送られた。そのとき安谷屋氏はこんな光景を目撃している。

「コザ孤児院の前の道路を、たくさんの日本の兵隊さんたちを乗せたトラックが八台くらい通り過ぎていったんです。それを見て、僕らは思わず『バンザイ!』って叫んだんです。すると、兵隊さんたちも、大声で『バンザイ!』って叫んだんです。たぶん、沖縄から自分の故郷に帰されるときだったたと思います。非常にうれしそうでした」

沖縄戦で一面の焼け野原となった中を、敗残兵を満載したトラックが走る。そのトラックに向かって「バンザイ!」を叫ぶ戦争孤児たち。心に突き刺さる光景である。

それにしても、ぼんやりとした記憶しかないと言った安谷屋氏が、なぜこの場面だけは鮮明に記憶していたのだろう。人間はやはり悲惨な記憶は自分から消し去り、うれしかった記憶だけを蓄積するようにつくられた動物なのだろうか。

安谷屋氏がコザ孤児院に収容されて間もなく、遠い縁戚のおばさんが孤児院を訪ねてきて、そのおばさんの家で上の姉（次女）と一緒に暮らすことになった。

——里子にもらわれていった子どもは多かったんですか。

「はい、戦争で子どもを亡くしたたくさんの人たちが、子どもをもらいにきました。私も、『あの子』と指さされて、もらわれそうになりました」

——それで、どうされたんですか？

「僕は『イヤだ』と言って逃げました。でも連れて行かれる子どももたくさんいました」

——遠縁の家での暮らしは孤児院と比べてどうでしたか？

「孤児院の方がずっと自由でしたね。とにかくとてもひもじかった。草の根っこの甘い部分を生でかじっていました。その家はたいへん複雑な家庭で、僕がいるうち奥さんが三人も替わりました。そんなこともあって居づらくなり、六年生になったとき、姉とその家を出たんです」

——そのあと、どうされたんですか？

「ある方が、畳二畳ほどの部屋に姉と私を住まわせてくれたんです。でも人の家で肩身の狭い思いをした頃より、胸が膨らむほど自由さを感じました。姉は米軍のメイドに出まして」

人の家にいるよりは孤児院や畳二畳の部屋の方が自由だった。吐き出すようにして言ったその言葉に、安谷屋氏が戦後たどってきた苦難が凝縮されているようだった。

安谷屋氏はその家から中学、定時制高校と通い、高校を卒業後、米軍基地の近くにある民間会社で清掃関係の仕事に従事した。そのあとボート作りの職人となり、結婚して子どもが生まれ、現在は三人の孫がいる。

松井さんから安谷屋氏は敬虔なキリスト教徒だと聞いていたので、最後にこんな質問をした。

――信仰のきっかけは何だったんですか？

「小学校の頃からの親友の家がキリスト教だったんです。それで勧められて入信しました」

――信仰は支えになりますか？

「はい、絶対です。信仰を持ってから、いつ死んでもいいと思うようになりました」

――今日は日曜です。教会には行かれたんですか？

「はい、行きたくはないですが」

――どうしてですか？

「家で寝ていた方がいいです」

――ああ、日曜礼拝はやはり面倒くさいんですか。

「でも、そこに天国があるから、やめると損します」

宗教をこれほどのリアリズムで捉えた人には会ったことがない。この言葉を聞いて、沖縄戦で安谷屋氏の身の上に降りかかった過酷な運命に、あらためて打ちのめされる思いがした。

沖縄と天皇の複雑な関係

六月の「慰霊の日」に合わせて再度沖縄を訪問したとき、沖縄県護国神社を訪問した。

沖縄県護国神社は、那覇の中心街の国際通りから那覇空港に向かう明治橋を渡ってすぐ左手の奥武山《おうのやま》公園内にある。

沖縄県で唯一のプロ野球ナイター公式戦が開催可能な沖縄セルラースタジアム那覇や、奥武山陸上競技場を左右に見ながら玉砂利を敷きつめた境内を進むと、高い椰子の木を配した巨大な鳥居が現れ、その先に立派な拝殿が見えてくる。

玉砂利に落ちた拝殿の影の濃さを見て、これは南国の靖国神社だな、と思った。それが、沖縄県護国神社から受けた最初の印象だった。

対応してくれたのは、白衣に緋袴をつけた女性権禰宜《ごんねぎ》だった。

彼女の説明によると、沖縄県護国神社は昭和一一（一九三六）年に招魂社として創建され、昭和一五（一九四〇）年の内務省令により内務大臣指定の護国神社となった。宗教法人化したのは、昭和四七（一九七二）年五月の復帰後だったという。

――ここに祀られている英霊は？

「日清日露戦争からの英霊が祀られていますが、沖縄の場合、それはほとんどありません。祀られているのは、ほとんどが沖縄戦の英霊です。ここに祀られている日清日露戦争の英霊は一柱ずつだと聞いています」

つまりここには、東京・九段の靖国神社に祀られている日清戦争の黄海海戦の犠牲者や、日露戦争の旅順二〇三高地の犠牲者はほとんど祀られていない。

これは沖縄の護国神社として当然と言えば当然だが、戊辰戦争の官軍側犠牲者や西南の役で西郷軍を制圧した政府軍の犠牲者から祀ってあるのが護国神社だと思っている人には、ひどく奇異に感じられるだろう。

――摩文仁の丘に眠る人々も、ここに祀られているんですか？

「名簿上は摩文仁の丘に眠る人たちとは違いがあります」

――対馬丸の犠牲者は？

「対馬丸の犠牲者は、ここに祀られている一七万七九一二柱の中に入っていると思います」

――六月二三日は、ここで何か行われるんですか？

「はい、毎年慰霊祭を行います。ただ、遺族の方は基本的に摩文仁の方にいらっしゃいます。ここは沖縄では知られているようで知られていないところなので」

――慰霊祭以外に、大きな催しものはありますか？

「春と秋に大きな祭典があります。あとは、八月一五日の終戦記念日に御霊祭りをやります」

――琉球朝日放送で制作した『英霊か犬死か』という番組は知っていますね。

「ああ、あはは（笑）」

――こちらの宮司さんも取材に応じていますね。あの番組についてどう思いますか？

「あれは、一応出てあげようか、という感じだったと思いますね。あれはちょうど、あの番組に出た人たちが、靖国神社への合祀取り下げの裁判をやっているときでしたから」

――あなたはいま、『英霊か犬死か』という番組名を言ったら笑いましたよね。どうしてですか？

「まあ、考え方の違いがありますのでね。護国神社が戦争で亡くなった方を神様としてお祀りするのは、亡くなった方々の霊に感謝するという意味なのですが、亡くなった人の話を生きている人たちがああだこうだと言うのも、おかしな話だと思うんです」

この議論はいくらやっても不毛なので、話題を変えてみた。

――自分の親をここに合祀されたくない、と遺族が言ってくることはありますか？

「いまのところはないですね。沖縄は親御さんがここに祀られていても、合祀反対派の人と一緒にご飯を食べたりする〝お国柄〟ですからね」

――あなたは、沖縄の出身ですか？

「違います。私の実家は大分県にあります。ここに来て五年になります。沖縄はお寺も神社も本土とはちょっと違いますよね。護国神社と那覇の若狭にある真言宗の護国寺を間違える人もたくさんいます」

帰路、敷地の片隅に建立された天皇・皇后の歌碑が目についた。これは二〇一一年四月二三日、天皇陛下御即位二〇年と天皇皇后両陛下御成婚五〇周年を記念して歌碑建立除幕式が行われたものので、その歌と意味は次の通りである。

今上陛下御製（琉歌）

弥勒世よ願て（ミルクユニガティ）揃りたる人たと（スリタルフィトゥタトゥ）戦場の跡に（イクサバヌアトゥニ）松よ植ゑたん（マッィユウィタン）

（大意――平和な世を願って集まった人々とともに戦場の跡に松を植えました）

皇后陛下御歌

鹿子じもの　ただひ一人子を捧げしと　護国神社に　語る母はも

（大意――「お捧げしたのは、ただ一人の大切な息子でした」と、護国神社で話された母なる人が、今も深くしのばれます）

この歌碑を見ながら、沖縄と天皇家の複雑な関係に思いをめぐらせた。

昭和天皇は敗戦から二年後の一九四七（昭和二二）年九月、ＧＨＱの外交局長のＷ・Ｊ・シーボルトに対し、沖縄に対する米国の軍事占領期間は五〇年以上の擬制に基づくべきものと約束した。

これはこの約束が交わされてから三〇年あまりたった一九七九（昭和五四）年四月発行の雑誌『世界』に掲載された「分割された領土」という論文のなかで、当時筑波大助教授の進藤榮一が米国立公文書館の文書から見つけてすっぱ抜いたものである。

それ以来、昭和天皇は死ぬまで沖縄に強い負い目を感じ続けた。

昭和天皇は一九八七（昭和六二）年に開催された「海邦国体」に沖縄訪問をすることを心待ちにしていたが、直前に病に倒れ、実現はかなわなかった。

このとき昭和天皇は、その無念さを「思はざる　病となりぬ　沖縄を　たづねて果たさむ　つとめありしを」という歌に託した。

その後も〝下血騒動〟で、昭和天皇は念願の沖縄訪問はついに果たせなかった。

いまの両陛下は、皇太子夫妻時代から現在までに九回、沖縄を訪問している。最初に沖縄を訪問したのは、一九七五（昭和五〇）年の沖縄海洋博に、天皇の名代として招かれたときだった。「ひめゆりの塔」の慰霊に訪れたとき、皇太子夫妻は過激派による火炎瓶の洗礼を受けた。それは沖縄をアメリカに〝献上〟した昭和天皇の身代わりの厄災といってもよかった。

「ひめゆりの塔」で過激派から火炎瓶を投げつけられた現天皇・皇后が先帝の昭和天皇がやり残した戦争犠牲者の慰霊の旅を続けていることはよく知られている。

とりわけ昭和天皇がついに戦後訪問できなかった沖縄に対する思いは強く、八月一五日の終戦記念日、八月六日と九日の広島、長崎の原爆の日と並んで、六月二三日の沖縄戦終結の日を、〝お慎みの日〟として外出を控え、皇居で黙禱を捧げている。

第二章　孤児たちの沖縄戦

難航した孤児たちへの取材

沖縄の靖国問題への関心は、取材を進めるにしたがって、私の中で徐々に沖縄戦の孤児問題への関心に移っていった。

その変化に拍車をかけたのは、沖縄の靖国問題は〝イデオロギー〟で書くことができるが、沖縄戦の孤児問題は、〝生身の人間〟に会わない限り書けない、との思いだった。

沖縄戦の孤児たちも、もう全員七〇歳以上の高齢者になった。彼らの話をいま聞いておかなければ、永遠に聞く機会が失われるかもしれない。そんな焦りに似た気持ちもあった。

私が沖縄戦の孤児問題の取材に入ったのは、六七回目の「慰霊の日」の前日の二〇一二年六月二二日だった。

沖縄の〝終戦記念日〟にあたる「慰霊の日」は、野田佳彦総理（当時）が糸満市の摩文仁《まぶに》の丘で開かれる沖縄全戦没者追悼式に出席することになっていた。

これより約二週間前の六月七日、『沖縄タイムス』は、野田総理が「慰霊の日」の沖縄訪問に合わせて、仲井眞弘多《なかいまひろかず》沖縄県知事にオスプレイの普天間飛行場配備を要請するのではないか、という観測記事を載せていた。

沖縄戦で天涯孤独になった戦争孤児たちの取材を、オスプレイの配備が着々と進められるタイミングで行う。そこには歴史の皮肉とか偶然では済まない沖縄の厳しい現実が浮き彫りにされている。

オスプレイというグロテスクな輸送機の配備は新たな戦争を想起させ、ひいては新たな戦争孤児の誕生を予感させているからである。

沖縄戦の戦争孤児を見つけるのは予想以上に難しかった。「慰霊の日」を前にした沖縄入りというタイミングも、悪かったのかもしれない。

「慰霊の日」の季節になると、沖縄でよく売れる『つるちゃん』という絵本がある。この絵本は著者の金城《きんじょう》明美さんが、戦争孤児となった母親のツル子さんから聴き取った沖縄戦の話をまとめたものである。

この本のあとがきには、小学校の教員でもある明美さんは毎年「慰霊の日」になると、この絵本を素材にした読み聞かせ活動を行っていると書かれている。

それを知って、まず娘の金城明美さんに、お母さんのツル子さんに取材に応じてもらえないだろうかという依頼の電話をかけた。すると、こんな答えが返ってきた。

「母は毎年『慰霊の日』が近くなると、不眠に苦しみ精神的にとてもナーバスになるんです。この時期になると、いろいろなところから取材の申し込みをいただくんですが、そういう状態なので、ほとんどお断りしています。一応、本人に聞いてみますが、もしかすると、お断りさせていただくことになるかもしれません」

翌日、明美さんの方から丁寧な電話があった。

「私としては、取材を受けてほしいと思うんですが、母に話すと、やはり取材は受けられないということでした。ご期待にそえず、本当に申しわけありません」

六七年目の「慰霊の日」を迎えても、沖縄戦を思い出して不眠症になる人がいる。その現実を目の当たりにして、いまさらながら衝撃を受けた。

沖縄戦で孤児になった人を探す仕事は、初めから難航した。どうやったら沖縄の孤児に接触できるのか。

皆目見当もつかず、考えあぐねていたとき、これまでの取材で何かと情報を提供してくれた松井裕子さんが「いま沖縄市役所の市史担当者がコザ孤児院に関する情報収集を一生懸命やっていますす」と言っていたことを思い出した。

そこで、藁をもつかむ気持ちで沖縄市役所の市史担当者を訪ねた。事情を話すと、担当者は親切に対応してくれ、まず貴重な関連資料を提供してくれた。

一つはコザ孤児院が一九四五年一一月から一二月にかけ『ウルマ新報』に三回に分けて掲載した「身寄を求む」という公告記事のコピーだった。

『琉球新報』の前身の『ウルマ新報』は当時、米軍の収容所が発行元になっていた。

そんな由緒のある新聞に沖縄敗戦から半年も経たないうちに載った「身寄を求む」の公告記事

は、それだけで沖縄の戦後史を語る第一級の歴史的資料だった。

コザ孤児院の収容者の氏名と年齢だけをずらーっと羅列した公告記事の名簿には、すでに取材を終えた安谷屋昌一《あだにやしょういち》さんの名前もあった。

その公告を見ているうち、子どもの頃夕方になるとNHKラジオから流れてきた『尋ね人の時間』の抑揚のない独特のアナウンスが、突然よみがえってきた。

『尋ね人の時間』は、復員兵や引揚者、シベリア抑留者などの消息を聴取者に問い合わせる番組で、昭和二〇年代生まれの人なら一度や二度は必ず耳にしているはずである。

「ハルビンの○○にいた○○さんの消息をご存じの方はいらっしゃらないでしょうか」「大連の○○で働いていた○○さんをご存じないでしょうか」といった暗い口調のナレーションが流れてくるたび、子どもながらに陰々滅々たる気持ちになった。

もう一つは、NHK沖縄放送局が制作し二〇一〇年八月一三日に放映した『沖縄〝戦争孤児〟の戦後65年』というドキュメンタリー番組を見せてもらったことである。

この番組は、アメリカの国立公文書館で見つかったコザ孤児院を撮影した貴重な映像と、二〇一〇年六月に行われたコザ孤児院の第一回慰霊祭のもようから構成されている。

米国立公文書館所蔵のフィルムには、骨と皮だけになってコザ孤児院から担架で運び出される子どもたちの遺体など、目を背けたくなる光景も撮影されている。

そうかと思うと、元気に体操する子どもや、金網越しににっこり笑う子どもたちの姿も映っている。

天涯孤独になったにもかかわらず却って元気にふるまう戦争孤児たちの健気《けなげ》さに胸を打たれた。その対照的な映像を見ていると、ナチスの強制収容所体験を記録したノンフィクションの中に、たしか「アウシュビッツでも子どもたちは笑っていた」という一節があったのを思い出した。

コザ孤児院の子どもたちに体操や勉強を教えたのが、元「ひめゆり部隊」の女性たちだったという事実に考えさせられた。

立場は教師と生徒に分かれているが、年齢はそれほど離れていない。それが同じ戦争の犠牲者同士だったことに思いをいたすと、痛ましくてならない。

このドキュメンタリーの圧巻は、頭を包帯でぐるぐる巻きにされた少女の米国立公文書館所蔵のフィルム映像が映し出されたとき、慰霊祭に参加した六九歳の女性が「これは私かもしれない」と叫ぶシーンである。

四歳でコザ孤児院に収容された彼女は、自分の名前も両親の名前も、どこで生まれたかもわからないまま、現在にいたっている。

身元不明のその女児に元「ひめゆり部隊」の先生が、孤児院の地名から〝コザヨシ子〟と名づけたというエピソードが、戦争孤児の悲劇を怒りより胸を衝く静かさで語っている。

沖縄市役所の担当者は、肝心の用件もよく理解してくれて、取材に応じてくれそうなコザ孤児院の出身者に連絡をとってくれた。それをきっかけに、何人かの戦争孤児に会うことができた。

「集団自決」で家族を失う

最初に会ったのは、八歳でコザ孤児院に収容された松本実さんである。

松本さんは六七回目の「慰霊の日」を迎えた二〇一二年六月二三日、浦添《うらそえ》市の自宅応接間で、過酷な沖縄戦の思い出を語ってくれた。

紺のかりゆしウエアを着て少年時代の沖縄戦体験を淡々と振り返る松本さんは、七六歳という年齢よりずっと若々しく見えた。

——お生まれは、こちらですか?

「はい、ここです。浦添の宮城です」

——家は何をやっていたんですか?

「農業です。戦前はこの部落の中でもベストテンに入るくらいの貧乏でした。主食は芋でした。それもいい芋は選んで売るので、食べるのは虫が中に入った芋ばかりでした。米はほとんど食べたことがありません。だから、子どもたちには、お前らは絶対貧乏するな、と言っているんです」

自分が家庭を持つときは寂しくないよう子どもは三人以上つくる。家族にみじめな思いをさせないよう大きな家に住む。松本さんはそう決めて戦後を生きてきたという。その言葉通り、松本さんは四人の子ども、一〇人の孫に恵まれ、芝生が植えられ、ゴーヤが実る広々とした庭のある大きな家に住んでいる。

松本さんがこんな絵に描いたような幸福を希求してきたのは、沖縄戦の「集団自決」の場に居合わせ、家族全員を目の前で失ったからである。

――「集団自決」で亡くなったのは？

「父、母、姉、弟の四名です」

――場所は？

「部落内のガマ（壕）です」

――松本さんを含めて五名がガマに入ったんですね。

「はい、ガマにはほかにも同じ部落のたくさんの人がいたと思います」

浦添市宮城共有地等地主会が編纂した『字誌なーぐすく』に、松本さんは、ガマ内で起きた出来事についてこんな証言をしている。

〈テラブヌガマで着物を濡らして鼻口を押さえながら、誰も出なかったです。とにかくガスを吸って相当苦しかった事は憶えています〉

ガスというのはアメリカ軍の毒ガス攻撃のことである。

――ガマの中には六〇人くらい入っていたそうですね。

「はい。真っ暗でよくわかりませんでしたが、それくらいいたと思います。そのうち誰かが『アメリカ兵が近づいてくる』って言ったんです。日本兵も二人いて、紐のついた木箱を持っていました。木箱の中には自爆用の火薬が入っていたと思います。その木箱の周りにみんなで輪になって座ったことまでは憶えています。私も両親、姉、弟と肩を寄せ合うようにしていました」

——手榴弾を持たされていた人もいたそうですね。

「親父も持たされていたと思います。もうダメだからみんなで自爆しようということになったんだと思います。合図で爆弾を爆発させて自決しようと決まったみたいでした。でも、戦車も吹っ飛ばすような爆弾ですから、それを爆発させたなら、私が生きているはずはありません」

——すると爆発したのは手榴弾だったんですか。爆発の瞬間は憶えていませんか。

「憶えていません。気がついたら、血だらけになった人が見えました。うめき声も聞こえました。見ると、大人の男の人が女の子をおぶって逃げて行くから、すぐついていった。私も腕のあたりに爆弾の破片が刺さったらしく、痒《かゆ》みを感じました」

——痒み？　痛みじゃないんですか。

「なぜか痛みは、全然感じませんでした。神経が麻痺していたせいなのか、栄養失調のためか、怖さや寂しさのためだったのかはわかりませんけど。コザ孤児院に収容されて体を洗われたとき、破片が腕に刺さっていることに初めて気がつきました。怪我をしたら、傷口にハエがたかって、すぐ蛆《うじ》がわくんです。孤児院でも蛆が傷口を押し上げている子をいっぱい見ましたよ。自分はなぜか、蛆がわかなかった」

――手榴弾を配った二人の兵隊さんは死んだんですか？

「私は死んだと思っています」

――ガマを出てからコザ孤児院に収容されるまでは憶えていますか。

「ガマを出て、別の壕に行きました。その壕の周りは畑で、キャベツとか芋を食い、また壕に戻ることをつづけました。壕の中には砂糖や金《かね》もありました。砂糖には死んだ蟻がいっぱいたかっていて、それをよけて食べました」

武装した米兵によって壕から引きずり出されたのは、壕に入ってから五日か一週間後だったという。

「ガマから一緒だったおじさんが、娘さんをおんぶして壕から引きずり出されたとき、娘が死んだら私も死にます、と言っていたのを憶えています」

そう言うと、松本さんは突然、嗚咽《おえつ》した。

「ごめんなさい、歳をとると涙もろくなって……」

――コザ孤児院にはどんな思い出がありますか。

「コザ孤児院には乳飲み子から十何歳の子までいた。毎日新しい子が入ってきたけど、毎日のように子どもがやせ細って死にました。私も四歳年下の弟が死なないで入ってこないかと毎日待っていた。うちは貧乏家庭だからいつも二人だけで留守番をしていた。でも、弟は結局帰ってこなかった」

――孤児院で友達はできたんですか。

「一つくらい年上だった子と仲よくなりました。孤児院ではいつもお粥とミルクだったのでお腹を空かして、米兵が食料を捨てている場所に二人で行って、肉なんかを探していたんです。すると米兵が鉄砲を持って『あっちへ行け』と言う。でも、鉄砲に当たれば死ぬということはわかっていても、一つも怖くなかった」

遠縁の人に引き取られてコザ孤児院を出た松本さんは、親類の家をたらい回しされ、中学卒業後、浦添のキャンプ・キンザーで靴磨きや掃除などのハウスボーイとして働いた。

「小学校も中学校も半分しか行かせてもらえなかったから、いまだ読み書きもろくにできません」

松本さんはそう言って、悲しそうな顔をした。孤児になったことより、人並みの教育をつけてもらえなかったことの方が、よほど辛そうだった。

二八歳のとき友人の紹介で知り合った妻の藤子さん（取材時・七四歳）とは、自宅でささやかな結婚式をあげた。新婚旅行は船で鹿児島に渡り、宿代を節約するため、別府、京都、東京、日光への移動はすべて夜行列車だった。

応接間の壁には、結婚四〇年目を迎えた二〇〇五年、松本さんが感謝をこめて書いた藤子さんへのラブレターが貼ってあった。

さっきの辛そうな顔とはうってかわった、にこやかな表情で松本さんがそれを見ていたとき、正午の時報が鳴った。

すると、同席していた息子さんが「みなさん、黙禱してください」と言った。その言葉でその日が「慰霊の日」だったことにあらためて気がついた。

いい家庭だな。家族全員で黙禱する姿を見てそう思いながら、最後の質問をした。

――「慰霊の日」が近づくと、体の具合が悪くなるという方がいまもいるようですが、そういうことはないですか。

「私は感じたことないですよ。頭が弱いのかも（笑）。でも、慰霊祭に行くと、いつも涙が出てきてね。近所に納骨堂があるんですが、そこでカミさんと二人で拝んでいたら、先生が子どもたちを連れてきて……」

――沖縄の平和学習ですね。

「あんたらいくつって聞いたら、九歳だという。九歳？　私も戦争のとき同じくらいだったなと言うと、先生がそれを聞いて、そのときの話を子どもたちにぜひ聞かせてくださいって言われた。だけど、あのときのことを思い出すともう息が止まって、よう話せなかった」

松本さんは別れ際に、こう言った。

「とにかく戦争ほどばかばかしいことはない。無惨です。これは誰も言わないと思うけど、私はあの戦争でアメリカに負けたのはよかったと思っている。だから私はアメリカが好きだし、基地も賛成。こんなこと言ったら石投げられるけど（笑）」

その言葉に、米軍キャンプで定年まで勤め上げた感謝と自負を感じた。

と言う。

沖縄はつくづく一筋縄ではいかない。沖縄戦の集団自決で家族を失った戦争孤児が、基地賛成と言う。

それを奥さんが「お父さん、またそんなこと言って」と笑って制する。そんな夫婦関係も微笑ましかった。

天涯孤独の身からここまでの家庭を築き上げた松本さん一家に幸あれと祈らずにはいられなかった。

後日、このインタビュー記事を掲載した雑誌を送ると、間もなく松本実さんの次男の奥さんから丁寧なお礼のはがきが来た。そこにはこう書かれていた。

〈残暑お見舞い申し上げます。

先日は、義父へのインタビューを記事にして頂き、又、ご発送いただきまして誠に感謝申し上げます。私達家族も、これまで細かい内容については聞かされていなかったので、悲惨な体験ではありますが、父の苦労や思いを知ることができ、嬉しく思っています。その父の記事が、今後、一人でも多くの人々の目に触れ、戦争・平和について、考えるきっかけになればと思います。字の書けない父に代わって、次男嫁の私が代筆いたしました。本当にありがとうございました〉

沖縄戦の戦争孤児には、学校に行けなかったため読み書きができない人が少なくない。先述の

〝コザヨシ子〟さんもそうである。そう思うと、松本さんの家の応接間に貼ってあった奥さんへのラブレターが、なお愛おしく見えてきた。

それと同時に思い出した人物がいる。松本さんとは正反対の人生を歩み、最後は指定暴力団「三代目旭琉会《きょくりゅうかい》」会長になった翁長良宏《おながよしひろ》というアウトローである。

翁長は一九三四年、首里の裕福な家に生まれた。だが、戦争によって両親を失い、たった一人の妹とも生き別れになり、一〇歳にして天涯孤独の身となった。

戦後は難民収容所に強制的に収容され、その環境からごく自然に米軍施設から物資を盗む〝戦果アギヤー〟の一群に身を投じた。沖縄の暴力団事情に詳しい新聞記者によれば、翁長は沖縄を愛してやまない戦闘的ナショナリストとしても知られているという。

「裁判で本土から来た検察官から質問されると、物凄い沖縄口《ウチナーグチ》でまくしたてるんです。誰も意味がわからないので、翁長の取り扱いには警察も検察も裁判所もほとほと手を焼いています」

翁長が沖縄口でまくしたてるのは、実はもう一つの理由がある。翁長は小さい頃から難民収容所で育ったため、学校に行っていない。そのため〝読み書き〟ができない。

訴状も読めないから、本人にしかわからない沖縄口でまくしたてる以外にはないのだという。

この話を聞いて、沖縄一のならず者といわれる翁長の孤独が、少しはわかったような気がした。

いまも弟を捜して

次に会った那覇市真和志《まわし》在住の嘉数《かかず》好子さんは、沖縄戦の砲撃で左目を失明した。腕と太ももにも貫通銃創の重傷を負った。

孤児となった嘉数さんが収容されたのはコザ孤児院ではない。沖縄本島北部の名護にあった田井《たい》等《ら》孤児院である。

ちなみに、沖縄戦終結時、沖縄本島にはコザ、田井等、南部の糸満、北部の辺土名《へんとな》など一〇カ所ほど孤児院があった。

コザ孤児院とは縁のない嘉数さんに接触することができたのは、嘉数さんが沖縄戦ではぐれた二歳年下の弟の消息を捜して、コザ孤児院の慰霊祭を訪ねてきたためである。その線から、嘉数さんに連絡をとることができた。

沖縄戦当時、八歳だった嘉数さんの戦争の最初の記憶は、日本軍の部隊と一緒に暗い山道を歩いてどんどん南下した記憶である。

「信玄袋の中に黒砂糖を入れて持ち歩いたことを憶えています。昼は山の方とか木の窪みに隠れて、夜だけ歩くんです。いま考えたら米軍に上から見られないようにするためだったんでしょうね」

米軍の猛攻撃を受けたのは、糸満の新垣《あらかき》部落だった。

「日本軍の部隊と一緒に南下しているときでした。そこで、南風原《はえばる》にある陸軍病院の看護婦として行っていた母と一緒になりました。それからが苦難の連続の始まりでした。

私たちが避難していた大きなお屋敷に爆弾が落ちたんです。母はその家の石柱の下敷きになって、出ることができなくなったんです。すぐ近くに部落の池がありました。母はそちらの方を指さして沖縄方言で『みじばー、みじばー』と言うんです。水をくれ、ということですね。

必死に水を汲んで運んでいると、今度は火炎放射器でその屋敷が全部焼かれたんです。母はその中で、私と弟に向かって、いま来た道を帰りなさい、っていう仕草をするんです。それが、母を見た最後でした」

弟の手を引いて逃げる途中、嘉数さんも米軍の機関銃攻撃を受けた。

「弾は当たって傷も残るんですが、一つも痛くないんです。それより、傷口に蛆虫がわいて痒かったのを憶えています」

左目を失明したことは、田井等の孤児院に収容されて初めて知った。嘉数さんの一番の気がかりは、自分の傷より、米軍の攻撃を受けたときにはぐれた弟の行方だった。

嘉数さんは、沖縄戦を撮影したフィルムがアメリカの公文書館から南風原にある沖縄県立公文書館に送られてくる度、いまでもその中に弟の姿が写っていないか点検している。

彼女の〝尋ね人の時間〟は沖縄戦から六七年経っても続いている。

田井等の孤児院から嘉数さんを引き取ったのは、旧満州から復員した父だった。だが、父の再婚相手には懐《なつ》けなかった。

畑仕事に駆り出され、学校にもまともに通えなかった。太ももの傷が恥ずかしく、体育の時間はショートパンツがはけなかった。

目の治療を受けたのは、独学で中学卒業の資格を取得し、高校に進んで卒業したあとだった。

「友達の親戚が入院している病院に一緒について行ったら、そこが偶然眼科だったんです。院長さんが、『あんた左目は見えるね?』と聞くので、『いいえ、全然見えません』と言ったら、じゃあこっちへ座ってと言われて、義眼を入れてもらったんです。

そして鏡を見てごらんと言うので、見たらもう普通の目のようなんです。『でも先生、見えません』と言ったら、『うん、見えなくてもいいよ、でも顔がきれいになったよ』と言うんです。それでもう私は泣き笑いしましてね。『先生、私、お金ないです』と言ったら『あんたからお金はもらえないよ』と言われました」

同じ頃、嘉数さんは教育長の屋良朝苗《やらちょうびょう》を訪ねている。屋良は初の公選行政主席をつとめ、本土復帰時には、沖縄県知事となった人物である。

「幼稚園の先生になるにはどうしたらいいかを、聞きに行ったんです。教育長といえば偉い人だから、そんなこと聞いたら怒られると思っていたんですが、あの先生はどうしたらいいかを親切に教えてくれました」

目の治療を語るときの明るさや、就職の際に見せたこの積極性があったからこそ、嘉数さんは沖縄戦で受けた傷や、孤児院育ちという差別にもめげず、今日までたくましく生きてこられたのだろう。

二六歳のとき結婚したご主人とクリーニング店を始め、四人の子どもと九人の孫にも恵まれた。その孫のひとりが一五歳の誕生日を迎えた二〇〇九年四月、嘉数さんは自分の戦争体験を初めて話した。その話をもとにして書いた「受け継ぐ平和」という作文は、島根県雲南市が主催する「永井隆平和賞」を受賞した。

雲南市出身の永井隆は長崎で被爆しながら原爆症の治療をつづけた医師である。『長崎の鐘』や『この子を残して』などの著作でも知られる。

以下は、中学生の部の最優秀賞を受賞した孫の金城美和さんの作文の一節である。

〈今年、七二才になる私の祖母は、今から六十四年前に起きた沖縄戦の犠牲者の一人です。眠っているはずなのに、開いたままの左目。小さい頃から、不思議な気持ちで見ていたその目は、失明しています。

一緒にお風呂に入っていた頃、つい目に入った腕のヤケドや、太ももあたりの、銃で撃ち抜かれたような痛々しい傷跡。幼い心にも、それらの傷について触れることにためらいがあり、口に

出すことはできませんでした〉

美和さんが一五歳の誕生日を迎えた日、祖母は初めて美和さんに自分の戦争体験を詳しく話してくれた。

美和さんは作文をこう続けている。

〈沖縄戦当時、祖母は小学一年生でした。戦争が激しくなると、学校が兵舎に変わり、民家が兵隊たちに奪われていったそうです。祖母達は、壕《ごう》で不自由な生活を強いられたのです。父親は、中国へ出兵し、母親は看護員としてかり出され、壕に帰らない日が多かったそうです。幼い弟と、心細い日を送ったと言います。ついに帰ってこなくなった母親を探すために壕を出て、砲弾の飛び交う中、さまよいあるきました。道ばたには、命を落とした人々の無残な姿がありました。しかし、怖がる余裕もなく、その上を必死で歩いたそうです「地に這ってでも生きたい。」という思いだけがあったそうです。

幼い子供四人は、あちこちの壕を転々としました。壕を見つけて入ろうとすると、「あっちへ行け。」「子供は入るな。」と、追い出されたそうです。草の茂みの中や木の下で小さく隠れながら眠りました。しかし、寝付けない日々を過ごしました。

そんな中、軍とはぐれた母たちと再会することができました。やっと大人達と、偶然見つけた民家で生活できました。数日間はこの隠れ家で、食料にもありつけました。「このまま戦争が終わってしまえばいいのに」と、思ったのもつかの間、「空襲だ、逃げろ！」という大人達の叫び声と同時にすさまじい爆発音。

祖母たちは、体が小さかったので床下に隠れることができ、どうにか命だけは助かりました。大人達は、爆発で倒れた石柱の下敷きになってしまいました。母は、「南へ行きなさい。」という最後の言葉を残して、亡くなったそうです。その時、爆撃の破片が祖母の左目を直撃しました。そして、米兵の打《ママ》った弾が左足を貫きました。当時のことは今でも夢にみるそうです〉

作文は、こう結ばれている。

〈「生かされているから自分にできることは何でもやってみる」という、祖母のチャレンジ精神に圧倒されます。悲しく苦しい体験をした人だからこそ、「今を生きる」ことの大切さを知っているのだと思います。

つらく、悲しい事実を、十五才になった私に話してくれた祖母に感謝します。

そして、「生命の尊さ」「平和の尊さ」を伝えてくれた祖母の思いをしっかり受け継ぎたいと思います。

今日も祖母は明るく元気に働いています〉

――いい作文ですね。お孫さんは将来何になると言っているんですか。

「保育士になりたいとか情報関係の仕事がしたいと言っていたんですが、最近では吉本興業に入りたいと言っています」

――いいなあ、夢があって（笑）。

「でも、夢だけじゃ人生いけないよ、と言っているんです。カラオケに行くときも」

――エッ、カラオケに一緒に行くんですか？　どんな歌を歌うんですか。

「演歌も歌えば、童謡も歌います。この前も、孫が小さいとき寝かしつけるために歌った『ゆりかごの唄』を歌ったら、ばあちゃん、いまどきこんな歌で眠る子はおらんよ、と言われました」

そう笑って語る嘉数さんには、沖縄戦で孤児になった暗さは微塵も感じられなかった。そしてその笑顔が、どんな言葉よりも一番の救いだった。

祖母の腕を斬り落とす

翌日、沖縄戦で家族七人を亡くした長嶺将興《ながみねしょうこう》さんに那覇市首里の市営住宅八階の自宅で会った。ベランダから手の届きそうな距離で東シナ海が見える。部屋を吹き抜ける風も涼しく、これ以上望めないような素晴らしい環境である。

最初に靖国問題について尋ねた。

——沖縄戦で亡くなられた七人のご家族は、全員靖国神社に祀られているんですか？

「はい、全員祀られています」

——お父さん、お母さん。

「お祖母さん、お姉さん、弟です。弟は三名ですね」

——その方たちへの弔慰金というのは、いまでも出ているんでしょうか。

「そうですね、最初に出たのは一人年間で一万円でした」

——というと、家族七人で年間七万円ですか。

「でも、その後一人二万円が三万円になり、三万円になって、現在は一人四万円になっています」

——一人四万円というお金は、具体的に沖縄のどこから来るんですか。

「国債で来ます」

長嶺さんはそう言って、実際に支給された日本政府発行の国債を見せてくれた。

上部に「第八回特別弔慰金国庫債券　四拾万円」と書かれ、その下に1から10までの番号がふられた「償還金　40，000円」という小型の国債券がついている。

「毎年、切り取り式になっているんです。それが一人について一〇年分いっぺんに来るんです。そしてうちらが生きているうちは、一〇年経ったらまた申請する」

——つまりこの小型の国債券を一枚ずつ切って、郵便局へ受け取りに行くんですね。

「ここに支給年度がちゃんと書いてありますから、四〇万円いっぺんにもらうというわけにはいきません」

――へんな譬《たと》えですが、ホテルの朝食券と同じですね。ところで、四万円の弔慰金は少なすぎると思いますが、それでも助かるものですか。

「まあ、ないよりましといったところですかね」

――これは弔慰金ですが、これ以外に援護金（遺族年金）もあるんですよね。

「いや、援護金はないです。うちがお父さんで子どもが亡くなったら援護金になるわけですよ」

――ああ、そうか、援護金は将来自分の面倒を見てもらうべき人が戦争で亡くなった場合、もらえるわけですね。援護金の方が弔慰金より額としてはずっと大きいわけですか。

「大きいですよ。もう子どもを三名四名亡くした親だったら、立派な家なんか建てていますよ」

戦争で家族を失った人に支払われる金額が、人によって大きく違う理由が、この説明を聞いて初めてわかった。戦争遺族に支払われる金でも、かなりの金額になる援護金に比べ、弔慰金は雀の涙程度なのである。

この話を聞きながら、沖縄の経済は基地の軍用地料と沖縄戦の遺族年金で支えられている、という石原昌家教授の苦い指摘をあらためて思い出した。

靖国と援護金問題の質問が済んだので、話題を本題の沖縄戦に移した。

長嶺さんは一九三三年、首里の金城《きんじょう》部落（現・金城町）に生まれた。生家は主に芋や野菜を作る農家だった。

当時小学校五年生だった長嶺さんの沖縄戦の最初の思い出は、金城部落の壕に軍の貼り紙をされて、作戦に使うから朝までに出て行けと命令されたことだという。

「朝までに出て行けということは、夜中に移動せよということです。それで、南に向かって移動中、東風平《こちんだ》で、ここをやられました。ほら、こっちの骨が短いでしょ」

そう言って長嶺さんは、右手をかざして見せた。確かに右手の人差し指が左手に比べ、極端に短い。

――敵の機銃掃射か何かでやられたんですか。

「ええ、直撃です。ぶらぶらしている指に、ブタの脂に塩を混ぜて、石油で消毒しました。出血はなかったですね」

――家族は無事だったんですか。

「ええ、やられたのはうち一人。やられたときはもう地の底に潜り込むような気持ちで、物凄く気持ちがいいんですよ」

――えっ、気持ちいい？

「うん、怖いとかは感じない。どんどんどんどん地の中に入っていくような気持ちです」

――このまま死ぬのかな、という意識もなかった？

「そんな意識はありません。本当に楽ですよ。土の中にのめり込むように」

長嶺さん一家はその後、現在ひめゆりの塔がある近くの伊原《いばる》という部落に移動した。そしてその部落の茅葺き屋根の民家に隠れているとき米軍の直撃弾を受けた。

「お父さんと弟二名は即死です。生まれてまだ何カ月も経っていない弟の頭は吹き飛んでいました。お母さんはお腹をやられて、内臓が出て。そこに死んだお父さんのゲートルを巻いたんですが、翌日には亡くなった。お祖母さんも右手をやられて、腕がぶらぶらしていたから、うちが斬ってあげて」

――えっ、孫の長嶺さんがお祖母さんの腕を斬ったんですか。

「お祖母さんが斬りなさい、と言ったんで、斬り落とした。お祖母さんが亡くなるとき、僕は『天国に上がるときは一緒に手を引いて』と言ったんです。そしたら、お祖母さんが『うん、わかった。手を引いてあげるよ』と言った。お祖母さんは、翌日亡くなりました」

――そのとき、自分も死にたいなと思ったんですか？

「家族と一緒ならどこで死んでもいいや、という気持ちでした。足に怪我をしていたお姉さんも、破傷風になってすぐ亡くなりました。あのときは梅雨時でしたからね」

父、母、祖母、姉、二人の弟を失った長嶺さんは、当時四歳だった弟と二人だけで夜の山道を歩いた。

「昼間はトンボ（偵察機）が飛び回っているから、絶対に移動はできません。夜でも照明弾が上がると真っ昼間のようになるから動けません。照明弾が消えるとまた歩く」

伊原から糸満まで歩いたとき、米兵につかまった。米兵はとてもやさしく、手真似で「これを食べなさい」と言って、お菓子や乾パンを、まず自分で食べてみせた。

——そこからコザ孤児院に連れて行かれたんですか。

「最初は泡瀬《あわせ》の収容所に連れて行かれ、弟と一緒に二日くらいいました」

泡瀬は沖縄本島中部の太平洋側にあり、サンゴ礁の干潟で世界的に知られている。

「そこは海が近かったので、海に浮いていた肉を拾って食べたですよ。人の肉かもしれないと思ったけど、ひもじかったからですね」

その頃から弟の衰弱が激しくなったという。

「コザ孤児院に入ってからは長くなかったですね。一週間も生きていなかったと思います。タニシってあるでしょ、あれを煎じて飲ませたりしましたけどダメでしたね」

水みたいなお粥と、ビタミンの入った黄色いミルク。それが、コザ孤児院で出される主な食事だった。栄養失調でお腹の膨らんだ子や、赤痢で下痢がつづく子が絶えず、朝起きると毎日のように何人かの子どもが亡くなっていた。

——長嶺さんは弟さんを亡くして、この世にたった一人になったわけですね。そのときの気持ちはどんなものだったんですか。

「夜になると寂しくて涙が出てきましたが、子どもですから昼間はみんなと一緒にワーッと遊ぶのが楽しくて。食事が食事だったので、夜になると、米軍の倉庫に缶詰を盗みに行ったこともあります」

——米軍施設に食料などを盗みに入る〝戦果アギヤー〟ってやつですね。

「ええ、戦果です。アメリカ兵は銃を持って立っているから、見つかるとやられます。実際に孤児院の子どもが撃たれて運び込まれたこともあります」

——それは遺体ですか？

「ええ、二、三体見ました。草をつかんだまま固くなっている子もいました」

——ようやく死地を逃れてせっかく孤児院に入ったというのに、殺されたんじゃかないませんね。

長嶺さんの〝戦果アギヤー〟はうまくいったんですか。

「孤児院に持ち込んだらバレますから、盗んだ缶詰を外で食べまくって、残りは草むらに隠した。でも、翌日取りに行ったらなくなっていた（笑）」

——すごい話だな。上には上がいて、盗んだのをちゃんと見ているヤツがいる（笑）。

長嶺さんがコザ孤児院で一番忘れられないのは、仲里マサエという元「ひめゆり部隊」にいた先生だという。

当時二一歳だった仲里先生は、親が恋しくて泣き出す子どもたちを赤ん坊をあやすようにして、背中をさすり、子守唄を歌って寝かしつけた。

「仲里先生はとてもやさしい先生でした。うちが孤児院を出るとき、自分の髪の毛を切って紙に巻いて、これをお守りにしなさい、寂しいときは思い出してと言ってくれました」

コザ孤児院にいたのは、一九四五年のクリスマスまでだった。その後、親戚の家に引き取られ、そこで一カ月ほど暮らしたあと、また別の親戚の家に連れて行かれた。

——学校は中学まで行ったんですか。

「終戦直後は小学校が七年までありました。七年といったらいまの中学一年ですね」

——そのあと社会に出たんですか。

「ええ、牧港《まきみなと》でペンキ塗りなどの軍作業をやりました。住み込みのハウスボーイです」

——えっ、牧港の軍作業ですか。じゃあ、あの宜保《ぎぼ》俊夫が現場監督にいたんじゃないですか。

「宜保俊夫？　そうです、あの人がカンパン大将でした」

——カンパン大将？

「現場の総監督です」

——怖くなかったですか。

「いや、別に怒ったりしなかったから、怖くはありませんでした。見た目は怖い顔をしていましたが」

宜保俊夫は、沖縄ヤクザ中最強といわれた男である。この軍作業時代、素手で黒人兵を殺した。しかし、正当防衛が成立し、罪には問われなかった。その後、東声会沖縄支部を旗揚げし、実業家としても大成した。

沖縄戦の孤児を取材して、伝説の沖縄ヤクザにつながっていくとは思ってもみなかった。これだから沖縄の戦後史は奥深い。誰もが予想外の人生を歩いてきたから、どんな〝物語〟にも予定調和がなく、二番底、三番底の段差が刻まれるのである。

長嶺さんは軍作業をやめたあと、琉球菓子を作る親類の家で菓子職人の修業をした。四〇歳のとき独立して、妻と二人で首里城近くにチーズケーキが評判の洋菓子店を開いた。沖縄戦で死んだ父は、沖縄の伝統菓子の〝ちんすこう〟を作る職人だった。

戦争孤児となった長嶺さんは、知らず知らず父親の背中を追ってきたのかもしれない。

現在では五人の子どもと七人の孫に恵まれ、ひ孫も一人いる。

沖縄戦で七人の家族を失った長嶺さんが、この風通しのいい部屋で、いま夫婦だけの穏やかな老後を送っている。その幸福そうな生活を見ていると、よくぞここまで生きてきたという思いで胸がいっぱいになった。

取材を終え部屋を出ると、首里の市街地がすぐ下に見えた。そして、その向こうに広がる東シナ海がひときわまぶしく光っていた。

いまそこにある沖縄戦の傷跡

四人目の宮城正勝氏には、二〇〇一年に出版した『だれが「本」を殺すのか』（プレジデント社、その後新潮文庫に収録）の取材時に会っていた。

宮城氏は那覇にある地方出版社、ボーダーインクの社長である。そのときは宮城氏が戦争孤児だとはまったく知らず、もっぱら沖縄の出版事情についての質問に終始した。

宮城氏が沖縄戦で孤児になったと知ったのは、沖縄行きの際、時々訪ねる同社編集長の新城《しんじょう》和博氏が雑談の合間に「うちの社長も孤児院育ちですよ」と言った何気ない一言からだった。

沖縄は思わぬ人間が思わぬところに顔を出す。これも沖縄が日本の一地方ではなく、一人ひとりの人間が緊密に繋がりあって全宇宙、すなわちユニバーサルを構成しているからだろう。


宇宙といえば、沖縄取材のとき必ずといっていいほど訪ねる宜野湾《ぎのわん》市の「ＢＯＯＫＳじのん」という古書店の棚にも、宇宙を感じる。

これは、『ちくま』という筑摩書房のＰＲ誌に連載していたエッセイ（「テレビ幻魔館」二〇一三年一月号）で一度書いたが、「ＢＯＯＫＳじのん」の魅力を知ってもらうため、そのエッセンスを再録することをお許し願いたい。

「ＢＯＯＫＳじのん」の魅力は、何といっても棚の魅力である。

琉球古謡の研究書の隣にコザ発祥のロックの解説書があり、琉球処分について書かれた本の下に米軍統治時代の歴史について繙《ひもと》いた本がある。勝連《かつれん》半島平敷屋《へしきや》のエイサーのガイドブックがあるかと思えば、南沙織の美少女時代の写真集がある。

古本好きでかつ沖縄フリークを自認する人間だったら、「ＢＯＯＫＳじのん」の店内に一度まぎれこんだら、一日中でもここに居たいと思うはずである。

こんな魅力的な古本屋は、東京・神田の古書店や、東北や関西じゅうの古本屋を探しても、絶対に見つからない。

それは「BOOKSじのん」の棚に並んでいる本が、お互いに呼応し合って、沖縄という宇宙を構成しているからである。いくら日本じゅうの古本が集まっている神田でも、日本という宇宙を構成しているわけではない。

これは別に茨城県に恨みがあって言うわけではないが、茨城県の古本屋に入って宇宙を感じることはまずない。それは茨城が日本の一パーツにすぎないからである。

これに対して沖縄は、日本の一パーツなどではなく、れっきとしたかつての琉球王国である。王国とはすなわち宇宙である。どんな些末な事象にも琉球の宇宙世界が宿っている。

それにもまして素晴らしいと思うのは、「BOOKSじのん」店長の天久《あめ》斉《くひとし》氏の沖縄本に関する圧倒的な知識量である。

どんなに探すのが難しそうな本でも、天久氏に相談すれば、掌《たなごころ》を指すようにたちどころに出てくる。

一度など、「その本は〇〇大学の〇〇教授の研究室にあります」と言われて、腰が砕けそうになった。

私にとって天久氏は、沖縄という世界を統《す》べる知的司祭のような存在である。

沖縄の政治家から経済人、沖縄ヤクザの抗争から軍用地主、沖縄の金融事情から芸能情報までゴッタ煮のように満載した前記の『沖縄　だれにも書かれたくなかった戦後史』は、よく沖縄名物料理のチャンプルーのようだと言われる。

ここで白状すれば、この本は、「ＢＯＯＫＳじのん」の棚に刺激されて書いた。「ＢＯＯＫＳじのん」の棚のように沖縄の森羅万象世界を一冊の本にまとめられないだろうか。そう触発されて書いたものである。

実は『沖縄　だれにも書かれたくなかった戦後史』も、本書の巻末の主要参考文献も、大半が「ＢＯＯＫＳじのん」で集めたものである。

好きな古本のことなので、つい話が横道にそれてしまった。

思わぬ出会いといえば、ボーダーインク編集長の新城和博氏が渡嘉敷島《とかしきじま》の出身で、両親が集団自決の生き残りだということもこのとき初めて知った。

渡嘉敷島の集団自決についてはいずれ取材するつもりだったので、これも願ってもない話だった。

宮城氏も新城氏も、浦添市の沖縄出版社の出身である。一九九〇年に独立してボーダーインクを旗揚げした。ちなみに沖縄出版社は現在出版活動していない。

宮城氏には、体調不良を理由に取材を断られていた。一言だけでも挨拶をと思って、編集部を表敬訪問し、短いやりとりをした。

――『だれが「本」を殺すのか』、通称『本コロ』の取材で初めてお会いしたのが一九九九年のことでした。そのとき宮城さんは五九歳だとおっしゃっていましたから、一九四〇年のお生まれですか。

「そうなりますか」

――敗戦時は五歳ですから、沖縄戦の記憶はあまりありませんね。

「ほとんど記憶はありません」

――戦争孤児としてどこかの収容施設に入っていたことがあると聞きました。どちらの施設ですか。

「首里の厚生園です」

そこに宮城氏がいるかと訪ねてきた家族によって、戦後は家族とともに暮らすことができたという。宮城氏は相当に体調が悪そうだったので、そこで話を打ち切り、インタビューの相手を新城氏に変えた。

――新城さんはご両親とも慶良間《けらま》諸島のお生まれだそうですね。

「ええ、父親は座間味《ざまみ》の慶留間島《げるまじま》。母親は渡嘉敷島です」

――慶留間島では五三人、渡嘉敷島では三二九人が集団自決したと言われていますね。

「父親は当時一四歳で一中（現・首里高）の学生でした。鉄血勤皇隊に入って故郷の島の防備にあたっていた。慶留間島は慶良間諸島の中でも一番早くに米軍が上陸した島です。親父はその上陸場面を見たそうです。で、山に行ったら自決した人がたくさんいた」

――お父さんは自決しなかった。

「親父は一番最初に投降したグループに入っていたようです」

――渡嘉敷にいたお母さんは当時いくつでしたか。

「昭和八年の生まれだから一二歳のときですね。うちの母は一人娘だったから、みんなで自決に行くとき、きれいな晴着を着せてもらったようですよ」

――ああ、死に装束ですね。

「ええ。で、ちょっと紅もひいてもらって。その日は大雨だったらしいんです。みんな、グループごとに親戚や家族で自決を始めるというときになって、誰かほかのグループの人が、その現場から逃げるところを見たそうです。それで、ハッと我にかえって……」

――そういうことで命をとりとめた人も多かったようですね。

「手榴弾もすぐには爆発しなかったようです。母に何度も聞かされて憶えているのは、親戚のおばさんが、『みんなで一緒にあの世に行こうね。あの世に行っても学校には行きなさい』って言ったときに、うちの母は怒って『あの世に学校なんかあるか！』って言ったそうです。正論ですよね」

――それからどうされました。

「山に逃げて、九月くらいまで山の中で暮らしたそうです」

――えっ、九月ですか。渡嘉敷で集団自決があったのは三月二八日ですから、半年近く山に逃げていたんですね。

「その間、ずっと日本兵に見張られていたようです。米軍の捕虜にならないように」

――お母さんは渡嘉敷に何歳ぐらいまでいたんですか。

「うちの母親は高校に行ってないんですよ。なぜかというと、うちのお祖母さんが一人娘を可愛がりすぎたからなんです。ちょうど高校受験のときに朝鮮戦争が始まった」

――一九五〇年のことですね。でも朝鮮戦争と、お母さんが高校に行かなかったことにどんな関係があるんですか。

「お祖母さんは『また沖縄も戦《いくさ》になる』と思っていた。渡嘉敷には高校はありませんから本島に受験に行かなければならない。本島で戦に巻き込まれたら死ぬって言うんです」

――つまり渡嘉敷島から離さない。

「だからテストを受けても、落ちてこいって言われた」

――いい話ですね（笑）。

「結局、高校受験には落ちた」

――それにしても落ちてこいっていうのは、凄いお祖母さんですね。

「つい最近亡くなりました。一〇四歳で」

――大往生ですね。

「うちの祖母は戦時中、民宿をやっていて日本の兵隊さんをたくさん泊めていたんです。その兵隊さんが五〇年ぶりくらいに島に来て、再会する機会があったんですが、祖母を見て感激のあまり『お母さん』って抱きついていこうとしたんです。でも、あとで祖母さんは『誰かわからん。あんな禿《は》げたやつはいなかった』って言っていた（笑）。感動の再会のはずなのに……（笑）」

――自分が歳とったのはすっかり忘れている（笑）。こういう祖母さんに限って長生きする。ところで高校受験に失敗したお母さんはその後どうされたんですか。

「息子の僕の口から言うのもナンですが、うちのおふくろは結構、美人なんです。それでデパートの山形屋にスカウトされて。本来の仕事は経理なんですが、モデルにも随分出されたそうです」

山形屋は鹿児島市に本社を置く、一七五一（宝暦元）年創業の老舗百貨店である。創業者は山形県庄内地方の北前船商人で、そこから「山形屋」の名がついた。

沖縄の山形屋は那覇の目抜き通りの国際通りにあったが、一九九九年八月末で閉店した。跡地には「ホテルＪＡＬシティ那覇」が建っている。

朝鮮戦争が勃発したとき、戦火が沖縄本島に飛び火するのを恐れて、集団自決を生き延びた孫娘を、沖縄本島の高校に行かせなかった――。

集団自決の話に、朝鮮戦争の話が出てくるのは、この問題を取材をしている中でこれが初めてだった。新城氏の話は、沖縄戦の恐怖が世代を超えて伝わってきて非常に興味深かった。

水だと思って飲んだ血

五人目の神谷《かみや》洋子さんには、うるま市の鮮魚店の店先で会った。うるま市は二〇〇五年、具志《ぐし》川《かわ》市、石川市などが合併してできた沖縄本島中部の太平洋に面した町である。

神谷さんはこの町で魚屋を始めて三三年になるということだった。七五歳になるいまも店先に立ち、仕入れにも回っていた。

一九三七年、沖縄本島東海岸の勝連半島沖合の津堅島《つけんじま》で生まれた神谷さんは、幼い頃、母と一緒に那覇の真和志に移った。父親は防衛隊に取られていて、家にいなかった。

外で遊んでいると、真っ白な大きな飛行機が飛んできた。いまにして振り返ると、あれがB29じゃないかと思われる。すると、母親が「洋ちゃん、いまから戦争が始まるから中へ入りなさい」と言った。しかし、幼い洋子さんには「戦争」というものがまったくわからなかった。

「それで近所の壕に入ったんですが、持っていた食べ物を日本の兵隊さんに奪われ、ここを出て行きなさいと言われて、強制的に出されてしまった。それで仕方なく、部落の人たちと一緒に南部に逃げたんです」

南風原の野戦病院近くに避難しているとき、米軍の艦砲射撃を受けた。爆弾も落ちたようで、周囲には着物や肉片が飛び散っていた。母親も粉々になっていた。幼い弟も生きているとは思えなかった。その傍らで震えて座っているところを、男の人に手を摑まれて壕の外に引っ張り出された。

「お母さんと叫んで、いくら泣いても、誰も助けてくれない。仕方なくみんなについて行くと、お前がここで泣いたら、敵に気づかれてみんな危なくなると言われて、あっちへ行けって石を投げられた」

家族とはぐれて一人ぼっちになった八歳の少女は、いくら寂しかろうと、自分らが生きることだけに懸命な集団にとっては完全に足手まといだった。

夜は、敵が照明弾を撃つと、その明かりを頼りに歩いた。喉が渇き、川を探していると、人影らしきものが見えた。近づくと、ひと固まりになって動かない人間の遺骸だった。その物言わぬ死体を押しのけて、水を飲んだ。生臭かった。水だと思っていたのは人間の血だった。よく見ると蛆もわいていた。でも、それで少し元気になった。

人の群れを探し歩く途中、赤ん坊をおんぶして、二人の小さな子と両手をつないだ一四、五歳くらいの男の子に会った。

「ああ人がいると思って近寄っていくと、おんぶした赤ちゃんを下ろして、私におんぶさせるんです。しばらくおんぶして一緒に歩いたんですが、私はもうほとんど立つことも歩くこともできなかったから、そのうちおんぶしたふりをして、おぶい紐を外して逃げた。でもすぐつかまって、今度は手を引いていた小さい子の方とも手をつながされて歩かされた」

その後また、少年の目を何とか盗んで逃げた。だが偶然、その少年とコザ孤児院で再会することになった。

「このお兄ちゃんは子どもたちにお粥を配る係だったけど、お前は赤ん坊を置いて逃げたからお粥は絶対にあげないって、意地悪するんです。コザ孤児院ではこのお兄ちゃんにいじめ抜かれて叩かれ通しでした」

コザ孤児院ではハエがたかり、尿や便を垂れ流したままの子どもが毎日のように死んでいった。その反面、連日のように子どもをもらいに来る人がいた。アメリカにもフィリピンにも中国にもコザ孤児院出身の子どもがもらわれていった。

神谷さんもコザ孤児院に入って数カ月後、子どもが兵隊にとられたまま帰ってこない夫婦にもらわれていった。

「私を働かせるために養女にしたんです。一四匹のヤギと二頭の牛の世話をしてからでないと学校に行かせてもらえなかった。学校でいい点とってくると、孤児院育ちのくせにと言って、またいじめられた」

学校に行けたのは、六年生の一学期の終わりまでだった。学校で勉強する代わりに、かまどの灰を地面に撒き、それに水でしめらせた指で字を書いて文字を覚えた。

戦死したと思っていた子どもが兵隊から帰ってくると、財産を取られると思って、今度は家を追い出しにかかった。

二一歳で結婚し、六人の子どもを産んだ。いまは一三人の孫と三人のひ孫までいる。

「孤児院育ちでさんざんいじめられてきたし、勉強したくってもできなかったから、子どもたちには、やさしい人間、何でも肥やしにできる人間になってほしいと思って、『人をいじめたらダメよ』『心の財産つくりなさい』『頭の財産つくりなさい』と言って育ててきました」

翌日、平和学習のため沖縄に修学旅行で来ている大阪の中学生に沖縄戦の体験談を語るという神谷さんは、最後にこう言った。

「戦争を知らずに育ったいまの子は幸せです。戦争ほど残酷なものはありませんから」

晩発性ＰＴＳＤ

六七回目の「慰霊の日」を迎える直前、『琉球新報』は「沖縄戦と心の傷」（北村毅早稲田大学琉球・沖縄研究所研究員）という五回連載の記事を載せた。

その記事の中に、沖縄戦で子どもを亡くした母親が、突然異様な声で笑い出し、子どもの遺骸をガマ（壕）から投げ出して、敵の砲煙の中に飛び出して行ったというショッキングな場面が紹介されている。

沖縄戦は人々の心にどんなトラウマを残したのか。沖縄の靖国問題への関心から、沖縄戦の孤児問題に行き着いたこの取材中、最も気になっていたのが、その問題だった。

そこで沖縄の靖国問題と戦争孤児の取材を終わるにあたって、沖縄協同病院心療内科部長（当時）の蟻塚亮二《ありつかりょうじ》氏に会って話を聞いた。この問題を語るには最もふさわしい人物だと思ったからである。

蟻塚氏は会うなり、「砕かれた心　沖縄戦と精神障害」という『沖縄タイムス』に寄稿した記事と、表紙に「沖縄戦と精神保健」と書かれた一二ページのレジュメをくれた。

『沖縄タイムス』の記事には、沖縄戦を体験した人たちは高齢化しているが、彼らの記憶はいまだ生々しい、にもかかわらず戦争の記憶が風化しているのは、戦争を語る土壌と世論が保守化しているからだという主旨が述べられている。

その主張は、沖縄を長年取材してきた私に非常に強い説得力をもって迫ってきた。

またレジュメの方には、一九六六年に行われた日本政府の精神衛生実態調査によると、本土の精神障害者有病率が一二・九パーセントだったのに対し、沖縄では約二倍の二五・七パーセントにのぼるという事実が記されている。

なぜ一九六六年の時点で、沖縄で精神衛生実態調査が行われたのか。蟻塚氏の答えは以下のようなものだった。

「日本本土でもまったく同じ方法論で、一九六三年に同種の調査が行われています。ところが、この調査に異論が出た。『このような調査は、地域における精神障害者の登録管理につながる。

ひいては人権侵害にもつながりかねない』という反対論が出たのです。このため、本土では同種の調査は行われなくなった。

沖縄では、この調査を日本精神神経学会が沖縄に研究者を派遣して、六六年に本土と同じ調査を行ったんですが、なぜこの時期だったのかについては、はっきりしたことはわかりません」

蟻塚氏はそう言って、この調査に興味があるなら「臨床精神医学」二〇〇九年の三八巻四号に、小椋力という琉球大学の名誉教授がそれに関する論文を書いているので、参考になるかもしれませんと教示してくれた。この論文は「日本精神医学新風土記」シリーズの一環で、その二六回目にあたっている。その中から目についた記述をピックアップしておこう。

〈戦前の沖縄県内には精神科専門の医師、病院はもとより病床もなかった。したがって精神障害者は、精神病者監護法（1900年）による自宅の座敷牢（自宅監置）、市役所などに設けられていた公的監置所に入れられていた。

日本政府の統計によると、1912年末時点で沖縄県内の精神障害者数は435人で、総人口に対する割合は0・08％であった。そのうち20人（4・6％）が監置されていた。1941年には非監置者775人（87・1％）、監置者115人（12・9％）、計890人が精神障害者として届け出されていた。軽度の精神障害者等は届けられていないと思われる。したがって戦前における精神障害の有病率は不明であり、精神科医療は行われていなかったといえる。しかし、一部

の精神障害者は、後に述べる民間の巫女的役割を果たす人々（ユタ）により問題の解決をはかっていたと思われる〉

戦後、琉球政府厚生局による精神衛生実態調査が行われたのは、先述した通り、一九六六年一一月だった。小椋氏は述べている。

〈この調査は国勢調査区20区を層別無作為に選定したもので、調査客体は世帯数で1155、世帯人員5127人であった。その結果、現在症状があると判定された者は132人、過去に症状はあったが現在はないと判定された者9人であった。これを全沖縄の人口を用いて推計すると、24060人の精神障害者が存在することになり、約7割以上の精神障害者が何らかの治療を受けずに放置されていることが明らかとなった〉

驚くのは、次の記述である。

〈本調査の方法は、1963年に実施された日本政府厚生省のそれと同一なので、比較が可能であった。その結果、沖縄における精神障害の有病率は本土の約2倍であった。診断別有病率（人口1000人対）は、統合失調症8・2（本土2・3）、躁うつ病0・4（0・2）精神遅滞4・7

（4・2）、中毒性精神障害1・4（0・7）、神経症2・5（1・1）などであった。

沖縄に精神障害者が多く、未治療者も多いとの調査結果は、琉球政府はもとより本土政府、派遣医制度などに大きな影響を与えた、精神障害を対象とした本格的な実態調査は、その後現在まで実施されていないので、先の数値が現在でも使用されている。日常の臨床経験からしても、精神障害者は多いとの印象は受けるが、2倍にも達するのかわからない。実態調査の実施が求められている〉

この調査で特に驚かされるのは、かつて分裂病といわれた統合失調症の有病者が、本土の二・三パーセントに対し、三・六倍の八・二パーセントにも達していることである。

蟻塚氏はこの理由について、次のように推察する。

「統合失調症は、二〇歳前後で発病すると、従来いわれてきているんですが、最近は遺伝子環境相互作用学説というのが出てきました。この学説によると、統合失調症の発病リスクが高まる時期として三つの年代とそのケースをあげています。一つは、胎児期または出産直後に母体が脳の損傷を受けるリスク、二つ目は、八歳から一五歳くらいの児童期に精神的なストレスを受けた場合、三つ目は、青年期・思春期に精神的なストレスを受けた場合です。仮に、一九四五年頃に戦争体験をして衝撃を受けたときに一〇歳だった人が、二〇年後の一九六五年や六六年頃になって、三〇歳で統合失調症を発病したとすれば、この最近の学説で、うまく説明ができるのです」

この説明を聞いて、深く納得がいった。

「ただ一九六六年当時は、沖縄の精神病患者の数は本土に比べて著しく多かったとは言えたが、私の臨床の印象としては、いまはそれほどとびぬけて多いとは思わない」

私は、蟻塚氏にあらためて尋ねた。

――この取材を断った方の中に、「慰霊の日」が近くなると具合が悪くなるからという理由をあげた人がいたことが印象的でした。

「それは命日反応型の鬱《うつ》病というやつです。毎年決まって『慰霊の日』やお盆になると、不眠や鬱病になる人がいる。沖縄の精神障害の大きな特徴は、晩発性PTSDが多いことです。一〇歳以下か一〇代で沖縄戦を体験した世代は、二〇代、三〇代は家族を養うため必死で仕事をして、戦争のことなんか考える暇がなかった。それが老年期に入り家業を息子の世代に譲るなどの余裕ができると、それまで考えなかった戦争中の記憶が勝手に侵入してくるのが、晩発性PTSDといわれる精神疾患の症例です」

蟻塚氏の分析はきわめて説得力があった。

――琉球朝日放送の三上智恵さんから聞いた話ですが、六〇歳過ぎになってから「足の裏が熱い、熱い」と訴えた元女性教師がいた、蟻塚先生に診てもらったらその原因が戦場で多くの死体を踏みつけにして歩いたからだとわかった、それがわかってから彼女の症状はかなりよくなったということでした。このケースはどうやって治療されたんですか。

「治ったわけじゃないんです。戦争の記憶は本当はなくなりません。記憶というのは、理性である程度、頭の引き出しにしまうことができます。でも、言語化できない記憶もある。子どものときに多くの死体を見たという不条理な記憶は、晩年になって脳の中で暴れることがある。それを概念化して頭の中の整理箱に入れてやると、暴れていたものがだいたいおさまる」

記憶の言語化と聞いて思い出したことがある。

沖縄出身の歌手の喜納昌吉《きなしょうきち》が『反戦平和の手帖』（集英社新書）の中で、代表曲の『ハイサイおじさん』のモデルになった男について、概略次のように語っている。

――小さい頃住んでいた家の隣に遊郭に客を運ぶ元馬車引きの男がいた。その男の奥さんがあるとき事件を起こした。自分の子どもをまな板の上に置いて斧で首を斬り落とし、その首を大きな鍋でぐつぐつと煮た。そして「自分の子どもなんだから、食べてもいいでしょう！」と言った……。

喜納はこの事件を起こした背景に、沖縄戦による文化の喪失感があったのではないかと述べている。それが夫婦間のいさかいの原因となり、ついにはこの陰惨な事件を引き起こしたのではないかという。

この見方が正しいかは別にして、もしこの男の妻が沖縄戦の喪失感を言語化することができていたら、頭の中の記憶は〝暴走〟せず事件は起こらなかったという想像はわく。

記憶のトラウマという話から、二〇一一年の「三・一一」の話題になった。すると、蟻塚氏はまた興味深いことを言った。

「沖縄戦の体験をした人は東日本大震災の映像を直視できない。あの瓦礫の山が沖縄戦に重なって見えるからです。だから六〇年後の東北で、いま沖縄で起きているのと同じ現象が出てくる可能性がある。子どもの頃に体験した大津波の記憶が、必ず歳をとったときよみがえってくる。沖縄戦のＰＴＳＤ研究が、将来の東北につながるんです」

〝鉄の暴風〟といわれた沖縄戦を命がけで戦った「鉄血勤皇隊」や「ひめゆり部隊」の世代は去りつつある。

そして彼らに代わって、子どもの頃、文字通り「僕の村は戦場だった」体験をした世代が、生涯の終わりにさしかかって、沖縄戦を語り始めた。

天涯孤独の身になって戦後を必死で生きてきた彼らは、まさか自分たちが戦争を語る番になるとは夢にも思っていなかったはずである。

そのとき、新たな戦争を予感させるオスプレイの普天間基地への配備が強行されようとしている。これは皮肉というにはあまりにも残酷な歴史の暗合である。

蟻塚氏は最後に言った。

「沖縄の人がオスプレイ配備に歯嚙みして怒るのは、沖縄戦の記憶がよみがえるからです。内地と違って沖縄では、戦場から米軍基地までずっと地続きなんです」

基地がある限り、沖縄戦の記憶は消えない。そしてオスプレイの爆音を聞くたび、戦場の惨禍を思い出して心が震える。

日本人はなぜ、沖縄県民の痛みに思いをいたさないのか。

それはおそらく、沖縄戦で「集団自決」させられた零歳児まで「英霊」として靖国神社に合祀される〝栄誉〟と、援護金という経済的恩恵の二重の欺瞞によって、沖縄戦の真実が目隠しされ、沖縄の戦後史が出発点から捏造されてきたことと同じ根から生まれている。

それを反省するどころか、古傷に塩をすり込むように、オスプレイ配備を着々と進める日本政府の歴史的鈍感さに、私はあらためて強い怒りを感じた。

沖縄戦で自分の名前の記憶まで失った少女は、七〇歳を超えてなお、それだけでも知ってから死にたいと嗚咽する。彼女の涙は、戦後沖縄が流し続けた涙でもある。

第三章

「幽霊は私の友だち」

『沖縄戦新聞』の衝撃

那覇市内から西海岸を四〇分ほど北上すると極東最大の空軍基地として知られる米軍嘉手納《かでな》飛行場が右手に見えてくる。

そこを通り過ぎ比謝川《ひじゃ》という細い川を渡ってすぐ左折し、狭いくねくね道を五分ほど行くと、素晴らしい景観が目の前に飛び込んでくる。

渡具知《とぐち》ビーチである。ここは地元の人しかほとんど知らない秘密の観光スポットとなっている。赤瓦のコテージが建つ白い砂浜の向こうに青い海がどこまでも広がる。その彼方には慶良間《けらま》諸島の島影がうっすらと見える。

砂浜ではアメリカンスクールに通う女子中学生たちが笑い声をあげながらビーチバレーに興じている。その光景はアメリカ西海岸の観光ＣＭのように平和で健康そのものである。

だが一九四五年の四月一日、このまどろむような風景が広がる砂浜の目の前は黒々としたアメリカ軍艦隊でびっしり埋め尽くされ、海が見えなくなった。

〝アイスバーグ（氷山）作戦〟と名付けられたこの沖縄上陸作戦に参加したアメリカ軍艦船は一五〇〇隻、兵員は一八万三〇〇〇人にもおよんだ。

午前八時三〇分に開始された渡具知ビーチ上陸作戦に参加した戦闘員は六万人を数えた。

この上陸作戦に日本軍守備部隊は沈黙し、米軍は主要攻撃目標の読谷《よみたん》、嘉手納両飛行場を難なく占領した。〝鉄の暴風〟と言われた沖縄戦は、この上陸作戦から三カ月も経たない六月二三日、第三二軍司令官・牛島満の自決で終結となった。

このわずか三カ月足らずの戦闘で、二〇万人もの人びとが犠牲となった。このうち一二万人は沖縄県民で占められた。

沖縄戦（本島）が始まった渡具知ビーチは、過去にも戦闘の先駆けになった場所である。慶長一四（一六〇九）年三月二九日（旧暦）、薩摩の島津軍はこの砂浜から三〇〇〇名の兵を率いて上陸した。琉球軍はこれに対抗したが敗れ、首里城は無血開城された。

これ以降、琉球王国は薩摩藩への献納を義務付けられ、中国と薩摩藩の日清両属支配の国となった。

日本の琉球支配はこの日から始まり、それから三三六年後の上陸作戦によって、沖縄はアメリカに支配されることとなった。薩摩軍の上陸と米軍の上陸がわずか二日違いだったことにも歴史の皮肉を感じる。

二〇〇五年は、沖縄戦終結からちょうど六〇年目にあたる。琉球新報は戦後六〇年記念報道の一環として、『沖縄戦新聞』を企画した。『沖縄戦新聞』第一号（二〇〇四年七月七日付）は、この企画の狙いについて、こう述べている。

〈戦時下の新聞は、戦争の正当性を流布し戦意高揚に加担、国民を戦争へと駆り立てた負の歴史を背負っています。琉球新報社も例外ではありません。「恒久世界平和の確立に寄与する」と社是に掲げた精神を踏まえ、過去の歴史を二度と繰り返さないという決意で編集しました〉

『沖縄戦新聞』は、二〇〇五年度の新聞協会賞と、第五回（二〇〇五年度）石橋湛山記念早稲田ジャーナリズム大賞を受賞した。尖閣諸島の国有化など右傾化が進む日本政治の現状を考えたとき、『沖縄戦新聞』が、いまという時代に警鐘を鳴らした功績は計り知れない。

『沖縄戦新聞』は、二〇〇四年七月から二〇〇五年九月七日の最終号まで計一四回にわたって琉球新報に断続的に連載された特集である。紙面は毎回四面にわたっており、戦争を知らない世代の記者たちが「六〇年前にさかのぼり、沖縄での地上戦へと向かう過程を現在の情報と視点、体験者の証言を盛り込み再構成した」ものである。

その『沖縄戦新聞』を引用しながら、時計の針を一九四四年七月から四五年九月まで少しずつ巻き戻して、沖縄戦の経緯をたどってみよう。

一九四四年七月七日、南太平洋のサイパン島が陥落した。

絶対国防圏の要と位置づけたサイパン島の陥落は、沖縄戦が始まる最初の予兆だった。東条

（英機）内閣は緊急閣議を開き、奄美大島以南の南西諸島から老幼婦女子の本土や台湾への疎開を決定した。

『沖縄戦新聞』は、サイパン陥落のもようを次のように伝えている。

〈七月七日未明から約三千人の将兵が最後の総攻撃を行い同日午後までに米軍に撃退され壊滅。日本軍の組織的戦闘は事実上終了し、米軍はサイパン島を占領した。総攻撃に先立つ六日午前、中部太平洋方面艦隊司令長官の南雲忠一海軍中将は全将兵に対して「玉砕」を命じた後、第四三師団長の斉藤義次中将ら守備軍首脳とともに自決した〉

このとき自決した南雲忠一は、一九四一年一二月八日のハワイ真珠湾攻撃で大戦果をあげた男である。

記事は、「サイパンの戦闘で在留邦人二万人のうち八千から一万人が犠牲になったもよう」とし、そのうち沖縄県出身の犠牲者は約六千人とみられる、と伝えている。

この犠牲者の多さにサイパンと沖縄の強いつながりがあぶりだされている。

サイパン陥落から六一年後の二〇〇五年六月、天皇皇后両陛下は戦没者慰霊のためサイパン島を訪問し、多くの日本人が投身自殺を図ったバンザイクリフなどで海に向かって深々と頭を下げた。

両陛下が長い間、黙禱する後ろ姿を撮影した写真は、多くの人々に感銘を与えた。天皇皇后両陛下がサイパンの慰霊の旅に出かけたのは、そこが過酷な沖縄戦に直接つながった島だという認識があったからだろう。

同じく同日の『沖縄戦新聞』は、サイパン島の陥落で日本本土も空爆可能になったと伝えている。この日の紙面で注目されるのは、「天皇制護持で終戦内閣探る」という記事である。ここでいう天皇とは、言うまでもなく昭和天皇のことである。

この日の『沖縄戦新聞』は、天皇周辺の宮中グループはひそかに、終戦に向けた日本の方向転換を探り始めたと伝えている。彼らが描く青写真の一つは、東条内閣に代わる皇族を首班とする内閣をつくり、「天皇制護持」を前提に終戦を導くというものだった。記事は以下のように続く。

〈「なるべくこのまま東条にやらせて、最後の機会―相当の爆撃と本土上陸をうけたるとき―方向を一転する内閣を作り宮殿下に総理になって戴く」

六月二十四日、元首相の近衛文麿と、内大臣として天皇を支える木戸幸一はサイパン陥落必至の情勢を受け、東条首相の扱いと戦争の幕引きで意見を交換。「日本本土が爆撃と上陸を受け、国民が『敗戦』を意識した時点で皇室出身者を首相とする〝終戦内閣〟をつくる」という方針で一致する。近衛は二日後の二十六日、細川護貞（第二次近衛内閣の首相秘書官）にこの考えを伝え、念を押して語った。

「どうも今日の情勢では、国民は全く事態を知らぬから、今まさに方向転換の内閣を作っても、なかなか国民はついて来ないかも知れない。そこで誠に申し訳ないが、一、二度爆撃を受けるなり、本土上陸をされて初めて、国民もその機運に向かうのではないか」〉

　近衛のこの言葉には、国民は由《よ》らしむべし、知らしむべからずという国民蔑視の思想と、最後の最後まで追い詰められなければ世界情勢がわからないこの国の政治家の無能ぶりが残酷なまでに語られている。

　同年八月二二日、学童疎開船の対馬丸《つしままる》が沈没。

　一七八八人の乗員・乗客が乗り込んだ学童疎開船の対馬丸は、米潜水艦の魚雷攻撃を受け、トカラ列島の悪石島《あくせきじま》の北西約一一キロの海上で沈没し、学童七七五人が犠牲になった。実は対馬丸は米軍に六日前から監視されていた。

　対馬丸の生存者には「絶対に口外するな」という厳重な箝口令《かんこうれい》が敷かれた。だから、生存者の証言を掲載した『沖縄戦新聞』の次の記事は、六一年ぶりの大スクープということになる。

　記事はまず、奄美大島の宇検村《うけんそん》に漂着した対馬丸の遺体を発見した住民の証言で始まる。

〈もんぺ姿の女児の胸元には「那覇国民学校」と記した名札があった。川畑直光さん（一五）＝大《や》和村《まとそん》＝は同じ日、大和村今里《いまざと》で、ボートごと打ち上げられた遺体の山を見た。村人たちは直視できず、焼酎を飲んで感覚をまひさせて約三十体を砂浜に葬った〉

焼酎を飲んで埋葬したという証言が、すさまじい。

沈没した対馬丸から奇跡的に生き延びた宮城常子（県立第三高女二年生・当時一三歳）さんの証言は、それにも増して生々しい。

〈海水が勢いよく浸水し、カボチャ、バケツ、いろんな物が流れてきた。甲板にあったいかだの上で動けなくなった祖母を、船員と海中に投げた。船長室では、わずかな明かりの下で船長らの人影が見えた。船首、船尾から次々と海に飛び込む人、子どもたちの絶叫。大混乱の中、大声で家族の名を叫んだ。「水を飲みたい」と沈む直前に言っていた弟とは、それっきりになった〉

記事は、船内に火が燃え広がり、人々が逃げ惑う様子を生々しく伝えている。はしごをよじ登って助けを求める人。「頭が割れたー」とそばで泣き叫ぶおばさん。「おとーちゃーん」「兵隊さん助けてー」と響き渡る子どもたちの悲鳴が船内に……。

記事は、やはり奇跡的に生き延びた宮城常子さんの妹の啓子さん（当時九歳）の証言へと続く。

〈「死にたくない」。啓子さんは必死の思いで、大波を押しのけ、しょうゆだるにしがみついた。「何としても生きたい」。死に物狂いだった。荒波に流れる子どももいた。五十メートル先で山のような人の塊があった。

波に乗って泳ぐと、二畳ほどのいかだを奪い合っていた。力を振り絞って上るが、大人が足を引っ張った。手をけ飛ばし、しがみついた……〉

同年一〇月一〇日、早朝から米艦載機延べ五〇〇機が沖縄各地に襲来し、飛行場、港湾など軍施設だけでなく民間施設にまで無差別爆撃を加え、多大な被害を与えた。世にいう一〇・一〇空襲である。

米軍は、延べ一三九六機の艦載機を投入、沖縄本島を中心に大規模な波状攻撃を加えた。この攻撃で少なくとも軍人・軍属、民間人を含む六六八人が死亡し、七六八人が負傷した。

黒煙を上げて炎上する那覇港の写真が、一〇・一〇空襲のすさまじさを物語っている。この空襲で那覇市の九割が焼失した。

米統合参謀本部が「来年3月までに沖縄占領」というこの日の『沖縄戦新聞』の附帯記事が、なお一層、強い緊迫感を伝えている。

同年一二月一四日、軍が北部疎開要求。

この日の『沖縄戦新聞』で注目されるのは、羽地村屋我地《はねじそんやがじ》（現・名護市済井出《すむいで》）のハンセン病患者収容施設の「愛楽園」で強制収容が始まったという記事である。

〈ハンセン病の感染力が極めて低いにもかかわらず、軍部は「未隔離の患者から兵士に感染する可能性がある」と判断。兵士が抜刀して患者を脅し、連行するなど強制収容を各地で行っている。

特に九月に入り、大規模な強制収容が実施され、定員四百五十人が九月末には九百十三人にまで膨れ上がった。それに伴い、食糧が乏しくなり、一日の食事がお腕《ママ》半分にまで減らされた。空腹をこらえきれず、園外の畑の野菜を盗み、厳しく罰せられた患者もいる〉

「兵士が抜刀して患者を脅し」という記述は、戦争の恐ろしさを伝えて背筋が寒くなる。

本土の新聞は戦争の姿を〝大本営発表〟で伝えるだけで、こうした〝小文字〟では絶対に伝えない。

一九四五年二月一〇日、北部へ一〇万人疎開。

この日の『沖縄戦新聞』は、米軍がアイスバーグ作戦を発令し、沖縄上陸予定日は「四月一日」と定めたとも伝えている。それ以上に目を引くのは「ついえた和平」という記事である。

〈元首相で重臣の一人、近衛文麿は「国体護持」の立場から、早期に和平を探るべきだと天皇に進言した。しかし、戦況に一縷《いちる》の望みを託す天皇の意志を翻すことはできず、近衛の説得は不発に終わった。戦争終結の可能性は消え、沖縄を舞台とした日米両軍の戦争は必至の情勢となった〉

もしこの時点で天皇が和平を決していたら、沖縄戦の悲劇は起こらなかった。これは天皇が優柔不断だったから決断できなかっただけではなく、軍部が天皇に正確な戦況を伝えていなかったせいでもある。天皇はそれにうすうす感づいていたふしがある。

そうしたお互いの言うに言えない微妙な関係が、戦争終結の時期を先送りしてしまい、取り返しのつかない事態を招いた。

これは決して六八年前の出来事ではない。尖閣問題が日ごとにキナ臭くなっているいま、われわれが知らず知らず直面している出来事なのかもしれない。この事実は、少なくともいつもこうした冷静な歴史認識をもって世の中を見ることが必要だということを、教えてくれる。

「母親に手をかけ号泣」

一九四五年三月二六日、慶良間に米軍上陸、沖縄戦始まる。

二六日午前八時すぎ、米軍は沖縄本島上陸に先立って那覇から西へ約三〇〜五〇キロに位置する慶良間諸島へ進攻した。

これに対し、日本軍は航空機による体当たり攻撃を発令し、日米両軍による沖縄戦が事実上始まった。島田叡《あきら》沖縄県知事は二五日、戦闘が予想されている本島中南部地域に残っている老人や子ども、女性の北部移動を指示した。

「母親 手にかけ号泣」「住民同士で命絶つ」の見出しを掲げた『沖縄戦新聞』の記事は、座間味《ざまみ》、渡嘉敷《とかしき》での「集団自決」の生き地獄ぶりを伝えている。

記事は渡嘉敷島での「集団死」は二八日朝から日中にかけて発生し、人口約一五〇〇人のうち二〇〇―三〇〇人余が犠牲になったと伝えている。

〈二十七日の米軍上陸に伴い、渡嘉敷、阿波連《あはれん》両区の住民らは強い雨が降り注ぐ同日夜から、赤松嘉次大尉（二五）が指揮する海上挺進第三戦隊（通称・赤松隊）の陣地近くに移動を開始。五メートルほどの中木が生え並び、傾斜の厳しい谷間一帯が避難場所となり、六百―千人余が集まった。

「重大なことがこれから起きると感じていた」。阿波連の金城重明さん（一六）は、迫る死を子供らに諭す母親や、死を目前に髪を整える女性の姿が忘れられない〉

ここに出てくる金城重明氏は「集団自決」の数少ない生き残りである。

現在八九歳になるその金城氏を一六歳の時点に戻して語らせているところが、『沖縄戦新聞』でなければできない芸当である。

「集団自決」で死を免れて生き延びた金城重明氏の生々しい証言は、あとでじっくり述べたい。これ自体が、皇民意識にとらわれた自分を責めつづけた一人の人間の一級資料となっている。

慶良間に米軍上陸の情報を報じた同じ日の『沖縄戦新聞』では、「海上特攻基地の島」という囲み記事も目を引く。

それによると、沖縄守備軍の第三二軍は渡嘉敷、座間味、阿嘉《あか》、慶留間《げるま》の四島に㋹（マルレ）

と呼ばれる海上特攻艇約三〇〇隻を配備して、「米上陸船団を背後から襲撃する」準備を始めていた。

〈一九四四年十月下旬から出現した陸海空の特攻「神風」、海軍の水中特攻「回天」は戦争中から国民に知らされているが、海上特攻隊だけは、国民や軍隊内でさえ知らされることがない完全な秘密部隊。同部隊が配備されたため、住民は軍の厳しい監視下に置かれていた。（中略）㋹特攻艇はベニヤ製のモーターボートのような船で、長さ五・五メートル。操縦席後方に百二十五キロ爆雷二個を搭載し、三艇一組（乗組員は一艇一人）で夜間、敵艦船に体当たりする〉

慶良間諸島は最初から住民を守ることなど考えていない特攻基地だった。その意味では、初めから〝集団自決〟を運命づけられていた島だったともいえる。

沖縄の集団自決問題を初めて論じた曽野綾子の『ある神話の背景』は、この点について次のように述べている。

〈軍隊が地域社会の非戦闘員を守るために存在するという発想は、きわめて戦後的なものである。軍隊は自警団とも警察とも違う。軍隊は戦うために存在する。彼らはしばしば守りもするが、それは決して、非戦闘員の保護のために守るのではない。彼らは戦力を守るだけであろう〉

二六日、慶良間諸島の無人島の神山島《かみやまじま》に上陸した米砲兵隊は、沖縄防衛を担当する第三二軍司令部が設置された首里城地下壕に向け砲撃を開始した。

四月一日、慶良間諸島を出航した米艦船部隊、渡具知ビーチに上陸。

これが沖縄本島上陸作戦の第一歩だった。

〈慶良間諸島を占領した米軍は、一日午前八時半から沖縄本島中部の読谷山村《ゆんたんざ》から北谷村《ちゃたんそん》の海岸に一斉に上陸を開始、日米両軍による沖縄戦が本格的に始まった。米軍は上陸部隊だけで十八万三千人。太平洋戦線で最大規模の兵員を投入した。沖縄守備軍の第三二軍が上陸時の戦闘を避ける戦術をとったため、米軍は同日中に北（読谷山村）、中（北谷村嘉手納）の両飛行場を占領した〉

記事は、読谷山村で、米軍への投降を拒む住民が刃物や毒物、手榴弾などを使って命を絶つ「集団死」が発生したことも伝えている。

二面に掲載された「天皇と大本営に衝撃」という記事も興味深い。

これによると、沖縄守備軍の第三二軍が米軍上陸一日目で北、中両飛行場を失ったことに、昭和天皇や戦争を指揮する大本営は衝撃を受けた。天皇は「現地軍はなぜ攻勢にでぬか、兵がたらざれば逆上陸をやってはどうか」と、第三二軍へ攻勢を求めたという。

戦争の恐ろしさは、「兵がたらざれば逆上陸をやってはどうか」という天皇の発言に示されている。戦争が国のトップの冷静な判断力を、いや国のトップだからこそ冷静な判断力を奪ってしまうのである。
もし日本軍が「逆上陸」でもすれば、沖縄戦の犠牲者はどれだけ増えたか。それを考えるだけで空恐ろしくなってくる。

「戦艦大和」撃沈

四月六日、戦艦大和を主力とする第二艦隊海上特攻隊、嘉手納沖の米艦船攻撃のため山口県徳山港外を出航。翌七日、沖縄に向け出撃中の戦艦大和、午後二時二三分、鹿児島県坊ノ岬沖で沖縄まで三〇〇キロ以上の道のりを残し、米艦載機の猛攻を受け撃沈。第二艦隊戦死者は三七二一人を数えた。

四月一六日、早朝から戦車八〇両、兵力約一〇〇〇の米軍、飛行場占領を目的に伊江島《いえじま》上陸。住民集団自決。

米第七七師団は伊江島に一六日上陸し、日本軍との間で激しい戦闘を繰り広げた。〈日本軍は住民を戦闘に動員しており、乳飲み子を背負った女性まで米軍陣地へ突撃しているという。二十一日の守備隊総攻撃には、女性を含む一般住民が竹やりを持って加わった。(中略)日本側の死者は軍人約二千人、住民約一五百人と推定される、一家全滅は九十戸にのぼるもよう〉

伊江島の戦闘では、いまだPTSDに悩ませられる女性がいる。その女性については後述する。

一方、同日の「方言使えばスパイ」の記事は、日本軍の残酷さを物語っている。

〈沖縄守備軍の第三二軍司令部は九日、各部隊に対し軍人軍属を問わず「沖縄語」を使えばスパイとみなし処分する、と指示した。（中略）

第三二軍会報によると「爾今《じこん》（今後）軍人軍属を問はず標準語以外の使用を禁ず。沖縄語を以《もっ》て談話しある者は間諜《かんちょう》（スパイ）として処分す」と記している〉

「沖縄語を以て談話しある者は間諜（スパイ）として処分す」という言葉が、いまさらながら沖縄への差別感に満ち満ちて生々しい。

五月五日、日本軍の総攻撃失敗。

この日の『沖縄戦新聞』の見出しは、「沖縄戦は事実上敗北」である。記事は敗色濃い沖縄戦の状況を冷静に伝えている。

〈沖縄守備軍・第三二軍（牛島満司令官）は四日午前から五日にかけ、浦添村《うらそえそん》や西原村に進攻した米軍に対する総攻撃を行った。しかし、米軍陣地を打破できないまま五日午後六時、牛島司令官は攻撃中止を命じ、総攻撃は失敗した。この戦闘で日本兵約五千人が戦死し戦力は極度に低下。

沖縄戦の敗北は決定的となった〉

五月二七日、第三二軍、首里司令部を放棄、南部の摩文仁《まぶに》へ後退。

この日の『沖縄戦新聞』には、注目すべき記事がいくつもある。

まず、第三二軍が首里の司令部を放棄し、沖縄作戦に陸軍が見切りをつけて、今後は本土決戦に全精力を傾けるという記事に目をひかれる。

もし陸軍の思い通りに本土決戦が行われていたら、日本はこの地上からおそらく消滅していた。

「戦闘神経症患者が続出」という囲み記事も、興味深い。

記事はまず、日本軍との戦闘により米軍兵士の中に大量の精神障害者が発生していると伝えている。特に真和志村《まわしそん》(現・那覇市)安里の五二高地(シュガーローフヒル)をはじめ首里周辺の戦闘で戦闘神経症患者が続出し、精神障害者専門の野戦病院が設置されたという。

米軍は一週間にわたるシュガーローフの戦いで二六六二人の戦死傷者を出した。それに加え、一二八九人の戦闘疲労症(神経症)患者を出した。

これは、それまでの太平洋戦争で経験したことのないほどの日本軍の猛烈な砲撃や、豪雨の中での何週間にもわたる激しい近接戦闘などにより引き起こされたとされる。

シュガーローフとはアメリカ南部地方の菓子パンの名前である。

安里五二高地の地形が、その菓子パンの形に似ているところから命名された。安里五二高地は、現在の沖縄都市モノレールおもろまち駅の西側にある。

シュガーローフの戦闘に加わったE・B・スレッジという海兵隊員は戦闘神経症についてこう証言している。

〈「中にはショックと恐怖のため、目がうつろになっている者がいた。痴呆のような表情を浮かべ、強い打撃を受けて正気を失ったため、もう怖さも分からなくなっていた」〉


沖縄戦は米軍側にも深甚な恐怖心をもたらしたのである。

考えてみれば、米軍がアジアで本格的な地上戦をしたのは、沖縄戦が初めてだった。これに次いだのが、韓国軍と組んで北朝鮮・中共軍と衝突した朝鮮戦争、そして大量の戦闘恐怖症患者を生み、いまだそのPTSDに悩まされている元兵士がいるベトナム戦争と続いた。

ベトナム戦争を描いたマイケル・チミノ監督、ロバート・デ・ニーロ主演の『ディア・ハンター』を観ればわかるが、アメリカ人にとって、目が細く何を考えているのかわからないアジア人は、それだけで恐怖だったに違いない。だからこそ『ディア・ハンター』で、本当にあったとは思えない、あのロシアンルーレットを、ベトコンたちが哄笑する中でアメリカ人捕虜たち同士にやらせる恐怖のシーンを撮影したのだろう。

ましてや、日本人は命を捨てて特攻してくる民族だったから、ゲームではなく、それこそ戦闘自体がロシアンルーレット状態だったろう。

琉球朝日放送報道部の三上智恵が制作した新作ドキュメンタリー『標的の村　国に訴えられた東村《ひがしそん》・高江の住民たち』は、オスプレイのヘリパッド（簡易発着所）が本島北部国頭郡の東村・高江に計画されていることをすっぱぬいた記録映像である。

そのドキュメンタリーの中に、いまから約五〇年前、同じ東村に、ベトナム戦争の対ゲリラ戦を想定した地区があったことが報じられている。

以下は、沖縄人民党の中央機関紙『人民』の一九六四（昭和三九）年九月九日付に掲載された「米軍『対ゲリラ戦』訓練で県民を徴用」という記事である。

ちなみに沖縄人民党は、その後、日本共産党に合流した。前書きの文章はいかにも六〇年代の沖縄の左翼論調を彷彿とさせる。


〈敗北につぐ敗北をかさね、もはや南ベトナムから追い出されるのは時間の問題となっているアメリカ帝国主義は、その侵略拠点となっている沖縄で必死になって戦争拡大の演習を強化しているが、日本国民である県民をかれらの対ゲリラ訓練にかり出すという重大行為に出ている。これはアメリカの一九カ年にわたる占領支配のなかでもかってなかったことであり、県民を直接侵略戦争の「協力者」にしたてるもので、重大な問題であるとして県民各階層の間にはげしい怒りの声がわきおこっている〉

この前書きに続く本文は、以下の通りである。

〈米第三海兵師団は、八月二十六日東村高江―新川《あらかわ》の対ゲリラ戦訓練場でワトソン高等弁務官、在沖米第三海兵師団長コリンズ中将らの観戦のもとに、「模擬ゲリラ戦」を展開した。この訓練には乳幼児や五、六才の幼児をつれた婦人を含む約二十人の新川区民が徴用され、対ゲリラ戦における南ベトナム現地部落民の役目を演じさせられた。

作戦は米海兵隊一個中隊が森林や草むらに仕掛けられた針や釘のワナ、落とし穴をぬって「ベトコン（解放民族戦線）」のひそむ部落に攻め入り、掃討するという想定のもとにおこなわれた〉

この訓練からも、米軍がいかにベトコンを恐れていたかがわかる。

『南ヴェトナム戦争従軍記』などの著作で知られ、開高健の『ベトナム戦記』の写真も撮ったフリージャーナリストの岡村昭彦は、国頭村と東村にまたがる地域にあるこの〝対ベトコンゲリラ戦学校〟（正式名称はジャングル戦闘訓練センター）を訪問し、取材撮影をしている。

そして司令官から、「この沖縄があるおかげで、海兵隊は実地訓練が出来、それによってどれほどベトナム戦争にプラスしているかわかりません」という言質を得ている。

〈すべてが南ベトナムそっくりのこの訓練場では、解放戦線が使用した新しい武器が発見されると、直ちにダナンから空輸されてきて、教材に使われる。南ベトナムの軍人も連れてこられ、直接にアメリカ海兵隊員に、解放戦線の戦闘を教えこむ〉（「特殊部隊から海兵隊へ」〈『世界』一九六七年五月号〉）

ダナンは、南ベトナム解放戦線（ベトコン）の最大の拠点で、ベトナム戦争の激戦地の一つである。

〈又、ここには南ベトナムの農村そっくりの村落もつくられていて、村にひそむ解放戦線ゲリラをいかに発見するか、実際の戦闘経験を持つ教官が教えこむ〉（同）

岡村によれば、この訓練場はダナンから、住民の大虐殺事件が起きたソンミ村のあるクワンガイ省にかけてのジャングル地帯に酷似しているという。

「お前たち人間か」

「沖縄戦新聞」に戻ろう。沖縄戦の悲惨な末路を伝えているのは、「青酸カリで自決強要」という記事である。

〈「こりゃ毒や」。（沖縄陸軍病院の）第一外科に収容されていた第六二師団（石三五九二）所属の岡襄《じょう》さん（二一）＝京都府＝は指を突っ込んで今飲んだミルクをはき出した。岡さんは四月下旬に迫撃砲の破片が尻に食い込み、動けない状態だった。二十八日、衛生兵がミルクを配布。苦かったので黒糖を削って一気に飲んだ。すると、目の前がちらつき、息苦しくなり胃の中が煮えくりかえる感じがした。毒だと気づき、「殺される」と思った瞬間、これまで動けなかった体で立っていた。

第二外科では二十五日、沖縄師範学校女子部本科一年生の岸本ヒサさん（一七）＝津波古《つはこ》、那覇市＝が空き缶を集め、木箱の上に並べミルクを入れる衛生兵の姿を目撃。岸本さんが「お手伝いしましょうか」と申し出ると「ばか野郎、まだそこにいたのか」と軍刀を振りかざした。彼らは岸本さんが見たことのない顔で、第二外科の衛生兵ではなかった。「ここにいると危険」と感じた岸本さんは入り口の方へ後ずさりした。壕内からは「お前たち人間か」という叫び声が聞こえていた〉

この衝撃的な証言も、関係者を当時の年齢に戻して聞き取るという構成でつくられた『沖縄戦新聞』でなければできないスクープである。

この現場を目撃してこの貴重な証言をした旧姓岸本（現・津波古）ヒサさんは、その後、コザ孤児院の保母として戦災孤児の面倒を見るようになった。

津波古さんがその後たどった数奇な運命については、またあとでじっくり述べたい。

「日本軍が住民殺害『スパイ』として食料強奪」という記事は、那覇から本島北部に避難し米軍の捕虜になった仲村渠《なかんだかり》美代さん（当時二八歳）一家の証言を紹介している。仲村渠さんが見たのは、まさに戦争の生き地獄だった。

日本兵は米軍の捕虜になった民間人に向かって「敵の捕虜になってそれでも日本人か」と怒鳴りつけた。数メートル離れて取り囲んでいた兵隊らが「一、二、三」と号令をかけた。

〈「シュー」という音に白い煙。危険を感じた美代さんはとっさに着ていた半てんを長女康子さん（四つ）、長男元一さん（二カ月）にかぶせて押し倒した。その途端、兵が投げた数個の手りゅう弾がさく裂し、破片が美代さんの頭上をかすめた。

振り返ると血の海だった。手足が切れた人、首のない人。全身に破片を浴びて血だらけになりながら、泣きもせず座っている幼児もいた〉

五月三一日　米軍、首里総攻撃。首里城に星条旗ひるがえる。

六月二三日　午前四時三〇分、第三二軍司令官・牛島満、摩文仁の軍司令部で自決。沖縄戦終結。

しかし、沖縄戦は昭和二〇年六月二三日に終結したわけではない。

昭和二〇年七月三日の『沖縄戦新聞』は、「『疎開船』尖閣沖で沈没」という見出しの記事を掲載している。

これによると、七月三日午後二時頃、石垣島住民ら約一八〇人余を乗せ、台湾・基隆《キールン》港に向かっていた日本軍徴発の第一千早丸と第五千早丸が尖閣諸島付近を航行中、米軍機の機銃掃射を受けた。第五千早丸は火災を起こして沈没し、両船で約五〇人が死亡した。

いま日中間で緊張状態が続く尖閣沖で沖縄戦終結後も戦闘状態が続いた。この事実はこれからの日中間の関係を暗示しているようで象徴的だ。

同日の『沖縄戦新聞』は、福岡に沖縄県の臨時県庁が設けられたことも伝えている。沖縄はもはや行政機能を完全に失っていたのである。

それ以上に興味深いのは、「戦災孤児、本島に1000人超」という記事である。

〈収容所と野戦病院の食事はひどく、多くの避難民は栄養失調に苦しんでいる。「朝食は小さなおにぎりと塩を溶かした汁物だけで、夕食も大豆の煮物と塩の汁物だった。多くの人が栄養失調になった」。特に幼児や老人が栄養失調で相次いで亡くなっている〉

戦災孤児といえば、米軍は沖縄本島に上陸してから約一カ月後の一九四五年五月七日に、石川収容所の中に早くも戦災孤児を集めた小学校を開設している。

沖縄ではこの時点から〝戦後教育〟が始まったともいえるが、現実問題としては、米軍にとって戦争を遂行する上で、子どもたちが戦場を勝手に徘徊することは作戦的にみても大きな障害だった。

和平工作より「国体護持」を優先

「日本が無条件降伏」の見出しを掲げた一九四五年八月一五日の『沖縄戦新聞』で目を引くのは、三面の「国内新聞は『戦争終結』」「天皇の『聖断』強調」という記事である。

この記事では、天皇の「詔書」とともに、日本のポツダム宣言受諾を伝えた全国紙各紙が、見出しで「敗戦」ではなく、「戦争終結」などと表記し、原爆投下や空襲による国民被害に配慮した天皇の「大御心」に基づく聖断で戦争が終わったと強調したことを指摘している。さらに、その上で各紙が「国体護持」と国家再建に向けた国民の奮起を促していると伝えている。

〈十五日付の「朝日新聞」は、「戦争終結の大詔渙発さる」「新爆弾の惨害に大御心」の見出しで政府のポツダム宣言受諾を報じるとともに、「国体護持」を最優先とした連合国側との交渉をたどっている。

十四日午前の「御前会議」に関する記事で、「これ以上国が焦土と化し国民が戦火に倒れるのを見るのは忍びない」という天皇の発言に触れながら、「われわれは皇国に生を享《う》けた感激に泣かざるを得ない。そしてこの感激は今日只今からのわれわれの行動を律するものでなければならぬ」と述べ、「皇国再建」への国民の自覚を求めている。

「読売報知」も十四日の「御前会議」で発せられた天皇の発言を「五体のワナワナと震ふを禁じ得ない大慈大愛の御言葉」とたたえながら、天皇の決断による戦争終結を印象付けている。

「大御心に帰一せん」と題した社説で「大東亜戦争は宣戦の詔勅にも炳《へい》として明なるが如く、正義の戦争であり、自衛自存の戦であった。希《ねが》うところは東亜の解放、十億民衆の康寧福祉《こうねいふくし》であったのである」と戦争の正当性を強調し、「国難打開に一歩の誤りなきを期し、以《もっ》て聖慮《せいりょ》を安んじ奉るのみである」と呼び掛けている〉

さすが、あの正力松太郎が、大東亜戦争を部数拡張の最大のチャンスとにらんで急進させた読売新聞だけのことはある。正力は敗戦から間もなくA級戦犯として巣鴨プリズンにぶちこまれた。

敗戦までの様子を時々刻々と追った『沖縄戦新聞』の本当の凄味は、実はこういうところに発揮されている。

天皇の名で凄惨な「集団自決」が行われたことを報じる『沖縄戦新聞』と、「われわれは皇国に生を享けた感激に泣かざるを得ない」と書く「本土」の新聞との現実認識の違いは、同じ国で発行されている新聞とはとても思えない。

『沖縄戦新聞』の最終号は、一九四五年九月七日の発行号である。この紙面で注目されるのは、見開き二面を使った「過酷な戦後始まる　要さい化進む沖縄」という記事である。

「東アジアの抑止力」の見出しを掲げた解説記事は、米軍基地化する沖縄の姿を早くも予想している。

〈米統合参謀本部は戦争終了後の海外基地の位置付けと基地が置かれている地域の統治の在り方について全面的な検討を行っている。沖縄の米軍基地についてはパナマ、ハワイ、マリアナ諸島、フィリピン、アイスランドなどとともに、米国が主権または排他的な管理権を取得する「最重要な基地地域」と位置付ける方針のようだ。

背景にはフィリピンやマリアナ諸島など米国の戦略上重要な地域への奇襲攻撃を防止する必要性を指摘。沖縄の基地を「いかなる潜在的敵に対しても二十四時間以内に反撃し、敵の第一撃に対する警報と要撃のための十分な前進基地」と位置付けている〉

この戦略は、アメリカを頂点とする現在の軍事勢力図を見るようである。アメリカは早くもこの時点で戦時体制の趨勢をにらんでいたのである。

また「米軍、13飛行場の建設計画」という記事では、米軍が沖縄を最重要基地地域と位置づけ、六月末の時点で沖縄本島の各地と伊江島の一三カ所で飛行場建設を着々と進めている様子を伝えている。

とりわけ目を引くのは「普天間飛行場建設進む」「土地奪われ戻れず」という記事である。〈宜野湾村《ぎのわんそん》宜野湾、新城《あらぐすく》、神山《かみやま》の三集落のほとんどが米軍の飛行場用地に取られ、そこでは普天間飛行場の建設が進められている。集落を追われた住民は収容所で食料不足にあえぎ暮らしているが、戦後、自分たちの土地へ戻れるのか、めどは立っていない〉

この記事が、一九四五年当時に遡った状況に基づいて書かれたという事実に気づいてほしい。沖縄の置かれた状況は、敗戦から現在まで何一つ変わっていないのである。

「米兵の女性暴行多発」という記事も、レイプ事件が後を絶たない現在の沖縄の姿を予知している。

記事は米軍の上陸以降、米兵による女性暴行が各地で頻発している、と伝えている。本部町《もとぶちょう》では、暴行されそうになった妻を守ろうとした五〇代の男性が射殺された。また避難した数人の女性が米兵に暴行される事件もあった。

玉城村《たまぐすくそん》では家族と食料を探していた女性が複数の米兵に山中に連れ込まれ、暴行された。また金武村《きんそん》では子どもをおぶってまきを取りに出かけた三〇代の女性が複数の米兵に拉致され、消息を絶つ事件が起きているという。

「米兵用慰安所今帰仁《なきじん》に設置」という記事は、読むのが辛い。

地元の女性たちを暴行する米兵に頭を悩ませた沖縄の各地域で、被害を軽減させるため「慰安所」を設置した。戦前、日本兵を相手にしていた「慰安婦」が今度は米兵の性の相手にさせられたとして、次のように報じている。

〈今帰仁村仲宗根《なかそね》に置かれた日本軍の「慰安所」では、中南部などから身売りされた料亭の女性たちが働かされていた。米軍上陸後の四月ごろ、この女性たちが同村越地《こえち》にあった瓦ぶきの大きな民家に集められ、米兵相手の「慰安婦」にさせられた。料亭の主や地域の有力者が米軍と調整したようだ。

実家を焼かれ、「慰安所」の隣家に避難していた女性（一六）＝今帰仁村＝はこの女性たちと顔を合わせることもあった。「ヨネコ」という名の二十歳ぐらいの小柄な女性は「一日二、三十人を割り当てられる。つらい」と泣いていたという〉

沖縄は昭和二〇年夏の敗戦当時と、それから六八年後の現在の状況がまったくといっていいほど変わっていない。

沖縄の歴史の痛ましさは、青い海、青い空という永遠に続くような美しい風景が災いして、沖縄戦同様の状況がずっと続いている戦後過程の歴史が目隠しされてしまっていることである。

伯母と二人で三八年間

一九四五（昭和二〇）年四月一日に米軍が上陸した渡具知ビーチに注ぐ比謝川河口を少し遡ると、サトウキビ畑がところどころ点在する中に瀟洒な住宅街が広がっている。その一画の大きな邸宅に住む大湾《おおわん》近常《きんじょう》さんは、沖縄戦で両親と兄妹の家族五人を亡くした。

突然の訪問だったにもかかわらず、大湾さんは広い庭に招き入れてくれた。そして冷たい飲み物まで出してくれながら、挨拶代わりの短いインタビューに応じてくれた。

――六七年前に米軍が上陸した土地とは思えないほど、きれいな住宅地ですね。

「いや、ここはずっと雑草だけが茂る荒地だったんです。土地も米軍によって強制立ち退きさせられ、ここに戻ってこられたのは、敗戦から三〇年以上経った一九七八年でした。それまでは沖縄各地を転々とする生活でした」

――それにしても、ここには砲弾の跡一つありませんね。

「渡具知は確かに米軍の上陸地点なんですが、南部戦線のような地上戦はなかったんです。それは米軍が上陸してすぐ日本軍が南部に退却していったからです」

『ドキュメント　沖縄　1945』（玉木研二・藤原書店）によると、この上陸作戦について従軍記者は「まるでピクニック」と書いたという。『ワシントン・デイリー・ニュース』記者としてこの上陸作戦に参加したアーニー・パイルは、この日の従軍記に、こう書いている。

〈きょうは四月一日、エイプリル・フールである。敵の反撃はまったくなく、ウソのような静けさが天地をつつんでいる。バラ色の夜明けだ。静かなことが、よけいに不気味さをそそる。ジャップ（日本兵）はいねえのか。（中略）私は兵隊達と一緒にターキー罐詰めを……食った。……空よ、戦争を終わらせてくれ！　ここが第二次世界大戦の終りの地となるように〉『字渡具知誌「戦争編」』

また『那覇市史』（資料編第2巻中の6）に収録されている「戦時資料・アーニー・パイル記者、沖縄戦報道」では、こうも記している。

〈いまだかつて私は沖縄のような上陸作戦を見たことはなかった。

隊に一人の戦死者もなく、一人の負傷者もなかった。衛生兵たちは繃帯や医薬品、担架などの荷物のそばになすこともなく坐っていた。

焼かれた車輌は一台もなかった。また海岸にも破壊されて横倒れになっている船一隻とてなかった。上陸作戦につきものの大量殺りくの場面は、そこではみごとといっていいほどなかった〉

この上陸作戦から二〇日と経たない四月一八日、アーニー・パイルは従軍先の伊江島で日本兵に狙撃されこめかみを撃ち抜かれて戦死した。

GHQが東京の宝塚劇場を接収した際、第二次世界大戦のヨーロッパ戦線や北アフリカ戦線に同行し、ピューリッツァー賞を受賞したこの高名な従軍記者を偲んで「アーニー・パイル劇場」と命名したことはよく知られている。

大湾近常さんは言う。

「日本軍は最初、ここが上陸地点になるということを想定していたという説もあるようです。この近くに比謝《ひじゃ》川という川がありますが、その崖のところに洞窟を掘って特攻魚雷を隠しておいて、慶良間諸島からこちらに向かってくる米軍を迎え撃つ準備をしていたが、実は肝心のその特攻魚雷が搬入されなかったということなんです」

——渡具知で亡くなった方はいないんですか。

「いいえ。避難中に一八九名の方が犠牲になっています。その慰霊碑は渡具知公民館のすぐそばに建っています」

帰りがけにその慰霊碑に立ち寄ると、戦死した大湾さんの家族五名の名前が刻まれていた。

〈大湾近六＝父（五十二歳）、大湾カミ＝母（四十一歳）、大湾定男＝長男（十二歳）、大湾良雄＝次男（九歳）、大湾トシ子＝長女（四歳）〉

――孤児院はどこでしたか。

「宜野座《ぎのざ》の古知屋《こちや》にある福山孤児院でした」

――そこから誰に引き取られたのですか。

「父方のオホンマー（伯母さん）です。オホンマーは五四歳から九二歳で亡くなるまでの三八年間、私を育ててくれました」

――いま、ご家族は？

「子どもが三名、孫が六名います」

もっと話を聞きたかったが、飛行機の出発時間が迫っていたので、残念ながらそれ以上の長居はできなかった。

大湾さんは別れ際に、「僕の戦争体験は『読谷村史　第五巻資料編4』の『戦時記録　下巻』に詳しく書きましたから、それを参考にしてください、もしそれでもわからないところがあれば、いつでも電話してきてください」と、親切に言ってくれた。

したがって、これから述べる大湾さんの沖縄戦体験談は、その資料を下敷きにしたことを最初にお断りしておきたい。

大湾さんの沖縄戦体験に入る前に『字渡具知誌「戦争編」』に、四月一日に米軍の捕虜になった波平民吉という老人の談話が紹介されているので、まずそれについて述べよう。

波平民吉翁は年老いていたため、国頭（沖縄県北部）への避難命令にも従えず、男女合わせての六人の老人と渡具知部落に残っていた。

民吉翁は朝鮮人軍夫が掘った横掘り壕に避難していたが、四月一日朝、あまりの音響に驚いて壕を飛び出すと、米軍の上陸が目の前で展開されていた。

民吉翁は「アメリカーヤ西ノ浜（イリノハマ）カラ舟ンカイ乗ティ島ンカイアガタン」と言って、初めて見る米軍に驚愕し恐怖に震えているところ捕虜となった。沖縄戦で最初に捕虜になったのは、この波平民吉翁ら七人の老人だった。

大湾近常さんは『読谷村史』に寄せた「カマデェーグヮーの戦争体験」という一文の冒頭に、「僕が六歳の時、戦争があった。五〇年以上も前のことであるが、忘れることなく脳裏によみがえる」と書いている。大湾さんの手記は、こんな書き出しから始まっている。

〈一九四五年五月、渡具知から与那《よな》への避難中に家族は離れ離れになっていた。父と長男の定男と、そしてカマデェーグヮーと呼ばれていた六歳の僕は、奥間《おくま》の川沿いの避難小屋に身をひそめた。食べ物もなく三人とも栄養不良と病で体が衰弱しきっていた〉

与那は沖縄本島北部の国頭にある村である。渡具知から与那まで約六〇キロある道のりを、カマデェーグヮーという沖縄独特の幼名で呼ばれていた当時六歳の大湾さんは必死で歩いた。明治二六年生まれの父は五二歳、昭和八年生まれの長兄の定男は一二歳だった。これに続く記述は実に冷静で、その筆致はプロの作家の戦記を読むようである。

〈避難民の人たちが小屋を覗いては山奥へ逃げていくのに、僕たちは三人とも動けなくなっており、死を待つのみであった。

父が先に息絶えた。時間が経つにつれて死臭を放ち、遺体はふくれていった。その傍に僕は座っている。雨がどしゃ降りになり、避難小屋の中にも水が湧き上がってきて、竹でできた床は水浸しになっていた。横なぐりの雨が入口や壁を突き抜けて、父のむくろ（死骸）をたたきつける。

雨がやみ、太陽の光が避難小屋を照らした。光の中で静寂の時が過ぎていった。

一九四五年（昭和二十）五月、父死す（享年五十二歳）〉

そこで意識がなくなり、再び気がついたのは羽地村（現・名護市）の米軍野戦病院のベッドの上だった。

〈定男も僕も、父の死体の傍で衰弱した体でいたのをアメリカ兵に助け出され、病院へ担ぎ込まれていた。あと一日でも発見するのが遅れていたら、二人とも死んでいたであろうと言われた〉

長兄の定男さんは、すでに村の孤児院に送られていた。

米軍の野戦病院で体力を回復した大湾さんは金武の病院で、避難の途中ではぐれた母と次兄、妹の三人と再会した。母の傍らのベッドに衰弱しきった体で横たわる次兄は、うつろな目でこちらを見るだけだった。

次兄は間もなく息を引き取った。衰弱した母は、次兄の頭を撫でてやるのが精一杯だった。遺体は作業員が掘った穴の中に寝かされスコップで土をかぶされた。何の儀式もない野辺の送りだった。

金武の病院は戦場から送られてくる重病人で収容しきれなくなった。大湾さんは母と妹と一緒に宜野座の病院に移された。母の容態は悪くなる一方だった。母は暗い夜のテント小屋で死んだ。

妹と二人だけになった大湾さんは、妹の手を引いて戦場をうろついた。ある夜、ひもじさに耐えきれず、土砂降りのなか妹を連れて歩き始めた。

二人はびしょ濡れになって誰もいないテントの中に入った。衰弱した体で土砂降りの雨に打たれた妹は高熱を出した。

〈息は荒くなり、やがてうめき声になり妹は死んでいった。その屍の前に僕はポツンと座っていた〉

大湾さんに残された身寄りは、羽地の孤児院に送られたという長兄だけだった。その兄に会いたい一心で、焼け跡の真っ暗な道をあてどなく歩いた。途中巡査に捕まり、宜野座村の古知屋孤児院に送られた。

『宜野座村史』第二巻（資料編1）に、こんな記述がある。

〈古知屋には、中頭《なかがみ》や島尻から毎日のように栄養失調の乳児や子供、年よりが運ばれて来ました。彼らは運ばれて来た時から栄養失調で、目ばかりぎらぎらして、死にかけている人たちばかりでした。それで、運ばれて来てから二、三日したらほとんどが死んでいったのです。年よりもいましたが、一、二歳の乳児や四、五歳の子供も多かったです。戦争孤児たちで、戦争で親とはぐれたり、親をなくしたりして身寄りのない子供たちがほとんどでした。病気とか、けがをしたとかではなく、ほとんど栄養失調の子供たちで、ヤーサ死（餓死）で非常にかわいそうでした〉

古知屋孤児院の暮らしは、約半年間続いた。

一九四六年二月、大湾さんの消息を捜していた母方の伯父が現れ、オホンマーが移り住んでいた石川（現・うるま市）に連れ帰った。そこには、父が死んだときから離れ離れになっていた長兄も暮らしていた。

だが、兄との再会は束の間だった。無理がたたってマラリアに侵された長兄は高熱を出し、ぶるぶる震えて死んでいった。まだ一三歳だった。

ひとりぼっちになった大湾さんを引き取ってくれたのは、死んだ父親の姉、伯母《オホンマー》の大湾ナベさんだった。

天涯孤独の身になった大湾さんは、オホンマーに育てられて宮森小学校に入学した。宮森小学校は一九五九（昭和三四）年六月三〇日、アメリカ空軍のジェット戦闘機が墜落し、死者一七人、重軽傷者二一〇人の大事故に見舞われた学校である。

沖縄戦の戦争孤児が入った小学校に米軍機が墜落する。沖縄の子どもたちは戦後も米軍基地という〝戦場〟の中に生きなければならなかった。

それは遠い昔の話ではない。沖縄県民の猛反対を押し切って、オスプレイが普天間基地に強行配備された。沖縄の子どもたちはいまも戦争の恐怖にさらされている。

その後の大湾さんの人生は、沖縄タイムス記者の謝花《じゃはな》直美が大湾さんら戦争孤児に取材して書いた『戦場《いくさば》の童《わらび》―沖縄戦の孤児たち』（沖縄タイムス社）に詳しい。

同書によると、米軍に接収されていた渡具知に戻ったのは、戦場を逃げ回ってから六年後の一九五一年だった。オホンマーはそこに雑貨店を開き、生活を支えた。

だが、渡具知の生活は長続きしなかった。

渡具知に戻って三年後の一九五四年、米軍は渡具知を再び基地として使用するため、住民を強制的に立ち退かせた。せっかく建てた雑貨店を自分で壊したときは、悔しくてオホンマーは大きなため息をついた。

大湾さんは高校を卒業後、いくつかの職業を経て二七歳のとき読谷村役場に入った。渡具知にあった米軍のトリイ通信施設の返還が始まったのは、敗戦から二八年後の一九七三年のことだった。

大湾さんが元の土地に移り住むことができたのは、その五年後だった。戦後、渡具知に住民登録をした第一号だった。

それから数年後、六歳からずっと一緒だったオホンマーが風邪をこじらせて眠るように亡くなった。

大湾さんは『読谷村史』に寄せた手記をこう結んでいる。

〈五十四歳から九十二歳の三十八年間、僕を母以上の愛情で育ててくれて本当にありがとう。オホンマーとの三十八年の生活は僕のかけがえのない人生であった〉

創価学会員になった戦争孤児

うるま市に住む山田春子さんは、両親と妹弟二人の家族四人を戦争で亡くした。ただ、春子さんは沖縄戦で肉親を失ったわけではない。

両親は移民先のフィリピンで死に、妹と弟は引き揚げ先の広島の孤児院で息を引き取った。

春子さんが語る孤児体験が、ほかの戦争孤児とは一味違っているのはそのためである。春子さんは自分の戦争体験を『沖縄タイムス』に語っており、前掲の『戦場の童』にも紹介されている。春子さん自身からの聞き取りに加えて、それらも参考にしながらその数奇な人生をたどっていこう。

山田（旧姓・城間《しろま》）春子さんは一九三四年八月一六日、越来村《ごえくそん》（現・沖縄市）呉富士の豊かな家に生まれた。

春子さんが生まれた生家の庭には、アシャギ（離れ座敷）があり、みかんや桃の木が植えられていた。牛や馬、豚も多数いて、雇い人も五人いた。

いま、嘉手納飛行場になっているところが生家だった。春子さんには、小学校の四年生になったとき、みんなで山から掘り出した石をザルで運び、それを並べて滑走路づくりを手伝わされた思い出がある。

日本軍が接収した離れの小屋の前には憲兵が立ち、自分の家にもかかわらず入ることは禁止された。

「絶対に見てはいけないと言われたが、そう言われると逆に興味がわいて、塀の節穴からこわごわ覗くと一人乗りの特攻機が組み立てられていた」

一人乗りの特攻機といえば、親機の腹に吊るされる形で飛び、目標が近づくと親機と離れて発射され滑空して敵機に体当たりする「桜花」のことである。

父がフィリピンに行ったのは、これよりかなり前で、春子さんが二歳のときだった。

「マニラ麻の栽培の仕事です。間もなく母も父から呼ばれてフィリピンに行きました。母は私も連れて行きたかったらしいんですが、おじい、おばあが『あんたはフィリピンへ行ったら、そこでまた子どもが生まれるから、初孫の春子は置いていきなさい』と言って、私ひとりが沖縄に残ったんです」

――フィリピンに行ったご両親から手紙は来たんですか。

「はい、フィリピンでの仕事は成功し、毎月一〇〇〇円ずつ送ってきました。このおカネで春子を女学校にやりなさいと言って」

春子さんはそう言うと、おカネと一緒にフィリピンから送られてきた家族の記念写真を見せてくれた。そこには正装した両親とフィリピンで生まれた妹と弟が写っていた。

――避難はどこにされたんですか。

「越来村の人は全員山原《やんばる》の源河《げんか》（現・名護市）に避難しろという命令でした。隣に住んでいた城間という中尉から『たんめい（おじい）、うんめい（おばあ）、早く山原に逃げて。三日でいいよ、三日で戦争終わるよ』と言われて、三日分の食料しか持たず、山原に馬車で逃げたんです」

山原の山中でおじい、おばあと避難暮らしをしたあと、捕虜になって羽地の収容所に入れられた。

収容所を出て中学に通っている頃、春子さんは不思議な夢を見た。フィリピンにいる父親がゲートルを巻いた軍服姿で「春子、春子、帰ってきたよ」と言っている。

「でも、見えるのは足元だけで顔は見えないので、『お父さん、顔が見たい、顔が見たい』って言うと、『明日、久場崎《くばさき》に来れば見られる』と言うんです。中城《なかぐすく》の久場崎はフィリピンからの引き揚げ者を乗せた船が帰ってくるところだから、大きいトラックに乗って久場崎に行こうとすると、急に寒気がして、そこで目が覚めたんです」

その翌日、父の戦死公報が届いた。父はフィリピンで現地召集され、春子さんが山原の山中を逃げ回っていた頃の一九四五年五月一日、ミンダナオ島のダバオで戦死した。

その後、風の便りで、母が亡くなったこと、終戦時八歳だった妹の清子さんと、六歳だった弟の盛正さんが本土への引き揚げ船に乗ったことまではわかった。だが、一四歳の春子さんにそれ以上調べるすべはなかった。

中学を卒業したら祖父母の面倒をみるため働こうと決めていた。だが、卒業したその足で、おかっぱ頭のまま軍作業の面接に行くと、「ユー・スモール・ベイビー」と言って帰された。仕方なく、親戚の家の住み込みの女中奉公として四人の子どもの世話をしながら、うるま市の中部農林高校に国防服を仕立て直した洋服で通った。

転機が訪れたのは、結婚して三人の子育て真っ最中の二四歳のときだった。日本に引き揚げたという妹と弟を捜して、靖国参拝に行く遺族団とともに上京した。まだパスポートが必要な時代だった。

東京の新聞には妹弟を捜す春子さんの記事も出た。厚生省を訪ねて直談判をすると、三日後に宿泊先の九段会館に厚生省から速達がきた。妹弟を乗せた引き揚げ船は一九四五年に広島の宇品《うじな》港に入ったという。広島の孤児院を捜すようにという助言も書き添えられていた。

「すぐに汽車に飛び乗って広島に向かいました。厚生省からの手紙には、孤児院を捜してみるといい、と書かれてあったので、広島で最も古い新生学園という施設を訪ねて行って、『シロマモリマサという子はお世話になっていませんか』と聞くと、園長先生がすぐに調べてくれて、『あっ、おった、おった』っておっしゃるんです」

だが、喜びは一瞬だった。園長先生が持ってきた名簿は「死亡者名簿」だった。

「もう何も言えませんでした。ただ、ウワーッて大声で叫んで力の限り泣きました」

園長の妻が奥から小さな骨壺を持ってきた。骨壺には「白間」という名札が貼られていた。〝シロマ〟というだけが精一杯で、漢字の説明ができなかった弟の幼さが、春子さんの胸を締めつけた。

一九四五年の一〇月三〇日に引き揚げて、亡くなったのは一週間後の一一月六日だった。

「孤児院に入ってきたのはみんな栄養失調でお腹がパンパンに膨れた子だったそうです、でも、広島は原爆が落ちて病院どころの騒ぎじゃなかった。施設でも廊下に毛布を敷いて寝かしていたという話でした」

妹の方は呉市の夫婦の養女になっていることがわかった。その夫婦は妹の入院先の日赤病院で妹を見かけ、婦長が「この子は栄養失調でとても助かりませんよ」と言ったにもかかわらず、あまりの可愛さに養女にしたという。

もしやと期待してその家を訪ねたが、やはり亡くなっていた。弟が死んでちょうど二週間後の一一月二〇日だった。


私が春子さんに会って一番興味深かったのは、創価学会の会員になってもう五〇年になるという話だった。それは、戦死した父親を弔うためのフィリピンのダバオ訪問をいまも続けているという、いわば〝よくある話〟より、ずっと取材意欲をそそられた。

——創価学会に入ったきっかけは何だったんですか？

「昭和三六年に私『精神科に行きなさい』って言われたんです」

——誰にそんなことを言われたんですか？

「みんなが、『あんた、祈禱師の顔しているからユタになりなさい』って言うんです」

父親の戦死公報が届く前日に、顔のない足だけの父親の幽霊が現れる夢を見るなど、春子さんには確かに民間霊媒師のユタになれそうなシャーマン的素質がある。

「でもユタで成功した人はいないし、それで眠れなくなって病院に行ったんです」

ご主人に相談すると、あんたはあの世が見えるから、キリスト教か生長の家を信仰しなさいと勧められたが、どうもしっくりこない感じがしてどちらにも入信しなかった。

創価学会入りを熱心に勧めたのは、具志川村の村長の奥さんだった。

「この仏様を拝めば、あなたの病気はすぐ治ると言われました。でも、『南無妙法蓮華経』は何かイヤだったんです。けれどすぐ治るならと思い直して、ご本尊様を七五セントでわけてもらいました」

――それで不眠症は治りましたか。

「少しは。私は前世の根性が相当悪かったのか（笑）、お山（大石寺《たいせきじ》）に初めて上ったとき、『上がるな、上がるな』って声が心の中からわんわん聞こえてくるんです。やっぱり過去世で本当に意地悪な女だとわかりました。もし信仰していなかったら、いま頃生きていないと思いますよ」

沖縄に来ていつも不思議に思うのは、ノロ（祝女）、ユタなど呪術的宗教が支配してきた島にもかかわらず、キリスト教の教会や創価学会など新興宗教の施設がかなり目につくことである。

琉球大学非常勤講師の吉野航一が書いた『沖縄社会とその宗教世界』（榕樹書房）は、沖縄のキリスト教関係の宗教団体数は全国で一一位（二〇〇八年一二月三一日現在）と人口に比べて相対的に多いのは、戦後の米軍統治が一つの理由となっていると指摘している。

また沖縄創価学会の施設は本島に九カ所、離島の石垣、宮古、伊江島、久米島に各一カ所あり、池田大作は二〇〇〇年の時点までに沖縄に一七回訪問している。施設数も来訪数も他地区に比べてかなり多いように思われるが、同書ではその理由を分析していない。

沖縄への外来宗教の渡来を研究した『南島におけるキリスト教の受容』（安齋伸・第一書房）によれば、創価学会が沖縄に第一歩を記したのは、一九五四（昭和二九）年九月三日のことである。これは、昭和四七（一九七二）年一二月一五日、著者の安齋が創価学会沖縄総合本部本部長の安見福寿氏と面談して判明したことだという。

創価学会が沖縄に第一歩を記した昭和二九年九月三日は、秋田出身の安見氏が沖縄に初めて来た日だった。

〈彼が沖縄に来たのは、創価学会本部の派遣による広宣流布のためではなく、夫人の縁故をたよって、沖縄で商売を営むためであり、しかも沖縄渡来は入信して学会員になってから僅か五日目のことで、折伏《しゃくぶく》のための訓練や養成などはまったく受けていなかったという〉

このエピソードはいかにも庶民の宗教の創価学会らしい。

二〇〇三年四月、五八歳の若さで亡くなった創価学会沖縄総長の三盛洲洋《みつもりくにひろ》氏は、ノンフィクションライターの吉田司のインタビュー(『現代』二〇〇〇年四月号「沖縄は基地を武器に『独立』を目指せ」)に、布教活動で最も激しかったのは、沖縄のシャーマン、ユタとの戦いだったと答えている。

〈「沖縄は昔から先祖崇拝とユタ占いが強いところで、主席や知事になるような偉い人でも、ユタがこういったというと、従うんです。そのしがらみの中に、日蓮大聖人の仏法の教え=精神革命の動きを始めたものですから、もうものすごい反発を受けましたね。なんで本土の神さまをもってきたんだと。ヤマト神《がみ》をもちこむなと。今では、そういうことも、かなりうすらいできていますが」〉

創価学会が沖縄で大きく勢力を伸ばしてきた背景には、身寄りのない孤児を数多く生み出した沖縄戦が横たわっている。それが私の見方である。戦争と宗教の関係については慶良間諸島の集団自決のところで、また述べたい。

頭に包帯を巻いた少女の消息

今回沖縄入りした目的の一つは、米国立公文書館所蔵のフィルム映像に映し出された頭を包帯でぐるぐる巻きにされた少女の消息を調べるためだった。

前回の取材でわかったのは、その少女が沖縄戦で孤児となり、自分の名前すら知らないままコザ孤児院に収容され、「ひめゆり部隊」出身の先生から〝コザヨシ子〟という名前を付けられたこと、七一歳になるいまも、自分の本当の名前を知ってから死にたいと言っていることだけだった。

この機会に彼女に会い、戦後六七年をどんな思いで生きてきたかをぜひ聞きたかった。

そのためにまず、コザ孤児院と彼女を取り上げた『沖縄〝戦争孤児〟の戦後65年』というドキュメンタリー番組を制作したNHK沖縄放送局の豊田研吾ディレクターに電話を入れてみた。彼ならば、〝コザヨシ子〟さんの連絡先を知っているだろうと考えたからである。電話を入れた時には、彼はすでに部署が変わり、東京にいた。

以下は、本書の担当編集者が豊田ディレクターから聞いた話の要旨である。

〝コザヨシ子〟さんに取材するのは基本的に無理だと思います。彼女は取材に対して物凄くアレルギーがあるんです。というか、昔のことを話そうとすると、体調を崩してしまうそうです。以前、地元紙の記者が彼女にインタビューしたとき、インタビューの真っ最中に脳梗塞を起こしてしまったそうです。

あの番組で彼女がどうして取材を受けてくださったかというと、コザ孤児院の先生だった津波古ヒサさんとお会いして話を聞いているうちに、〝コザヨシ子〟さんのことを津波古先生が覚えていらしたからです。

それなら、もしかすると彼女に話がつながるかもしれないと思い、沖縄の戦争孤児問題を熱心に取り組んでいる沖縄市役所の市史編纂担当者に津波古先生から連絡をとってもらい、市史担当者の方から彼女に話をつないでもらったのです。

あとで聞くと、彼女は「自分の知らなかった過去がわかるかもしれない」と思ったので、取材を受けたということでした。

彼女は小さい頃から、孤児ということで苦労したり、周りからいじめられたり恥ずかしい思いをしたらしく、基本的には表にまったく出たくない方なのだそうです。

そんなわけなので、例えば取材の過程で、彼女にとって何か新しい情報、彼女の過去がわかるかもしれない有力な情報が見つかれば、もしかしたら取材に応じてくれるかもしれませんが、ただ情熱だけで申し込んでも、口説き落とせないと思います。

あの番組は放送したあと、「再放送してほしい」というリクエストが結構多かったんです。けれど、彼女があの番組を放送したあと、やはり精神的に不安定な状態になってしまったため、いまのところ再放送の予定は立たないんです。

この話を聞いて、沖縄の戦争孤児の問題を扱うのはつくづく難しいといまさらながら思った。そう考えると、前記の大湾近常さんが突然の訪問にもかかわらずよく取材に応じてくれたと、あらためて感謝する気持ちになった。

孤児の世話をした元「ひめゆり」

〝コザヨシ子〟さんに会うのが無理でも、コザ孤児院で彼女の名付け親になった津波古ヒサさんにはぜひ会って話を聞きたかった。そう思い、沖縄本島南部の糸満市にある「ひめゆり平和祈念資料館」を訪ねて、津波古さんにインタビューした。

津波古さんのインタビューに入る前に、彼女が沖縄戦当時所属した通称「ひめゆり部隊」について簡単に説明しておこう。

「ひめゆり部隊」は、沖縄師範学校女子部と沖縄県立第一高等女学校の生徒二二二名、教師一八名で結成された学徒隊である。

「ひめゆり部隊」は米軍の沖縄上陸作戦が始まる直前の一九四五年三月二三日深夜、那覇市の南東五キロにある南風原《はえばる》の沖縄陸軍病院に配属された。彼女たちは米軍の南下に従い、激増する日本兵負傷者の手当てや、死者の遺体埋葬に追われた。

ひめゆり平和祈念資料館が出版した記念誌には、その後の動きと「ひめゆり部隊」の最期がこう記されている。

〈5月下旬米軍が迫る中、学徒たちは日本軍とともに陸軍病院を出て、本島南端部に向かいました。移動先の安静もつかの間、激しい砲爆撃の続く中で6月18日を迎えます。学徒たちは突然の「解散命令」に絶望し、米軍が包囲する戦場を逃げ惑い、ある者は砲弾で、ある者はガス弾で、そしてある者は自らの手榴弾で命を失いました。陸軍病院に動員された教師・学徒240名中136人、在地部隊その他で90人が亡くなりました〉

ひめゆり平和祈念資料館の展示室には、生き残った「ひめゆり部隊」の女学生たちが語った生々しい証言がパネルで掲示されている。とても全部を紹介することはできないが、主だった証言の見出しだけでも挙げておこう。

痩せこけた兵隊ところころ太った蛆／麻酔なしの手術を申し出る患者／おしっこをゴックンゴックン／鋸で切り落とした足／青酸カリを混ぜたミルク／おしっこしたいよ…学生さん／泥んこ

を這いずり回る両足切断患者／ドラム缶のように膨れた死体／当美ちゃん…足がない／ミイラになった兵隊たち／姉さん…死にたくない／一ちゃんは目を大きく開いて／フミさんの顔がなくなった／顔がシャモジになった／ジャクジャク　ジャクジャク蛆が湧く音が

この証言を読むだけでも、この資料館に来る価値がある。沖縄に行ったときには、ここを訪問することを絶対にお勧めしたい。

展示室には「ひめゆり部隊」全員の顔写真もパネルで掲示されている。これから会う津波古ヒサさんの若き日の写真もあり、その後の悲劇がウソのようなはち切れんばかりの笑顔が、戦争の残酷さをいまさらながら伝えている。

応接室に現れた津波古ヒサさんは、NHKのドキュメンタリーで見た通りの上品な女性だった。きっとしつけが行き届いた家庭教育を受けた女性だな。それが、津波古さんの第一印象だった。

——津波古先生が名付け親になった〝コザヨシ子〟さんのことですが……。

「本当はトシ子という名前だったそうですけどね」

——エッ、それは初めて聞く話です。

「兄さんにあたる人か、家族の誰かがコザ孤児院に肉親を捜しにきて、一人の子はすぐ見つかったんですが、彼女はどこかに隠れていたようで、二、三時間捜したけれど見つからなかったらしいんです。その人たちは、憲兵隊の車で連れてこられたので、もう時間だからと言ってそのまま帰ってしまったら、次に来たときはもう彼女はもらわれていって会えなかったという話でした」

――じゃあ、本名はトシ子さんなんですね。

「はい、それが〝ヨシ子〟に聞こえたんですね。みんな『ヨシ子、ヨシ子』と言っていましたからね」

――すると、人気者だったんですね。

「そうなんですよ。若いお母さんみたいな人が来ると、すぐ走り寄っていって、手をつかまえて離さないんです。きっと、自分のお母さんが来たと思ったんでしょうね」

――若い女性が来ると駆け寄っていくんですね。

「はい、ほかの子はみんな逃げ回っているのに、この子は人なつこかったですね」

――可愛いいですね。

「もうみんなが、この子、私がもらうって言っていたんですよ」

――人気者だったんですね。

「はい、職員の間でも引っ張りだこの人気者でした。だけど、この子ひとりを連れて行ったらほかの子がひがむから、職員にはあげないという約束ができたんです。本当は職員の仲里マサエさんが連れて行くってきかなかったんです」

――そんなことまであったんですか。

「みんな『いい子だ』と言っていましたね。でも、もらわれていったところがあまりよくなくて」

――テレビ（『沖縄〝戦争孤児〟の戦後65年』）でも、そう言っていましたね。

「学校も行かせてもらえなかったらしいんです。彼女が本当の親を捜し始めたのは、養父母が亡くなってからですね。あまりいい思いはしなかったけれど、自分が成人するのを助けてもらった恩義があるからと言ってましたね」

――子どもの頃は辛い思いばかりだったようですね。

「そうなんです。五、六歳から豚の餌をあげたりなんかして、ずっと使われ通しだったようです」

――番組でも泣いていましたよね。

「一、二年だけでも学校に行きたかったと言ってました。いまは子どもさんも大きくなって結婚しているんです。お孫さんでしょうか、慰霊祭にも連れてきていました」

慰霊祭とは、二〇一〇年六月に行われたコザ孤児院の〝同窓会〟のことである。

前記のNHKドキュメンタリーの白眉は、この慰霊祭に参加した六九歳の〝コザヨシ子〟さんが、米国立公文書館所蔵のフィルムに映った、頭を包帯でぐるぐる巻きにされた少女を見て、「これは私かもしれない」と叫ぶ場面である。

――彼女とはNHKテレビの取材で六十数年ぶりに再会したわけですが、津波古先生が大きくなった〝コザヨシ子〟さんを抱きかかえて「私をお母さんと思ってね」と言ってネックレスを渡すシーンは本当に感動しました。あれ以来、彼女からは連絡はないのですか。

「ありません」

――それはなぜなんですか。

「いつでも訪ねてきてねって言って、手紙を出そうとしたんですが、住所も言えないんですね。字も読めないから」

――ああ、字も読めないから住所も言えないんですか。

「コザだということは言っていたんですけど、コザのどこかは言えないんです」

衝撃的な話だった。沖縄戦で孤児になった少女は、孫を持つ身になっても、自分の本当の名前も知らないばかりか、読み書きもできない。戦争はこれほど不幸な人間を生み出す。

「もし住所がわかれば、すぐにでも訪ねていきたいんです」

津波古さんがそう言ったとき、ここにも戦争の被害者がいると思った。教え子に会いたくても会えない教師も、戦争で心が深く傷ついた被害者である。

津波古さんが摩文仁海岸を逃げ回って捕虜になり、百名《ひゃくな》（現・南城市）の病院勤務を経てコザ孤児院の仕事をやるようになるまでの経緯は、『生き残ったひめゆり学徒たち――収容所から帰郷へ――』という「ひめゆり平和祈念資料館」編の本に、次のように書かれている。

〈六月末、百名の孤児院から乳児をコザへ移動するのを手伝うよう依頼があり、北部に家族がいる人が希望し、本村つる、仲里マサエ、戸田武子、登川《のぼりかわ》絹子、玉那覇《たまなは》幸子と私の六人が行くこと

になりました〉

本村つる以下の五名は、いずれも「ひめゆり部隊」の生き残りである。彼女ら六名はトラックに乗ってコザに向かった。

〈到着したのは、焼け残った瓦葺きの大きな家で、孤児達が大勢収容されていました。私達は、ここで、乳幼児の世話をすることになりました。子ども達は、栄養失調で、精気もなく泣いていました。私達にこの子達の面倒がみられるのか、一緒に泣き出すのではないかと不安でした〉

津波古さんがコザ孤児院に赴任したのは、わずか一七歳のときである。大勢の栄養失調の孤児たちを前にして、泣き出したくなる気持ちがよくわかる。同書に、コザ孤児院の子どもたちを目隠し鬼ごっこして無邪気に遊ばせる津波古さんの写真が掲載されている。お下げ髪で手を叩く津波古さんは先生というより、ちょっと年上のお姉さんである。その幼い姿が戦争の痛ましさを無言で語って胸を衝く。

――コザ孤児院には百名から来たそうですが、百名にも孤児院があったんですか。

「はい、百名の孤児院には一四、五歳の年齢の高い子を残して、コザ孤児院には年齢の一番低い子をトラックの荷台に乗せて連れてきたんです。二〇名くらいいたと思います」

――コザ孤児院に行ったのは一九四五（昭和二〇）年の六月何日頃だったんですか。

「六月二〇日頃です」

――コザ孤児院にはそれからどれくらいいたんですか。

「六月二三日に戦争が終わって、七月中はずっと子どもたちの面倒を見ていたんですが、七月末くらいに孤児院に小学校ができることになり、孤児院の仕事は主に本村つるさんと仲里マサエさんがやるようになりました」

本村つるさんは「ひめゆり平和祈念資料館」の現（五代目）館長である。

前掲の『生き残ったひめゆり学徒たち』に津波古さんが寄せた手記によれば、一〇月頃に孤児院内の小学校は廃校になった。

このため、津波古さんや子どもたちは院外の室川《むろかわ》小学校に通うようになり、一一月の末頃に具志川（現・うるま市）に沖縄文教学校が設立されると、一二月の中旬頃、文教学校の開校準備を手伝うために異動することになった。したがって、津波古先生がコザ孤児院にかかわったのは四五年の六月二〇日から、沖縄文教学校に移る一二月中旬までの約半年間だったことになる。

ちなみに沖縄文教学校は戦後初の沖縄の教員養成機関で、元沖縄県知事の大田昌秀も「鉄血勤皇隊」の学徒兵として沖縄戦に参戦したあと、この学校で教員資格をとった。

――沖縄文教学校への進学を勧めたのはどなたですか。

「『ひめゆり学徒隊』の引率教官だった仲宗根政善先生です」

——仲宗根政善先生はここ「ひめゆり平和祈念資料館」の初代館長でもありますね。

「ええ、そうです。沖縄文教学校は翌年の一月に開校になったんですが、開校を手伝ってくれと言われてクリスマス前に具志川に行ったんです。そのときコザの子はみんな『行かないで、行かないで』と言ったんですけどね。『勉強してからまた来るからね』と、子どもたちに約束して行ったんです」

——コザ孤児院では毎日のように子どもが亡くなったようですね。

「そうですね。小さい子、二、三歳の子は本当に今日来たかと思ったら翌日には亡くなっていましたね。もう埋めるところがなくて、弾が落ちた跡の大きな穴に、そのまま埋葬もしないで中に入れていましたね」

——捨てちゃうという感じですか？

「そんな感じ、ですね。それが臭いもんですから、死臭が」

——臭うんですね。

「はい、それで掃除する人たちがいつも鼻に何かを詰めて、嫌がってやっていました。それぐらい生臭くて」

——死因は何が多かったんですか？

「栄養失調だったと思います。たぶん、栄養失調の体に急に高カロリーのミルクを飲ませたのがいけなかったんでしょう。ミルクが消化しきれなかったんです。私が最初に受け持っていた二、三歳の子たちは、朝起きたらもう顔じゅう、髪の毛もみんな糞で塗り固めたような状態で転げ回っているんです」

——つまり下痢がひどくって、そうなるんですね。

「そうです。みんな転げ回って部屋が豚小屋みたいになっているんです。その子たちをまず外に出して一度洗ってあげて、筵《むしろ》に寝かせている間に、糞だらけになった部屋の床を掃除するんです。その間に井戸から水を汲んできて、それを盥《たらい》に入れて温めて」

——日光で温めるわけですね。

「ええ。そのぬるま湯で行水させて目から鼻から糞だらけの子どもを洗ってあげるのが、毎日の仕事でした。だから朝が来るのが本当に辛くて、ですね」

津波古さんはそのときのことを思い出したのか、本当に辛そうな顔をされた。

子どもたちは夜になるとしくしく泣いた

——寝るときは子どもたちと一緒ですか？

「はい、ずっと一緒でした。子どもたちは夜になると泣いて。わあわあ泣くんだったらまだいいんですけど、しくしく泣くんです」

——それは辛いですね。

「だから、とにかくぐっすり寝かせることを考えて、昼間は鬼ごっこで駆け回らせたりして、疲れさせるんですけど、やっぱり熟睡はしないんですね」

──いくら昼間疲れても。

「夕方になると、小さな子が『おっかあ、おっかあ』と言って泣くんです。あのときは私も泣きたくなるぐらいでした」

津波古さんはそう言って、目頭をぬぐった。

コザ孤児院の話はそれくらいにして、質問を津波古さんのこれまでの人生に変えた。

──お生まれは何年ですか？

「昭和二年です」

──どちらのお生まれですか？

「那覇です」

──小学校、中学校はどこですか？

「松山小学校と一高女です」

──それから女子師範ですか。エリートコースですね。倍率はどれくらいあったんですか？

「三倍くらいでしたかね」

──昭和一九年に師範に入って、翌年の三月にはもう学徒動員されたんですね。ところで、沖縄戦のとき、ご家族はどうされていたんですか？

「両親は『お前がいるから疎開はしない』と言っていたんですが、昭和二〇年三月一日に最後の疎開船で大分に行きました。その前の年の八月二二日に、兄と姉が対馬丸に乗って」

――アメリカの潜水艦に撃沈されて学童らを含む一三七三人が犠牲になったあの対馬丸に乗ったんですか。

「兄も姉も教員をしていたものですから、その引率で」

――引率ですか。対馬丸に乗ったのはお兄さんとお姉さんだけですか。

「兄夫婦と五人の子ども、姉と二人の子ども、それに子どもの面倒を見るためにお姑さんも乗りましたから、全部で一一人です」

――えっ、一一人ですか!?

そう言うだけで精一杯だった。対馬丸の話は本土ではほとんど知られていないが、この人たちも沖縄戦の犠牲者である。

「だから両親も『また沈められて死ぬより、こっちで死んだ方がいい』と言って、行かなかったんです。でも父は脳梗塞で半身不随になり動けませんから、どうしても守らなければなりません。最後の疎開船だからと何とか説得して、二人の姉を引率者にして両親にどうにか乗ってもらったんです」

――ご兄弟が多かったんですね。何人家族だったんですか？

「九人です。九人のうち半分は父をはじめ教員です」

——大分には無事着けたわけですね。

「ええ。でも向こうは逆に沖縄は全滅だからとあきらめていたようです。こちらも無事着いたかと根掘り葉掘り聞いたら、スパイにされてしまいますから、両親の安否は聞けなかったんです」

両親の無事がわかったのは、別れてから二年後だったという。

——靖国神社には行かれたことがありますか？

「はい。みんなは行くなと言うんですが、私は二度行きました」

——「行くな」と言ったのはどなたですか。

「友だちです。あの頃は靖国神社をみんな嫌がっていましたから。でも私は一度は行かなければという思いで行きました。靖国神社には対馬丸で亡くなった家族一一人と、戦死したすぐ上の兄の一二人が祀られていますからね」

——最後に、コザ孤児院を出てからの話を聞かせてください。ずっと教員をおやりになったんですか？

「はい、そうです」

津波古さんは本当は子どもたちと約束したから、コザ孤児院に戻りたかった。短期の教員養成機関の沖縄文教学校ができたために、そちらに行かなくてはならなかったが、文教学校を二カ月で卒業すると、コザ孤児院に行って職を求めた。

「コザ孤児院の子どもたちとお別れのとき『必ずまた孤児院に来るからね』と、約束していったので、『もう卒業したから、ここで働かせてください』と言ったんです。でも、就職難で配給もない状態で、子どもを持つ人たちがもう採用されていて『あななたちが入るとこがないよ』と言われてしまいました。仕方なくふつうの学校の教員になりました」

沖縄文教学校を卒業後、津波古さんは一貫して教職の道を歩んだ。

――何年ぐらいですか？

「三六年くらいですかね」

――最後はどこの学校に赴任されたんですか？

「那覇の与儀《よぎ》小学校です。そこで二二年間ずっと特殊教育をやりました」

――特殊教育というのは、具体的にはどんな教育なんですか？

「知的障害者、知恵遅れの子どもたちの教育です」

与儀小学校は、東京でいえば日比谷公園に相当する与儀公園に近い那覇市中心部の学校である。その学校で知的障害者の教育を二二年間続けたという話には、軽いショックを受けた。与儀公園内には沖縄県立図書館があり、調べものをするたびに何度も行ってなじみの深い所だったので、そのそばの学校で知的障害者の教育に二〇年以上取り組んだという話に感動を覚えたのである。

――それはご自身で選ばれた道だったんですか。

「はい。というのは孤児たちのことを思うと、何か世の中のお役に立つようなことがしたくて、特殊教育の道を選びました。あの頃は特殊教育と言っても誰もわからず、みんな嫌っていました」

――最初に行った学校はどこだったんですか？

「久高島《くだかじま》です」

これにも驚いた。久高島は琉球の創世神アマミキヨが降臨したといわれる、沖縄本島東南端の南城市《なんじょう》に所属する離島である。ノロたちが一二年に一度行うイザイホーの秘祭でも知られているが、イザイホーの秘祭は一九七八年に行われたきり途絶えている。ニライカナイと呼ばれる海の彼方の異界に通じる神の島の久高島を最初の赴任地に選んだのも、どこか沖縄戦との因縁を感じる。

津波古さんは沖縄戦で友だちを目の前で亡くしたばかりか、コザ孤児院で毎日泣きたくなるような辛い思いをし、対馬丸事件では津波古さん自身が一一人の肉親をいっぺんに失うという筆舌に尽くせない体験をした。

「久高島は二年の約束だったんですが、結局五年いました。やっぱり離島の恵まれない子どもたちを助けたいという気持ちがあったんでしょうね」

――久高島の次の赴任地はどこだったんですか？

「南風原です。南風原には本当は行きたくなかったんですが」

――南風原は野戦病院があったところだったからですか？

「そうですね。南風原に私たちの壕があった集落があるんです。その集落に家庭訪問に行ったとき、子どもたちが『ここは先生、幽霊が出るよ』と言ったので、『あの幽霊は私の友だちだよ』

と言ったら、子どもたちが翌日、教室や教員室を回って、『うちの先生は幽霊と友だちだよ』って触れ回ったことがありました」

津波古さんが別れ際に話してくれたのは、忘れられないエピソードだった。

戦争で命を奪われた多くの人びとの魂が浮遊する沖縄には、いまも「あの幽霊は私の友だちだよ」という言葉が奇異に聞こえない世界が確実に存在している。

二〇一三年二月、私は沖縄戦最大の激戦地の一つである伊江島を訪ねるため再度沖縄入りした。その機会に津波古さんにもう一度会い、聞き忘れた件をインタビューした。

——明後日、伊江島に行くんです。断髪した女性の斬り込み隊が鉄兜をかぶって敵陣に突っ込んで行った……。

「実は同窓生の中にもいるんです」

——えっ、一高女の中にも男装して斬り込んだ生徒がいたんですか。

「はい、います。確か私の一年後輩でした」

そう言うと、同席していた「ひめゆり平和祈念資料館」の係員が「ひめゆり部隊」の戦没者名簿のコピーを持ってきてくれた。

そこには、丸くくり抜かれたフレームの中にいかにも沖縄らしい、あどけない美少女の写真が飾られ、その下の説明書きにはこうあった。

〈永山初枝
沖縄師範学校女子部予科一年（当時一五歳）
伊江村出身
伊江島守備軍に協力
昭和二十年四月十四日伊江村城森で死亡

背が高く、色白で目鼻立ちの整った、優しい人だった。

スポーツが得意でバレーボール部員だった。練習中のいきいきとした目の輝きが印象に残っている。

昭和二十年二月十三日から一年生は自宅待機となり、地域の部隊に協力するように言われた。

二月十三日、帰郷するとすぐ島に駐屯していた部隊に協力し、砲弾の飛び交う中を必死になって頑張った。

四月十三日、家族が初枝に面会に行き共に一夜を過ごした。

明けて十四日、伊江島守備軍の斬り込み隊に編入され敵中に突入、城森の西側あたりで死亡〉

——これは仮定の話ですが、もし津波古さんが伊江島にいてそういう状況になったら、斬り込み隊に行きましたか。

「やったかもしれませんね（笑）。もう、そういう教育しかされていませんでしたからね。国のため、天皇のためという」

――恐ろしいですね。

「ねえ、怖いですよ、教育は。日本は絶対勝つんだという思い込みがありますからね。昔から日本は世界一強い国だと思われていた。戦争に負けたことのない国だとか、神の国だから、困ったときには神風が吹く国だとかね。だから、もう絶対負けるなんて考えていない」

――そんな考えはこれっぽっちもなかった。

「はい、あの戦争の中で、弾をこっちから一発撃ったら、相手から一〇〇発ぐらい返ってくる。そんな状態で戦争していても、これは何かの作戦ぐらいにしか思っていない（笑）」

――いずれ日本軍が大反撃するだろう程度に思っていたんですね。

そう言ってから、戦時中の日本はいまの北朝鮮とまったく同じだということに気がついた。

「もう本当に、幼稚といえば幼稚なんです。そんな教育しか受けていませんからね」

こちらが一発撃つと、相手は一〇〇発返してくる。海から陸から、空から敵の銃弾や砲弾が雨あられと降ってくるという話は、すさまじいリアリティーがあった。

足手まといの兵隊は殺す

――琉球新報が出した『沖縄戦新聞』に、衛生兵が配布したミルクの中に青酸カリを入れる現場を、津波古さんが偶然目撃するシーンがありますね。あのときの状況をもう少し詳しくお話しくださいませんか。

「はい、あれは南部に撤退命令が出た直後のことです」

――昭和二〇年五月二七日の記事ですから、首里の司令部を放棄して南部の摩文仁に撤退命令が出た日のことですね。

「私たちは治療班だったものですから、治療を終わって帰ってきたところでした」

――それは何時頃でしたか。

「もう真夜中でした。いつもなら夜の九時、一〇時には帰ってくるんですが、あの日の帰りは、真夜中の二時、三時になりました。ところが、壕は空なんです。誰もいない。みんな、南部に撤退したということで」

――ああ、首里の司令部の話だったんですね。

「そこにいたのは、私とナカザトジュンコさんという、やはり治療班にいた二人だけでした。そのときはもう、肉眼で見えるところに米軍が来ているんです」

——それは恐ろしかったでしょう。

「ナカザトさんは『もう殺される、殺される』って怯えていましたね。そのとき部屋によそから来た人たちが入ってきたんです」

——それは見たこともない人たちでしたか。

「ええ、そうです。第二外科の人だったらたいていはわかります」

——何名くらいでしたか。

「将校一人と看護兵のような人が三名ぐらいいました。その人たちがあっちこっち探してカンカンを見つけたんです。缶詰の缶です。最初は、食事をするんじゃないかと見ていたら、どうも様子が違うんです」

——どう様子が違うんですか。

「私は退屈だったものですから、『お手伝いしましょうか』と言ったんです。するとびっくりした顔で振り向いて、『何してるか。まだ、そこにいるのか』と、非常に怒っているんです。それからしばらくして、『お前たちは人間じゃない』なんていう怒鳴り声が聞こえてきた。それでナカザトさんに『これ、ちょっと変よ。私たちも殺されるかもしれない』って言って、そこから逃げたんです。青酸カリを入れたということは、あとから聞いて知りました」

津波古さんは逃げる途中、学徒隊の引率教師をしていた実の兄に会った。

「それでいま目撃した出来事を話しました。兄は二人の軍医のところに行って、何か話したあと、戻ってきて、『いまの話は誰にも絶対言うな。もし秘密を洩らしたら軍法会議だよ』と言われました。それ以来、ずっと言わないできました」

――そうすると、話されたのは『沖縄戦新聞』の取材を受けたときが初めてだったんですね。

「はい、そうです」

――青酸カリを飲まされたのは岡襄さんという人だったんですね。その方の消息はご存じですか。

「京都でご健在のようです。岡さんが私に会いたいとやって来たもんですから。私も会うのは恐ろしかったんですが、ぜひともと言うので」


岡氏はそのとき津波古さんにこんな話をした。

普通のミルクと思って口にしたら、何か変だったのですぐ炊事場に行って蛇口から水を飲んで吐き出した。同じ炊事場で、北海道出身の兵隊が苦しそうにもがいていた。その人の首根っこをつかまえて、水をたくさん飲ませ、口に手を入れて毒を吐き出させた。

津波古さんはこの話を聞いて、やっぱり自分が目撃したのは見間違いではなかったということを確信した。

「それで、こんなところにいたらたいへんだからと思って、岡さんは逃げ出した。でも北海道出身の人は歩けない状態だったから、岡さんの後に這ってついて行った。すると奥の方から若い将校が出てきて二発、バンバンとやったらしいんです。岡さんには当たらなかったけど、後ろからついて行った北海道の人には当たって、そのまま動かなくなった。岡さんは息を殺して、射殺した将校が現場を立ち去るのを確認してから逃げてきたそうです」

息をのむような話だった。

——日本の軍隊は、足手まといになる兵隊は平気で殺しちゃったんですね。

「そうですね。軍の秘密が漏れるのを恐れた面もあったんじゃないですか」

——軍の秘密？

「残された人たちが米軍にそれを洩らすとか……」

——なるほど、米軍はもうすぐそばまで迫っているわけですからね。

津波古さんの個人的なことも聞いてみた。

——結婚したお相手はやはり教員ですか。

「一応。ですけど兵隊帰りですよ」

——兵隊というと？

「憲兵です」

——旦那さんとの間にお子さんは何人いらっしゃるんですか。

「三人いました。男二人と女一人です」

——もう大きいですよね。

「もう亡くなりました」

――三人とも？

「いえ、末の娘だけいます」

――男のお子さんは二人とも。

「はい」

――割と若かったんですか？

「一人の子は高校三年のときでした」

――エー、ご病気？

「ちょっとした事故です。体操部だったんですが、吊り輪から落ちて。長男は五〇を過ぎて、病気で亡くなりました」

――旦那さんはもうお亡くなりになったんですか？

「はい、もう一〇年くらいになります」

沖縄戦で過酷な目に遭った上に、子どもと夫を相次いで亡くす。陳腐な言い方だが、津波古さんの人生は苦労の連続だった。

――津波古さんはコザ孤児院を出てから、ずっと教育畑を、しかも知的障害を持つ子どもの教育を中心にやってこられた。沖縄戦の体験とそのことは何か関係があると思われますか。

「直接の関係はないと思います。戦争があったから、そういう知的障害児が生まれたわけではありませんし」

——具体的には先生が担当した知的障害児の知能程度はどれくらいなんですか。例えば1＋3ができないというレベルですか。

「そうですね、IQでいうと六〇程度の子ですね。ある程度教育すれば、計算でも何でもできるようになって」

——しかし、知的障害児の教育というのは大変だったんじゃないですか。

「でも、楽しいこともいっぱいありましたよ（笑）」

——どんなことが楽しかったですか。

「いままでお話しできなかった子が話をするとか、書けなかった子が書けたとかね」

——ほんのちょっとしたことが嬉しいんですね。

「そうなんです。ちょっと工夫をしたらできたというときには、なんか自分を褒めてやりたくて（笑）、本当は子どもを褒めなければいけないんですが」

——最後になりますが、ここ（ひめゆり平和祈念資料館）には、「元ひめゆり部隊」の人は、現在何人いらっしゃるんですか。

「いままで説明役として四名ずつ来ていたんですが、それがいつの間にか三名になって、いまは二人です。四月からは私一人になります（笑）」

津波古ヒサさんに会ってインタビューできて本当によかったと思った。津波古さんが洗いざらい語ってくれた貴重な証言は、おそらく「元ひめゆり部隊」の最後の証言になるだろう。沖縄戦は遠ざかる一方である。だが、沖縄戦を遠い過去の出来事にしては絶対にいけない。それは歴史を捏造するばかりか、津波古さんのように戦後を必死で生きた人たちの人生も抹殺することになるからである。

第四章

那覇市長の怒り

神から選ばれし子どもたち

糸満の「ひめゆり平和祈念資料館」から少し那覇寄りに行った与那原《よなばる》の「愛隣園」を訪ねた。「愛隣園」の入り口には二代目園長の比嘉《ひが》メリーの胸像が建っている。

「愛隣園」は一九五三年九月、米国ヴァージニア州のリッチモンドにある米国キリスト教児童福祉会が二万四〇〇〇ドルを出資して与那原町の丘陵五〇〇〇坪を購入し、そこに沖縄戦災孤児のために設立された全寮制の養護施設である。同園はいまも児童養護施設としての役割を果たしている。「愛隣園」の歴史と二代目園長の比嘉メリーについてはあとで述べるとして、沖縄の孤児院の歴史について、簡単におさらいしておこう。

終戦時、沖縄には一〇カ所の孤児院があった。沖縄本島北部の辺土名《へんとな》(大宜味《おおぎみ》)、田井等《たいら》、瀬嵩《だけ》(名護)、福山、漢那《かんな》(宜野座《ぎのざ》)の五カ所、中部の胡差《こざ》、石川、前原(具志川《ぐしかわ》)の三カ所、南部の糸満、百名《ひゃくな》(玉城《たまぐすく》)の二カ所の計一〇カ所である。

これら一〇カ所の孤児院は、一九四七年に沖縄民政府によって田井等、福山、胡差、百名の四カ所に統合され、さらに一九四九年、那覇市首里石嶺町《いしみねちょう》の沖縄厚生園に養老救護施設を併置して一カ所に整理統合された。

一九五七年に沖縄厚生園は養老救護施設となり、児童養護施設は石嶺児童園に分離された。

これらの施設に収容された孤児の数は、約一〇〇〇名だったと言われる。しかし、これらの施設に収容されず、知人などのところに身を寄せたり、米軍野戦病院に収容された子どもたちも多数いたことを考えれば、一〇〇〇名という数はあまりに少ない。

実際、戦後九年目の一九五四年に当時の琉球政府社会局福祉課が行った戦災孤児の一斉調査報告によれば、同年一月三一日現在で「一八歳未満の戦災孤児は沖縄本島で三千人、このうち琉球政府の児童福祉施設である沖縄厚生園に収容されているものは二百名、祖父母、兄弟、親戚、知人に養育されているもの二千人余、保護者がなく独立し、生活扶助によって生活しているもの六百三十七人（三百三十七所帯）であった」と報告されている。

二〇一三年で開園六〇周年を迎える「愛隣園」は、戦後沖縄の児童福祉政策の生きた歴史である。それはそのまま沖縄社会の隠された歴史、言うなれば〝書かれたくなかった〟歴史となっている。同園園長の島袋朝久《ちょうきゅう》氏は終始笑顔を絶やさず、いかにも児童養護施設の園長にふさわしい人柄のよさを感じさせる人物だった。

――「愛隣園」は戦争孤児の養護施設としてスタートしたわけですが、戦争孤児の養護施設の時代は何年くらい続いたんでしょうか。

「そうですね、何年ぐらいと言われてもちょっと……。最初は首里の石嶺に集められていた戦争孤児を引き取って始めたんです」

――ああ、沖縄厚生園ですね。

「そうです。厚生園には孤児とか孤老とか障害児、乳児などが集められていました。この施設は、そこからはみ出た子どもたちを四七名集めて始まりました」

――厚生園が発足したのは敗戦から四年後ですが、その頃になってもまだ施設からはみ出す戦災孤児がいたわけですね。

「はい、その頃は石嶺にたくさん戦災孤児を集めていたんですが、それでも民家の軒下や、ススキの野原に段ボールを敷いて寝泊まりしているような孤児がいました」

島袋園長は、「愛隣園」が戦災孤児だけに特化していた時代がどれぐらいつづいたかはよくわからないが、昭和五〇年代に入ると、触法行為をする子どもたちがどんどん増えていったという。

――法に触れる子ども、簡単に言えば社会的問題児ですね。

「彼らはふつう教護院に入るんですが、教護院が満杯状態になって児童養護施設にどんどん入ってきました」

教護院は現在、児童自立支援施設という名称に変わっている。犯罪などの反社会的行為や、犯罪行為をするおそれのある児童や、家庭環境などが原因で生活指導を必要とする児童を入所または通所させ、必要な指導をして自立を支援する児童福祉施設である。

――現在、「愛隣園」には何名入所しているんですか。

「いまは四五名くらいですね」

――年齢は？

「二歳から一八歳までですね」

――差し支えない範囲で結構なんですが、どういう方が入っているんですか。

「いまは家庭で虐待を受けている子どもが多いですね。六、七割はそういう子どもです」

――残りの子どもは？

「親が離婚して、両方とも引き取らない子どもとか」

――ネグレクトですね。

「ネグレクトも、虐待の中に入っているんですよ。食事も与えず、子どもをまったくかまわないわけですから。いま虐待は、身体的虐待、心理的虐待、そしてネグレクト、性的虐待の四つに分類されています。沖縄は性的虐待が他府県に比べてちょっとパーセンテージが高いんですけど」

沖縄は他地区に比べて性的虐待の割合が少し高いという指摘には、沖縄戦や米軍基地の影響があるように思われた。

――ここには一番長期の方で何年ぐらいいるんですか？

「一六年です。二歳で来て一八歳で卒業する子がいます」

――児童養護施設の園長として、これは沖縄独特の問題だなと感じる点はありませんか。

「以前は、問題児を親族が預かっていたんですが、長引く不況の影響なのか、だんだん生活が苦しくなってきたせいか、すぐこちらに入園させる傾向が出てきましたね」

沖縄の美点として挙げられる相互扶助の〝ゆいまーる〟精神も、長引く不況には勝てなかったということなのか。

――こういうお仕事をされていて、一番うれしいのはどんなときですか？

「ここを卒園して本土で働いている子から、〝父の日〟に私と同じ名前の〝朝久〟というラベルの日本酒が贈られてきたんです。卒園してしっかり頑張っていることがわかったときが、一番うれしいですね」

――逆に一番悲しいのはどんなときですか？

「ここを出ても生活が改善されず、少年院や刑務所から手紙が来ることもあります。そういうときは悲しい気持ちになりますね」

「愛隣園」はまた訪れるとして、那覇市内のホテルでリューセロ元社長の知名《ちな》武三郎氏に会った。リューセロは包装用セロハン資材を製造する沖縄有数の企業である。

そのリューセロを兄の知名洋二氏（故人）と力を合わせて創業した知名武三郎氏は、「愛隣園」の卒園一期生である。

「愛隣園」出身の一番の出世頭である知名武三郎氏は、同園現園長の島袋氏が語ったエピソード流に言うなら、自分の名前と同じラベルの日本酒を贈られた以上の喜びを「愛隣園」の歴史に刻んだことになる。

知名氏は一九四一年、「愛隣園」のある与那原で生まれた。男三人、女一人の四人兄弟の末っ子だった。実家は、宜野座など本島中部から与那原の港に運ばれてくる材木や薪を那覇や糸満で商う裕福な材木商だった。

獣医になった父は海軍に召集され、トラック島沖を航行中、敵の攻撃を受けて轟沈し戦死した。残された家族は、予測される沖縄戦から避難するため九州へ疎開した。

そのとき本土に向かう「和浦丸」から見た光景を兄の知名洋二氏は自叙伝の『流汗悟道』で、こう回想している。


〈奄美大島付近で突如「起きろ！」と引率の先生から叩き起こされ、パニック状態に陥った兄の手を引き甲板に上がった。「ボン、ボン」との爆発の音と激震を受け魚雷らしきものが船体に当たった様子だった。それは私達の船でなく、まさに隣の船、対馬丸《つしままる》が魚雷を受けていたのである。

（中略）

真っ赤に燃え沈没していく船と、子供らが甲板から飛び込み逃げるさまは、実に地獄絵だった。我々も、いざ甲板から飛び込み逃避する準備をさせられた。我々兄弟は乗船拒否し那覇から与那原の実家にせっかく逃げ帰ったのに、戻って乗船したことを非常に後悔した。もう終わりだと体中震え泣き抱き合った〉

戦後、沖縄に引き揚げて間もなく母は過労がたたって結核に罹り、三七歳の若さで亡くなった。それから間もなく、知名一家が住む与那原に「愛隣園」ができた。

残された四人の子どもたちを心配した教会関係者が入園を勧めたが、「愛隣園」に入園できるのは中学生までだった。このため、一三歳の姉と一一歳の武三郎さんが「愛隣園」で生活することになった。

「はっきり言えば、口減らしのためだったんでしょうね。両親が亡くなり、ご飯が食べられるだけでもありがたかったからですね」

当時の沖縄社会には「愛隣園」に対して偏見があったという。

「学校でいじめとか盗みがあったら、園の子が最初に疑われ、白い目で見られた。孤児イコール不良と見られていたんです」

——当時の園長は比嘉メリーさんという方ですね。どんな先生だったんですか。

「開園式のときメリー先生から、『皆さんは、神様から選ばれた神の子です』と言われたのを憶えています。親もいない自分がなぜ〝神の子〟なのか不思議に思いましたが、くすぐったいようなうれしい気持ちになりました」

この話を聞いたとき、『沖縄　空白の一年　一九四五―一九四六』（川平《かびら》成雄・吉川弘文館）を読んだとき印象に残った次の一節を思い出した。

〈（孤児院では）童話を読む時は、「お父さん」「お母さん」という言葉は禁句だった。その言葉を聞くと、子供たちが泣き出すのである〉

――メリー先生のことでほかに思い出すことはありませんか。

「もう一つ思い出すのは、ハンカチの話です。先生は白いハンカチを見せてこう言ったのです。『ハンカチには二種類あります。白いハンカチと、汚れてしまったハンカチです。でもハンカチはいくら汚れても、白いハンカチに戻すことができます。汚れてしまったハンカチは洗えばいいんです』

それを聞いて、すごく感動しました。その言葉は絶対忘れないと思って、心の支えにしてきました。いまでも心に残っています」

武三郎さんが「愛隣園」を卒園したのは、中学二年のときだった。奨学金を受けながら勉学に励み、高校はみごと名門の首里高校に合格した。

首里高を卒業後、国費制度で東京教育大（現・筑波大）に進んだ長兄を目指して本土の国立大に挑戦したが受験に失敗した。

知名武三郎氏については、これまで何度か挙げてきた『戦場の童』に愛隣園一期生として紹介されている。

――あの本を読むと、そのときみじめな気持ちのままふらふら歩いているうち、気がつくとメリー先生の自宅の前に立っていたそうですね。

「ええ、『愛隣園』を出て五、六年も経っていたのに、メリー先生は黙って家の中に招き入れてくれました。そして黙って僕の肩に手を置き、静かに祈っていました。言葉は何もないのに、それだけですっと肩の荷が下りたように感じました。僕はなぜか涙が止まりませんでした。そのとき初めて、温かさで人間を包んでくれる人がいるんだと思いました」

武三郎氏は翌年、琉球大学に合格することができた。

「あのときメリー先生が自信を持たせてくれたおかげです。先生は僕の存在を丸ごと認めてくれたんです」

——ところでメリー先生はクリスチャンですし、「愛隣園」はキリスト教の養護施設です。洗礼は受けたんですか。

「いいえ。そういう環境で育ちながら、洗礼は受けませんでした。比嘉先生にも『愛隣園』にも感謝はしていますが、『人間が神様をつくった』のであって、『神様が人間をつくった』とは思いません。比嘉先生の教えは心の中に大切に持っていればそれでいいと思っています」

武三郎氏はきっぱりと言った。それはそれで立派な考えだと思った。

ノロやユタなど呪術的宗教が支配する沖縄は、キリスト教や、創価学会などの新しく入ってきた宗教を〝外来宗教〟として排除してきた歴史がある。

「愛隣園」初代園長となった比嘉メリーは、まさにその呪術的宗教と〝外来宗教〟の葛藤の中で生を受けた。

比嘉メリーは一九一二（明治四五）年、牧師の父比嘉保彦、母トルの長女として首里教会で生まれた。両親はメリーが誕生する前、生まれたばかりの二児を相次いで失った。これがもともと小学校校長だった父を牧師に転身させるきっかけとなった。

せっかく授かった子どもたちの夭折を聞いて集まった親類たちは「これはおまえの家の血のせいだ」と言って母をなじった。

父も耐え切れず、ユタや、過去・現在・未来を占うということから三世相《さんじんそう》と呼ばれる沖縄の易占通いに走った。そして失意の中で遭遇したのが、メソジストの教会の掲示板だった。そこには「健やかなる者は医者を要せず、病める者のみ医者を要す」と書かれていた。父はその言葉に藁《わら》にもすがるような気持ちで導かれ、キリスト教に入信した。

メリーが三歳になった頃、一家は父の開拓伝道に伴い玉城村（現・南城市）のノロ殿内《ドゥンチ》に移り住んだ。キリスト教とは相容れない立場のノロの住居に、キリスト教の牧師が移り住む。常識的には考えられないことである。それを理解してもらうためには、玉城殿内に住む大城カメというノロの数奇な人生について少し説明しておかなければならない。

大城カメは、琉球処分が始まった一八七二（明治五）年に玉城のノロ殿内の一人娘として生まれた。九歳でノロを世襲した。

一六歳で婿を取り、二人の男児も生まれた。だが、二七歳のとき夫に死なれ、次いで五歳の次男も失った。カメのユタや三世相通いが始まったのはそれからだった。だが、その効果もなく、一人残った長男にも死なれた。

そのカメの境遇を見かねた知り合いが、ある日、読谷村《よみたんそん》に遊びに誘った。カメがそこで見たのは、一人の伝道師が一軒の家の前でバイオリンを弾きながら歌を歌い、それに和して讃美歌を合唱する老若男女たちの姿だった。

それがカメとキリスト教との最初の出会いだった。その伝道師が首里教会に移ると、カメはそれから四年間というもの、日曜日になると、玉城から首里教会までの遠い道のりを徒歩通いした。そして最後には玉城の集落の人びとにもキリストの教えを布教するため、ノロ殿内に牧師を呼んで聖書の講義所とした。比嘉一家がノロの住む殿内に移り住んだのは、こうした経緯があってのことだった。

以上のことは、二人の宗教家について書かれた『時代を彩った女たち　近代沖縄女性史』（琉球新報社編・ニライ社）を参照した。

比嘉メリーの父親にせよ大城カメにせよ、小学校校長やノロという元の立場は多くの人びとから尊敬を集めていたはずである。二人ともその立場を打ち捨ててキリスト教に帰依したのは、これまで述べてきた個人的事情のほかに、沖縄社会が呪術的宗教が支配する世界から次の世界への準備に入ったことを象徴している。

「愛隣園」二代目園長の比嘉メリーは、「愛隣園」開園二〇周年記念式典を目前にした一九七三年二月三日、六一歳の誕生日の翌日に息を引き取った。

〈先生が最後に息を引きとられたのはほんの一瞬。あっという間でした。実に安らかそのもの、勝利そのものでした。先生の最後のお顔は、まことに神々しいほど美しく、気品に満ちた、それでいてお優しいお顔でありました。御生前、誰かが先生を称してマリヤさまのようだとおっしゃったが、ほんとにそんな感じのする先生でした〉（『比嘉メリー先生を偲ぶ―追悼記念集―』）

比嘉メリーの最期をそう記したのは、彼女の後を受け継いで「愛隣園」三代目園長になったクリスチャンの渡真利《とまり》源吉氏である。

渡真利氏は「愛隣園」開園当時は、琉球政府民生局民生課の児童係勤務だった。この経歴からもわかるように、戦後沖縄の児童福祉の歴史に最も精通した生き字引的人物である。

渡真利氏は一九二六（大正一五）年四月、宮古島の平良《ひらら》で生まれた。

渡真利氏は会うなり、「宮古の平良の久松五勇士ってご存じですか？」と尋ねてきた。「知りません」と答えると、「やっぱりお若いですね」と言って笑った。

「やっぱりお若いですね」と言われたのは久しぶりだったので面くらっていると、渡真利氏はこんな昔話をし始めた。

「明治三八（一九〇五）年、日露戦争でバルチック艦隊が極東に向かっていたとき、台湾沖を通って、宮古島付近を北上するバルチック艦隊を那覇の帆船が発見するんです。乗組員は驚いてすぐ宮古の平良港に直行してそれを役場に報告した。ところが、当時の宮古には通信施設がなかった。そこで久貝《くがい》と松原集落の屈強な若者五人を選抜して小さな刳《く》り船（サバニ）に乗せ、それを漕いで八重山（石垣島）に行かせるんです。そして八重山の電報局から鹿児島に電報を打ち、それが東京の大本営に伝えられた。久松五勇士と呼ばれたのは、久貝と松原から選ばれた若者だったからです。私が小学校時分には、教科書に載っていました」

バルチック艦隊が最初に発見されたのは、宮古島付近だったというのは初めて聞く話だった。バルチック艦隊を最初に発見したのは、長崎県の五島列島沖を警戒中の連合艦隊の特務艦「信濃丸」である。これがいままでの定説だった。

あとで調べて、この食い違いのわけがわかった。久松五勇士がサバニを必死で漕ぎ、一五時間かかって八重山の東海岸に着き、さらに三〇キロの山道を歩いてバルチック艦隊発見の情報が石垣島の電報局から鹿児島経由で大本営に届けられたとき、大本営には信濃丸からの情報がいわばタッチの差で届いていた。

にもかかわらず、久松五勇士が郷土の英雄視される。そこに沖縄の悲しいほどに根深い日本帝国コンプレックスが横たわっている。

そのコンプレックスが、後述する沖縄戦の「集団自決」につながっていることを考えれば、渡真利氏が語った久松五勇士の話は、深々と考えさせられるものがある。

——学校は宮古ですか？

「私は昭和一五（一九四〇）年に旧制宮古中学の高等科一年に入学しました。修学期間は五年ですから、昭和二〇年の三月に卒業してすぐ現地入隊することになっていた。私は宮古中学を卒業したら陸軍の経理学校に行こうと思っていましたから、卒業前の昭和一九年一〇月九日に那覇に陸軍経理学校を集団で受験しに行ったんです」

渡真利氏が七〇年近く前の受験の日付まで覚えていたのには、わけがある。

「宮古から沖縄本島までは軍の徴用船に乗りました。ところが、すぐに警戒警報が出て平良港に引き返すことになった。船から降ろされていれば問題はなかったんですが、またすぐ出るつもりだったから、そのまま平良港に停泊していた。そしたら翌日の朝八時、船底にいたら『飛行機だ！』という大声が甲板から聞こえてきた。それまで飛行機なんか見たこともありませんから、敵機なんてことは夢にも思いません。甲板に出て、手を叩いて喜んでいた。あの日はものすごくいい天気で、太陽の光が飛行機の機体に当たってピカピカ光っていた。そしたら次の瞬間、宮古の飛行場に爆弾が落とされた。同じ時刻に沖縄本島も八重山も爆撃されていたことはあとでわかりました」

渡真利氏が語ったのは、沖縄が米軍機の空爆を初めて受けて那覇市街がほとんど丸焼けになった一〇・一〇空襲のことである。これまで一〇・一〇空襲は那覇だけが標的だと思っていたが、渡真利氏の話を聞いて、沖縄諸島全域にわたる大空襲だということがわかった。

一〇・一〇空襲の話もそうだが、渡真利氏の話はこれまでの沖縄取材では聞いたことのない生きた沖縄の歴史の話ばかりだった。沖縄戦の孤児問題とはやや離れるが、渡真利氏のインタビューで興味深かったやりとりを少しピックアップしておこう。

渡真利氏は戦後、家の畑仕事を少し手伝ったあと、できたばかりの沖縄外国語学校（一九四六年九月開校）に行くため沖縄本島に渡った。

「そのときはまだアメリカ統治も一本化していません。沖縄本島、宮古、八重山、奄美大島と四つの区域に分かれていましたから、沖縄本島に渡るには本島に知り合いがいなければなりませんでした。私は本島に知り合いがいなかったので、カツオ船の船長に頼み込んで、宮古から沖縄本島の勝連《かつれん》半島に密航したんです」

——宮古から勝連半島までどのくらい時間がかかりましたか？

「二八時間か二九時間かかりました」

——うわー、そんなにかかったんですか。ところで、一九四七年三月に沖縄外国語学校を卒業して、高給が取れる米軍の通訳にはならず、教職に就いたのはなぜですか。

「教員になるのは子どもの頃からの夢でしたので、薄給であっても教職の道を選びました」

——教職を辞めて児童福祉の道に入ったのは、何がきっかけだったんですか。

「いまのうるま市で教員をやっていたんですが、私が担任したクラスに長欠児童がいたんです。家庭訪問をしてわかったんですが、その子は学校へ行くと言って、米軍の塵《ちり》捨て場に行って缶詰をあさって食べていたんです」

こういう子をどうしたらいいかと悩んでいるとき、米国民政府が奨学金を出して本土の大学に留学させるスカラシップ制度ができたんです。その制度を利用して東京・原宿の日本社会事業大学に留学したのが、児童福祉の仕事に入る最初のきっかけでした

塵捨て場で物を拾う子どもと同様の話は、前掲の『沖縄　空白の一年　一九四五―一九四六』の中にも記されている。これは、「ひめゆり部隊」を引率した仲宗根政善が、アメリカ軍の捕虜になって石川の収容所にいた頃に見た衝撃的な目撃証言の再録である。

〈石川の街頭をうろついている学童を見ると、スパスパ、タバコをすっているんです。レーション（米軍の野戦食）の中に入っているやつをすっているんですね。人々の服装も男か女かほとんど見分けもつかない。アメリカさんの洋服をつけたり、つぎはぎのよれよれの服をまとって、夢遊病者のようにうろつきまわっている。はだしの者も多い。

いちばんショックだったのは、チリ捨場にたかっている学童の群れを見たときでした。（中略）石川を発って恩納《おんな》の谷茶《たんちゃ》をすぎて、やがて恩納に近づいたところを、丘の上に、大きなチリ捨場がありましてね、そこを通ったとき、袋をかついだ少年がいっぱい群らがっておるんです。大人は柵外に出るのを絶対許されなかったんですが、子供は大目に見られていました。いわゆる〝戦果〟探しに恩納の方まで石川からずっと遠出していたわけです。そういう少年たちが無数に、チリ捨場に群がって来たんですよ。つぎつぎとトラックがチリを満載して運んで来て、放り捨てると、そのもうもうとけぶる黒煙の中に、袋をかついだ無数の小さな乞食の群れがたかって行くの

です〉

――当時、本土に行くには船ですよね。どれくらいかかりましたか。

「五日」

――えっ、東京まで五日間!?

「沖縄本島から奄美大島に寄ります。それから鹿児島。あとは汽車ですから五日はかかってしまうんです」

――沖縄に帰ってきたのは?

「一九五二年の四月です。行くときは米軍政府の行政が四つの区域に分かれていましたが、帰ってきたときは群島政府は廃止され、琉球政府が発足していました。その琉球政府の民生課児童係に配属されたんです」

ウルトラマンとニライカナイ

渡真利氏はインタビューの前、『沖縄の福祉事情~私の仕事を通して~』という小冊子を提供してくれた。渡真利氏の戦後の歩みは、この小冊子に簡潔にまとめられている。

その中に、児童福祉を教育学の立場からアプローチしてみたいと思い一九六七年七月に玉川学園にスクーリングに行ったときの思い出が書かれている。

玉川学園は一九二九（昭和四）年、クリスチャンの小原《おばら》國芳が東京・町田市に創設した一貫教育の学校である。


〈その時、小原国芳学長の迫力に満ちた講義に、強烈な印象を受けました。ご自身が貧困の中から育って来た話や、玉川学園を創立されたいきさつなど、大変劇的な内容でした。そして、教育原理の講義の中で、「ペスタロッチもフレーベルも馬鹿であった。馬鹿になれ、馬鹿になれ、大馬鹿に。馬鹿でなければ出来ない大事業であったのだ。」と。これらの言葉に、私はグイグイひきずりこまれていくのを感じました〉


ペスタロッチはフランス革命後の混乱した中で、スイスの片田舎で孤児や貧民の子の教育に従事した。ドイツのフレーベルもほぼ同時代に幼児教育に生涯を懸けた。幼稚園（Kindergarten＝子どもたちの庭）というのは、彼の造語である。

玉川学園と聞いて思い出したのは、『ウルトラマン』などの脚本で知られる金城哲夫のことである。南風原《はえばる》町《ちょう》生まれの金城哲夫も、玉川学園で学んだ。

やはり玉川学園の出身で、金城の一年先輩にあたる山田輝子は、『ウルトラマン昇天――M78星雲は沖縄の彼方』（朝日新聞社）で、金城が高等部の面接試験に来たときのことを印象的に記している。山田は先生から面接試験を手伝うように命じられていた。

――面接が終わりに近づいたとき、沖縄の少年が登場した。当時沖縄は軍政下で、本土との行き来には外国並みの手続きが必要だった。浅黒い肌、太い眉、大きな瞳。はっきりした声で答える少年の面ざしは、沖縄特有のものだった。

入学式の日、担任が彼を沖縄出身と紹介すると在校生から拍手がわいた。この少年金城哲夫は、のちに一世を風靡するテレビ映画『ウルトラマン』の原作者となり、もっと大きな拍手を受ける……。

金城は玉川大学文学部教育学科を卒業し、昭和三八（一九六三）年に円谷プロダクションに入社した。最初の仕事は『ウルトラQ』の脚本だった。

『ウルトラQ』のウルトラとは、昭和三九（一九六四）年に開催された東京オリンピックで日本体操陣が難易度C以上の技（ウルトラC）を連発したことから生まれた流行語だった。

前掲の『ウルトラマン昇天』によれば、制作された『ウルトラQ』二八本のうち、金城は構成を含めるとほぼ半分の一四本の脚本を書いた。

このヒットから『ウルトラマン』『ウルトラセブン』が生まれた。やはり前掲の『ウルトラマン昇天』によれば、『ウルトラQ』『ウルトラマン』『ウルトラセブン』の三シリーズ合わせて一一六本のうち、金城は共作を含めると四〇本の脚本を書いたという。

だが、円谷プロの経営悪化に伴って金城が活躍できる場所は少なくなり、昭和四四（一九六九）年に円谷プロを退職し故郷の沖縄に戻った。沖縄への帰郷には竹芝桟橋からの船旅を選んだ。金城を見送る人びとの中には、円谷プロ創業者の円谷英二の姿もあった。

東京を離れるにあたって、金城は玉川学園時代の恩師に「本土復帰を沖縄の地で迎えたいんです」と言ったという。

沖縄が本土復帰するのは、金城が帰郷して三年後の昭和四七（一九七二）年五月のことだった。帰郷から七年後の一九七六年冬、金城は泥酔して自宅書斎の外階段から足を滑らせて転落し、病院に搬送されたがそれから三日後、脳挫傷のため三七歳の若さで死去した。

金城の実家は「松風苑」という沖縄には珍しい和風料亭である。赤瓦屋根の立派な門をくぐると、蘇鉄や檳榔樹《びんろうじゅ》といった沖縄独特の植生の中に、竹林や池を配した中国風庭園が広がる。

金城が使っていたままの書斎もこの敷地内にあり、いまは金城哲夫資料館となっている。

「松風苑」を経営する金城哲夫の実弟の金城和夫氏によれば、「ウルトラマン」を懐かしむ五〇代の客が年間五〇組は会食に来るという。

――このお店はどんな経緯で始められたんですか？

「父は戦前獣医だったんですが、戦後、獣医としてやっていけるような状態ではなくなり、農業試験場に勤めて、米軍が輸入する家畜の検疫に立ち会っていたんです。そのうちに肉業者と付き合いができ、その関係からすき焼き屋を始めたんです。最初は那覇の国際通りでやって、とても繁盛していたんです。その頃、哲夫の長男が和食を勉強して帰ってきて、懐石料理も出すようになったんです。この庭ですか？　すべて親父の手作りです」

――お兄さんは酔っぱらって書斎の外階段から落ちたそうですが、お酒は相当飲んだんですか？

「飲んでいましたね。兄は沖縄に帰ってきてから、いろいろなことをやっていました。演劇の台本を書いたり、ラジオで自分の番組を持ったり。でも、一番大きな仕事は海洋博の演出の仕事でした。その仕事で、賛成派と反対派の板挟みのような形になってしまい、それから酒を浴びるように飲むようになったんです。相当、辛かったんだと思います」

――小説は書かなかったんですか。

「兄は実は作家になろうとして沖縄に帰ってきたんです。やっぱり沖縄出身の大城立裕《おおしろたつひろ》さんが芥川賞を取ったことが、うらやましかったんだと思います。大城さんとは仲がよくて、『沖縄初の直木賞は俺が取ろう』って言っていました。兄は〝怪獣作家〟と言われるのを一番嫌っていました」

沖縄出身の直木賞作家がいないというのは意外だった。金城がもし若死にしていなければ、きっと沖縄出身の最初の直木賞作家になっただろう。

金城和夫氏の話でとりわけ興味深かったのは、金城家の知られざるルーツの話だった。

「私らの母親は、実はペルー生まれなんです。母方のお祖父ちゃんが那覇の宇久《うく》出身で、名字も宇久といいます。女郎屋通いするような遊び人で、一族挙げてペルーに一旗揚げに行くんです。ペルーでは雑貨屋をやって成功するんですが、お祖父ちゃんはなぜか、お祖母ちゃんと子どもたちをペルーに置いて、長女であるおふくろ一人だけ連れて、沖縄に戻ってきちゃうんです。だから、おふくろの兄妹は、いまでもみんなペルーに住んでいるんです」

「宇宙」の「宇」に「永久」の「久」と書く珍しい名前の一族が、日本とは地球の裏側に住んでいる。この話は、M78星雲からやってきたウルトラマンを想起させて暗示的である。

金城哲夫のことをここで書いたのは、子どもたちを熱狂させた彼の代表作の『ウルトラマン』が、沖縄のニライカナイ（異界）神話から生まれたと言われているからである。

沖縄戦で多くの子どもたちが死にさらされ、家族を失って孤児になったように、「異界」に一番さらわれやすいのは、いつも子どもである。

沖縄生まれで、同郷の金城を手伝うため円谷プロに入った脚本家の上原正三は著書の『金城哲夫　ウルトラマン島唄』の冒頭で、「金城哲夫は、出会った時から異次元の男であった」と書いている。

また、やはり円谷プロで『ウルトラQ』や『ウルトラマン』などの脚本を書いた実相寺《じっそうじ》昭雄は「ウルトラマンを作った男」（『潮』一九八二年六月号）で、三七歳の若さで他界した金城を偲んで「ウルトラマン。本籍地、沖縄」と記した。

渡真利氏のインタビューに戻ろう。

――琉球政府の児童係長時代は主にどんな仕事をされていたんですか。

「午前中は児童福祉に関する法律の立法作業をやって、午後は少年院の退所の時期が来た少年を迎えに行き、家のある子は家に、家のない子は厚生園の一角にある沖縄実務学園という職業訓練校に送り届けるのが仕事でした」

――その頃は、どんなことで少年院に入れられる子どもが多かったんですか。

「軍施設に立ち入って物を盗む少年が多かった」

――戦果アギヤーですね。

「はい。そこで捕まえられて即審判です。そして、すぐに少年刑務所に行く」

――法案づくりのほかは、そうした虞犯《ぐはん》少年との面会とアフターケアが主な仕事だったわけですね。

「はい。少年刑務所に迎えに行って逃げられたことも一、二回ありました（笑）」

――児童係長を辞めて「愛隣園」の副園長になるのは、一九六四年ですね。そのときは「愛隣園」にもう戦争孤児はいなかったんですね。

「ええ、もういません」

――最後にお聞きしたいのは、沖縄戦の影響です。もう戦争孤児はいませんが、沖縄戦の精神的ショックがＰＴＳＤになって、二代、三代にわたってネグレクトや性的虐待の原因になっているケースはありませんか。

渡真利氏はこの質問には直接答えず、沖縄がいまも抱える基地と貧困問題について静かに言った。

「沖縄は本土復帰したら、何もかもよくなるという期待が大きかったんです。けれど復帰から四〇年も経っているのに、沖縄はいまだ日本で一番貧しい。基地の問題だって、本土の人間が平穏に寝て暮らせるのは、沖縄に基地があるからです。貧困も基地も、根本原因は沖縄戦です。だから、いま島（尖閣）の問題が騒がれていますが、戦争は絶対に起こしてはいけないのです」

沖縄戦と心の傷

沖縄県立看護大学は、那覇市内の与儀公園前にある。同大教授（精神保健看護）の當山《とうやま》冨士子さんに学内の研究室で会った。昭和二二（一九四七）年生まれの當山さんは沖縄戦の体験者ではない。だが、沖縄戦で長姉を亡くしている。

當山さんが県民の精神衛生面に興味を持ったきっかけは、保健婦としての最初の赴任地が米軍の最初の上陸地となった座間味島《ざまみじま》だったからである。座間味島では後述するように島民同士の「集団自決」が行われた。

當山さんは座間味島で二年間過ごしたあと、昭和四七（一九七二）年の本土復帰と同時に、沖縄戦最大の激戦地の本島南部の村に五年間赴任した。

彼女は第二章で紹介した沖縄協同病院心療内科部長の蟻塚亮二氏らと共同で沖縄戦体験者のPTSD問題に取り組んでいる。

私が當山さんに会おうと思った一番の理由は、二〇一二年八月一二日にNHKのETV特集で放送された『沖縄戦　心の傷』の中に、きわめて印象的なシーンがあったからである。當山さんが聞き取りをしているのは、伊江島《いえじま》の平安山《へんざん》ヒロ子さんという当時七七歳の女性である。

當山さんと平安山さんとのやりとりを紹介する前に、伊江島とその戦闘について簡単に説明しておこう。沖縄北部の国頭村《くにがみそん》にある伊江島は、本部《もとぶ》港からフェリーで三〇分あまりの離島である。

伊江島には一九四四年の一〇・一〇空襲前から、朝鮮人徴用工らを使って飛行場建設が進められ、東洋一と謳われた重爆撃機用の滑走路が開かれていた。この建設には島内外から延べ三五万人の徴用工が動員された。

このため伊江島は米軍にとってぜひとも占領したい〝不沈空母〟だった。

この飛行場建設に管轄内の国頭郡大宜味村《おおぎみそん》から駆り出された徴用工の一人に、後の沖縄教職員会政経部長の福地曠昭《ひろあき》がいた。

福地はアメリカ占領下の沖縄で起きた教公二法案（「地方教育区公務員法」と「教育公務員特例法」）阻止闘争の急先鋒として先頭に立ち、そのため一九六七年三月、東声会系の右翼団体員によって刺される大ケガを負っている。

この団体の頭目が、前に述べた、那覇牧港の軍作業の現場総監督をやっていた宜保《ぎぼ》俊夫である。沖縄の現代史は際立って面白いという理由が、この話だけで十分わかっていただけたと思う。人と人がどこでクロスするかまったくわからないからである。

福地は伊江島飛行場に徴用されたときのことを回想して述べている。


〈伊江島に東洋一といわれる日本軍の飛行場の建設がはじまったのは昭和十八（一九四三）年夏のことであった。工場は国場組の請負と軍直轄の二本立てで、突貫作業が進められた。近代的な土木機械はほとんどなく、ツルハシ、ショベル、モッコを用いての人海戦術であった。そのため、島の内外から多くの労務者が徴用された。

島外徴用の多くは国頭動員署の管轄内からの動員であった。大宜味村では村長、区長などごく一部を除いて、十八歳から六十歳までの男女がことごとく動員された。なかには不具者までもがいたといわれる〉（『証言・資料集成　伊江島の戦中・戦後体験記録』伊江村教育委員会）

伊江飛行場が完成したのは昭和二〇年三月上旬だった。ところが、軍は三月一〇日、突然、伊江飛行場を自らの手で破壊し始めた。米軍上陸が必至と見た大本営の作戦変更によるものだった。

日本軍の戦略的思考のなさを象徴する話である。それにしてもモッコとショベルで飛行場づくりをやらされた福地ら徴用工は、自分たちがつくったばかりの飛行場が目の前で壊される様子をどんな思いで見ていたのだろうか。

昭和一九年の一〇・一〇空襲を皮切りにして、米軍の空襲と艦砲射撃が始まった。翌年四月一六日には米軍が八〇両の戦車と一〇〇〇名の兵士の陣容で伊江島に上陸した。翌日にはさらに六〇〇〇名の兵士が上陸した。

伊江島の戦いは沖縄戦の縮図と言われるように、日本軍と住民の抵抗は激しかった。特に伊江国民学校のある通称「学校台地」は、米軍が〝血塗られた丘〟と表現したように、伊江島最大の激戦地だった。日本軍は住民も戦列に加え、斬り込みと肉弾戦を繰り返した。

戦列の中には、乳飲み子を背負い竹やりを持って死に物狂いで突撃する女性や、髪を切って男装して斬り込みをかける婦人協力隊もいた。

「集団自決」も発生し、スパイ視された村人の首が軍刀で斬り落とされる住民虐殺事件も起きた。戦死者は軍人約二〇〇〇人、民間人は当時三〇〇〇人いた島民の半分の一五〇〇人にも及んだ。一家全滅した家族も九〇家族を数えた。ＮＨＫで放送された『沖縄戦　心の傷』では、平安山ヒロ子さんから、こんな思い出が語られる。

平安山ヒロ子さんは沖縄戦当時、四歳の妹を背負って戦場を逃げ回っていた。ヒロ子さんは容赦なく飛んでくる機銃弾の中を懸命に走った。

突然、肩にしがみついていた妹がずり落ちた。ほんの一瞬の出来事で何が起こったかわからなかった。ヒロ子さんは妹の名を呼びながら、しゃがんで妹の方に背を向け、「おんぶ、おんぶ、早く、早く」と急き立てて背中に飛びついてくる妹を待った。

それなのに返事もなければ動く様子もなかった。米軍の銃弾は妹の体を貫通していた。ヒロ子さんは半狂乱になり、ぐったりとなった妹を助けようとした。だが、妹はぴくりともしなかった。即死だった。

そのとき、ヒロ子さん自身も銃弾を受け、背中から右脇下を貫通する重傷を負った。それでもヒロ子さんは目の前に倒れている妹を抱き起こそうとした。だが、前に進むことはできなかった。妹の手をつかまえていくら引きずっても、まったく腕に力が入らなかった。銃弾が貫通したヒロ子さんの上半身は血で真っ赤に染まり、生臭いにおいがした。ただ水が欲しくてたまらなかった。

周りの人もみな、妹を助けようとするヒロ子さんを制止した。それが、自分が妹を見殺しにしたというヒロ子さんのトラウマとなった。

ヒロ子さんは若い頃は生きるのに必死で忘れていたが、最近になってそのことを思い出すようになり、重度の不眠や鬱の状態に悩まされている。

そのときの出来事を語るうち、ヒロ子さんの口からすすり泣きの声がもれるシーンが映し出される。それを見て當山さんももらい泣きした。當山さんはかける言葉も失い、ただヒロ子さんを抱きしめたいと思うだけだった。

　このシーンを見て、私はノンフィクション作家の大先輩の柳田邦男が平凡社の総合文芸誌『こころ』に連載中の「言葉が立ち上がる時⑨」に書いた文章（「からだの記憶と表現」）を思い出した。

　二〇一一年の「三・一一」から約二カ月経ってから、ある被災地の避難所で心のケアにあたっている女性カウンセラーから柳田が衝撃的な話を聞いた。

　大津波で四歳の娘さんを失くした三〇代半ばの母親が、右腕に強い痛みがあって夜も眠れず、「この腕を切ってください！」と、しきりに訴えるのだという。

　大津波に襲われ、流されそうになった娘さんを必死で右手でつかまえて引き上げ、抱きかかえてどうにか津波から逃げ出すことができた。ところが、気がつくと、娘さんはぐったりとして息をしていない。

「この右手が悪いんです。頼むからこの腕を切ってください」

　母親はそう言ってカウンセラーに抱きつき、とめどなく泣いた。

　ひたすら母親の言葉に耳を傾けていたカウンセラーも言葉を失い、ただただ抱きしめて涙を流すだけだったという。

　これが柳田が書いた文章の要旨である。柳田は、こうつづけている。

〈この苛酷なエピソードであらためて思ったのは、人が絶望の崖っ淵に立った時の、言葉の限界とからだ感覚の重要性についてだった。（中略）カウンセラーが下手に言葉で解説したり慰めたりするようなことはせずに、抱き締めて共に涙を流したのは、地位や体験の違いを超えて心を通わす原点と言うべき動物的な次元に還っての「からだ」による表現、あなたを見守って傍にいるという意思の表現をしたと言えるだろう。それは、言葉が力を失った時に残された最後の、決定的に重要なコミュニケーション手段だ〉

「愛隣園」園長の比嘉メリーが、受験に失敗した知名武三郎さんに慰めの言葉をかけるのでなく、そっと肩に手を置いて祈ったというのも、「からだ」によるコミュニケーションだったといえる。

十キロ爆弾を担いで敵戦車に体当たり

話は前後するが、二〇一三年二月、私は平安山ヒロ子さんに会うため、伊江島に行った。伊江島を訪問した目的はもう一つあった。伊江島は前にも述べたが、髪を切って鉄兜をかぶった女子決死隊が米軍に斬り込みをかけた島である。

その生き残りの大城シゲさんという女性がいまも伊江島で元気に暮らしているという。その女性にも会いたいと思った。

彼女について興味を持った作家に吉村昭がいる。吉村は伊江島に渡ってシゲさんから直接話を聞き、それを元に『太陽を見たい』というノンフィクションを書いている。

吉村は海上から見える伊江島を、航空母艦に似ていると形容している。

〈ただ一つの突起物である山は艦橋に似ているし、平坦な地形は長く伸びた甲板に見える〉

沖縄戦当時、米軍が伊江島を「不沈空母」と呼んで是が非でも占領したかったのは、この独特の地形のためだった。

伊江島に注がれた米軍の砲弾と爆弾は、一平方メートルに一弾というすさまじさだった。艦橋のように見える伊江島唯一の城山《ぐすくやま》（標高一七二メートル）は艦砲射撃で緑の草木をすべて失い、あっという間に岩だらけの禿げ山となったという。

伊江島は車で一周しても一時間足らずの小さな島である。人口は四六〇〇人あまりで、主な産業はタバコやハイビスカスなどの花卉《かき》栽培と漁業である。

女性斬り込み隊ただ一人の生き残りの大城シゲさんは、村役場近くに住んでいた。伊江島に米軍が上陸した昭和二〇年四月当時、大城さんは一七歳だった。

シゲさんが所属したのは、独立速射砲部隊一小隊二分隊だった。速射砲の砲弾が五個入った木箱を担いで壕の中の部隊まで運ぶ仕事である。

「ひめゆり平和祈念資料館」でもらった永山初枝という女子斬り込み隊員の写真を見せ、「この人は憶えていますか」と言うと、「同じ永山でもハル子さんなら憶えておるが」と言った。

「永山ハル子のほかに、大城ハル子、崎山ヨシ子、真栄田節子、大浜寿美子という五名も最後の斬り込みに行って亡くなった。これから踊りでも見に行くようにして、みんなで鉢巻を絞め、背中に爆弾背負って出て行った。一人も帰って来なかった」

「踊りでも見に行くように」という表現に、ショックを受けた。斬り込みに行ったのは全員二〇代前半の女性である。

――斬り込みというと、日本刀で斬り込む姿を連想しますが、爆弾背負って行くわけですか。

「はい、戦車斬り込みといって、一〇キロ爆弾を背中に背負って戦車の下に突っ込んでいく」

シゲさんも戦車斬り込みを志願したが、速射砲部隊の砲弾運びに回された。

吉村昭の『太陽を見たい』（新潮文庫『空白の戦記』所収）にシゲさんの働きぶりが描かれている。

〈シゲは恐怖を忘れ、銃砲火の下で砲弾運搬に走りまわった。そして洞窟にもどると、睡眠もとらず負傷兵の治療に専念した。

戦闘を経験したシゲは、別人のようになった。眼は異様に光り、言動も男のように機敏になった。髪を切り鉄兜をかぶった垢《あか》だらけのシゲの顔は兵と見分けがつかず、モンペ姿で女子と知れるだけだった〉

生き残ったシゲさんは自決の道を選んだ。壕の中に爆弾を敷き詰めた上に、妹と手首をハンカチで結び合って寝て、自爆を待った。だが、上官が自爆を中止させた。

シゲさんはインタビューの途中、ＮＨＫはじめマスコミの取材攻勢を思い出して、「ウーン、戦争のこと思い出したら、血圧上がる。もうやりとうない」と言った。

戦後七〇年近く経っても、シゲさんの中では戦争はまだ生きている。生きて疼《うず》いて血を流している。そこで、話題を戦後のことに変えた。

――戦後は米軍基地で働いたんですか。

「いっときはね、ランドリーでね。ドル時代は給料が高かったからね。旦那がいなかったから、給料の高いところへ行って子ども育てんといかんから」

――えっ、旦那はいなかった？

「旦那は二八のときに」

――亡くなった？

「はい」

――旦那さんはどんな人だったんですか？　軍人さんですか？

「あれは義勇隊行って、海軍志望して帰ってきて、漁業をしていました」

――漁業ですか。お子さんは何人いたんですか？

「三名」

――女の子ですか？

「男二人、女一人。それはもう苦労しましたよ。戦争であんな目に遭って、旦那もこんなに早く亡くなるとはね」

――旦那さんは事故かなんかで亡くなったんですか？

「事故。慶良間《けらま》で薬莢《やっきょう》を取るサルベージの船に乗っていたとき攻撃受けて。弾薬いっぱい積んでいたから爆発して。沈まされてよ」

慶良間と言ったのは、集団自決があった慶良間諸島のことである。伊江島の戦闘が終わったあと、米軍は住民に立ち退きを命じ、座間味島に四〇〇名、渡嘉敷島《とかしきじま》に一七〇〇名を集団移送した。シゲさん自身も渡嘉敷島に移送され、病院で働いていた。シゲさんたちが故郷に戻ることができたのは、沖縄戦が終わってから約二年後の一九四七（昭和二二）年三月のことだった。

――まだお子さん小さかったでしょ。

「はい、長女が一年生、その下の長男が六歳、次男はまだ生まれて六カ月、その三名。いろんな苦労しました。だから、村が何もかもしてくれて、役場の厚生課に入れてくれた」

――役場で働いたんですか。

「はい、生活保護受けないでね。すぐ役場で使ってもらった」

――それはよかったですね。

「ヘルパーとしてね。あの時分は老人ホームないから、みんなお家にいるから、各部屋をオートバイで回ってね」

——えー、オートバイですか。

「はい、各家を小さいオートバイに乗って回って、洗濯したり、ご飯炊いてあげたり、お風呂に入れてあげたり」

——あー、介護ですね。

「そう、一五年やった。旦那はいないけど、ボーナス貯めて、お家もつくった。子どもたちは長男を琉大に行かせてさ」

シゲさんの家の前にはかなり大きな家庭菜園があり、レタス、ブロッコリー、ニンジンが丹精込めて栽培されていた。魚は近所の人が持ってきてくれるので、ほとんど自給自足の生活ができるという。

——お孫さんは何人いるんですか。

「一一人います。ひ孫も一一人」

——さっき旦那さんが渡嘉敷島で事故に遭って亡くなったという話をされましたが、渡嘉敷島を守備していたのは赤松（嘉次）隊ですよね。渡嘉敷島にいらした頃、赤松隊長には会ったことがありますか。どんな人でしたか。

「とてもいい体格の人でした」

シゲさんがそのあと語ったのは、衝撃的な話だった。

「伊江島の人が三名、捕虜に取られて山で殺されたね。アサトヤスさんと、イマムラヨネさんと、男の人の三名が殺された。私もヤスさんから誘われて行こうって言われたけど、病院休まれないよって言って断った」

——じゃあ、誘われて行っていたら殺されていたかもしれませんね。

「ああ、すぐ殺される。行って、じき殺されたっていうもの」

シゲさんが言ったのは、伊江島から移住させられた住民の中から、青年男女六名が、赤松部隊への投降勧告の使者として派遣され、赤松部隊に斬り殺されたという事件である。

それにしても、大城シゲさんの戦時中の体験はすさまじい。伊江島で女子斬り込み隊に志願して死にきれず生き残り、渡嘉敷島に連れてこられて赤松隊長の命令で危うく斬首されそうになった。

——赤松隊長は怖いっていう印象はなかったですか。

「怖い、はい。あの人がみんな命令して殺したと思って、二度と（顔を）見なかった。同じ日本人なのに、終戦になっているのに殺しまでしてね。バカヤローと思ってね、もう見もしなかった」

シゲさんは赤松隊が米軍に降伏する瞬間も見ている。

「見習い士官も私ら看護婦もみんな並ばされて式があった。日本軍が軍刀を全部アメリカーにあげたときは、あー負けたんだねーと思った。悔しかったねー」

そのときの悔しさを思い出したのか、シゲさんの拳は固く握られていた。

――いまは幸せですか。

「いまはもう幸せですよー」

――斬り込みで死ななくてよかったですね。

「生きていてよかったですよ」

――戦争のことを思い出したりすることもあるんですか。

「はい、ありますよー。夢も見ますよー」

――夢、見る？

「ああ、怖いよー」

――話は変わりますが、オスプレイについてはどう思いますか。

「いつもテレビで見ているから知っています。だけど、あれなくしなさいって言っても、されないし、しょっちゅう水掛け論しているからどうなるかねえとは思っていますよ。もう向こうの方は大変でしょうねぇとは思っていますが」

――向こうの方っていうのは、普天間のことですね。

「普天間はかわいそうではありますよ。でも、私たちがどうにもすることもできないし、いつもテレビを見てやきもきしています」

大城シゲさんの家を辞去して、役場のそばにある「公益質屋跡」と、戦時中、飛行場がつくられた跡地に行ってみた。

「公益質屋跡」は、壁には大きな穴があき、いたるところに米軍の銃砲弾跡がある無残な姿をさらけ出していた。「村指定史跡　公益質屋跡」と書かれた看板には、こう記されていた。

〈この建物は昭和四年十二月に建てられたものである。公益事業は個人高利貸の暴利に泣く村民を救う村の唯一の福祉事業で利用者から質草を受け低利により融資を行いその更生をはかった。第二次世界大戦の悲惨な攻撃を受け村内にある建物はことごとく焼き払われたがかろうじて原形を保っているのはこの建物のみである〉

飛行場跡地は思ったより広大だった。そこは現在、米軍の補助飛行場として使われ、島のほぼ南北を貫く形で延びていた。それを見て、米軍がこの飛行場を欲しがった理由があらためてわかった。

飛行場跡地から見える城山の奇観は、アルセーヌ・ルパンシリーズを書いたモーリス・ルブランの『奇巌城』のようだった。

ゴツゴツとした岩肌が露になった山塊には草木一本も生えていなかった。

その荒涼たる景色は、乃木（希典《まれすけ》）大将が、長男の乃木勝典《かつすけ》（陸軍歩兵中尉）はじめ、日露戦争でおびただしい死傷者を出した金州南山で歌った「山川草木轉荒涼」から始まる四言律詩の吟詠を思い出させた。金州南山は朝鮮半島の北西に位置し、中国で二番目に大きな遼東半島の先端、大連近郊にある日露戦争最大の激戦地である。

「山川草木轉荒涼（山川草木うたた荒涼）
十里風腥新戰場（十里　風なまぐさし　新戦場）
征馬不前人不語（征馬進まず　人語らず）
金州城外立斜陽（金州城外　斜陽に立つ）」

伊江港近くにある郷土資料館には、子どもが書いたらしい集団自決の絵があった。壕内の二十数人の老若男女の前に爆薬らしき布袋が積まれ、一人の女性だけに矢印で「生き残り」と書かれていた。

その下には、爆発後の絵があった。そこには四、五個の首が散乱する壕内の様子が描かれていた。その稚拙さが、却って集団自決の残虐さを伝えていた。

その後、伊江島の戦いで妹を亡くした平安山ヒロ子さんに会おうと思ったが、体調が悪いことを理由に断られた。やはりＰＴＳＤの後遺症が思わしくないようで、会うのはあきらめざるを得なかった。伊江島の戦いからもう七〇年近く経っているのに、まだ精神的傷が癒えない人がいる。

その事実は、大城シゲさんの話よりも、ある意味衝撃的だった。

沖縄戦体験者のPTSD問題に取り組んでいる沖縄県立看護大学教授の當山冨士子さんの話に戻す。

戦争の爪痕と世代間伝達

當山さんは、一九九〇年に、「沖縄本島南部A村における沖縄戦の爪痕」と題して、激戦地となったある南部の村の戦争体験者の精神保健に関する実態調査を行っている。これが、現在実施中の全県に渡る広範囲な精神保健実態調査につながったとも言える。當山さんは、二〇一二年七月に行われた日本看護研究学会学術集会で、この調査について報告した。

このとき発表された一九九〇年の調査は、當山さんが駐在保健師として関わった四〇の症例のうち、戦争の影響が確認できた三四例とその家族を対象に行われた。沖縄戦の影響は、「負傷、身内の死亡等の直接的影響」「発病や症状等への直接的・間接的影響」「PTSD様反応や不快な感情など」「家庭問題等への直接的・間接的影響」に分けられた。

このうち、「精神症状等への直接・間接的影響」として戦争が誘因となったと思われる例として以下のようなものが報告されている。

① 男（てんかん70代）盗みの疑いで、日本兵から頭や身体を殴打され意識を失う→終戦後より

頻繁なてんかん発作、手足には生傷が絶えない。

②女（てんかん60代）頭部外傷→終戦後間もなくして発作。

③男（てんかん70代）弾丸による頭部外傷、片眼を失う→終戦後より発作。

④男（統合失調症60代）戦時中、日本軍の弾運び、胸部に大きな外傷→意識失う→外傷治癒後発病。

⑤女（統合失調症80代）目前で同胞4人と夫の家族を失う。日中路上を徘徊。

中でも、戦争が「症状等への影響」があると見られる例として、以下のケースが報告されている。

・女（てんかん60代　前出②の女性＝引用者注）「兵隊が追いかけてくる」「死んだ人がゴロゴロしている」と怯え、一人で病院へも行けない。

・女（統合失調症70代）「夫は絶対死んでいない、必ず帰ってくる」と、夫の戦死を認めない。

――けっこう、てんかんの人が多いですね。

「①の七〇代の男性は、日本軍に盗みの疑いをかけられて半殺しの目に遭っているんです。この方は悲惨で、それまで病院にかかっていなかったんです。聞き取りをしていると、その場で発作を起こしたので、私はびっくりしちゃったけど、おばあちゃんは慣れているらしく、そばにあった急須や灰皿を何事もなかったように片づけるんです。聞き取りをしたのはすごく寒い季節でしたけど、部屋には火の気が何もないんです。おじいちゃんがしょっちゅう発作で転ぶので火の気のあるものは置けないんですね」

てんかんは、精神疾患ではなく神経疾患である。頭部外傷、脳の感染症、精神的ストレス、身体的ストレスなどのさまざまな原因から起きる脳の損傷や神経の異常によって発作を起こす。かつては精神科で診療を受けることもあったので、精神疾患や心の病だと誤解されやすいが、実際は神経の病であり、現在では神経科や神経内科で診療する。調査が行われた九〇年頃とちがって、いまは抗てんかん薬のいい薬があり、七割以上の患者はこの薬で発作が完全に抑制されている。

戦争の影響が確認された三四例のうち「PTSD様反応や不快な感情」つまり、PTSDが疑われる反応や不快な感情（悲しみ、憎しみ、淋しさ等）が認められた例は一九例あり、こんな症例が報告されている。

・女　夫は戦地へ、子ども2人と舅・姑と弟妹を連れ島尻を彷徨。雷、花火の音が怖い（途中で面接を中止）。

・女（60代）頭部外傷→てんかん→不安、怯えが強く一人で受診にも行けない。

・男（70代）新婚早々長い軍隊生活。兵役を終え初めて目にした長男（7才）に愛情がわかない。

気むずかしく、夫婦間のイザコザが絶えず離婚。

また戦争が家族問題を起こす原因となり、それが発病の誘因になったと思われるケースとして、次の例があげられている。

・男（統合失調症40代）夫を亡くした母→生活苦→非嫡出子→義父家族と馴染めない→母子で生活。

・男（統合失調症60代）養父母の戦死→継承に絡む財産問題→財産問題に関する幻聴。

この一九九〇年の調査で當山さんは、「発病・発作の発症等」「ＰＴＳＤの疑いや不快な感情」「家庭問題」など、沖縄戦が直接間接的に、住民の精神保健面に「爪痕」を残していることを見てきた。

これらの症例を訴えた高齢者は、調査年度から沖縄戦当時は全員一〇代二〇代の青年だったことがわかる。その事実を思い出しながら、この報告をもう一度読んでほしい。深い皺が刻まれた六〇代、七〇代の顔は消え、その向こうから青春時代の顔が浮かびあがってはこないだろうか。

当山さんたちが現在行っている聴き取り調査で興味深いのは、沖縄戦がもたらした次世代への影響についての報告である。

「沖縄戦の影響でこれから取り組まなければならないのは、トラウマの世代間伝達です。心のよくない部分がいろんな形で出てくる。非行の問題とか、離婚も沖縄が一番ですしね。ネグレクトもDVとかも……」

——いまやっている聴き取りは一人だいたいどれくらいの時間がかかるんですか？

「最低一五分はかかりますね。長い人では三〇分かかります。私は慣れていますが、初めて聴き取りに参加した人は、みんな眠れなくなったと言っていましたね」

——調査する側が不眠症になる？

「寝つきがよくないとか、いまいちすっきりしない、と言いますね」

——話しているうちに辛かったことを思い出して泣き出す方もいらっしゃるんでしょうね。

「います。うるうるしてきて涙を拭いたりする人や、話したくないと言いながらどんどん話したりする人もいます。一番驚くのはギャップです。聴き取りをしている最中に、三線が鳴るとおばあたちがワッと踊るんですよ（笑）」

——三線の音だけでパッと変わっちゃうんですか。

「踊る、踊る。さっきまで涙流していたのに、三線が鳴ったらカチャーシーでパッと踊り出す（笑）」

――いまだに米兵によるレイプ事件が頻発する沖縄では、トラウマの世代間伝達による性的虐待みたいなことも出てきているんですか？

「そこは私にはよくわかりません。表には出てきにくい問題ですよね」

――症例的に沖縄ではネグレクトが多いという報告はあるんですか？

「沖縄では子どもの虐待はネグレクトが多いと言われていますね」

『沖縄タイムス』（二〇一二年九月四日付）は、「戻る戦の記憶」の見出しで、當山さんを大きく取り上げている。

〈「オスプレイのニュースで、戦争のことを思い出して眠れない」「本当にいやになる。人のいない安全なところに置けばいいのに」

沖縄戦体験者の精神保健について調べている県立看護大学の當山冨士子教授（65）は、80歳前後のお年寄りの口から横文字の「オスプレイ」の単語が出てくることに驚いた〉

――オスプレイの普天間基地への配備は、沖縄戦体験者にとって傷口に塩をもみこむどころか、硫酸を注ぐようなものです。どれだけ沖縄の人を冒瀆すればいいのか。満身から怒りを感じます。

「八〇以上のおばあちゃん方がオスプレイって単語を使う。カタカナですよ。おばあちゃんたちが軍用機についていかに敏感かがわかります。沖縄戦の記憶は原爆を投下された広島・長崎より強いんです。六月、七月頃はオスプレイについての反応もそれほどなかったんですが、普天間基地への配備が迫ってきた九月になって一気に増えましたね」

當山さんは、北部では占領下の米兵のレイプについて語った人も少なくないという。

當山さんが語ったのは沖縄戦直後の話だが、米軍のレイプ事件はいまも後を絶たない。二〇一二年一〇月にもアメリカ海軍に所属する二人の兵士が集団強姦致傷事件で沖縄県警に逮捕された。オスプレイに、集団レイプ。言い古された言い方だが、沖縄の戦後はまだ終わっていない。

沖縄県対米請求権事業協会とは

當山さんが現在取り組んでいる「終戦から67年目に見る沖縄戦体験者の精神保健」という調査は、社団法人沖縄県対米請求権事業協会の資金援助（平成二四年度）によって行われている。

沖縄についてはかなりのことを知っているつもりだったが、沖縄県対米請求権事業協会という名前を聞くのは初めてだった。

同協会の事務所は那覇のバスセンター近くの自治会館の六階にあると聞いたので、設立の趣旨や事業内容はそちらで尋ねるとして、沖縄県対米請求権事業協会からいくら補助金をもらっているのか聞いてみた。

「二〇〇万円。そのおかげで、聴き取りに回る車のガソリン代と宿泊費と、手伝ってくれるアルバイトさんの一時間八〇〇円の日当くらいは出せます。あとは聴き取りする相手のおばちゃんたちの茶菓代、それがこのお茶なんですけど」

沖縄県対米請求権事業協会のおかげで出せたというさんぴん茶をご馳走してもらったあと、當山さんの研究室を辞去し、何やら怪しげな名称の同協会の事務局を訪ねた。

部屋に入ると、県庁からの天下りらしき責任者と、かなりの数の女子職員がいた。室内に流れる弛緩しきった空気は、税金の無駄遣いの見本のようだった。そこでもらった「業務案内」というパンフレットには、同協会の設立の経緯がこう書かれていた。

〈戦後、米軍による土地の強制接収による被害への正当な補償がないまま日本政府は、沖縄返還協定において、米国政府への請求権を放棄した。復帰後、被害者住民による補償請求に対し、日本政府は同問題の解決策として120億円を支出した。

（社）沖縄県対米請求権事業協会は、同特別支出金を基金として受け入れ、被害者等への援助事業や文化高揚及び地域振興を図るための事業を行い、もって県民福祉の向上に寄与することを目的に設立された。

この間、同基金の運用果実を活用し、地域における集落道、排水路、修景緑化など生活環境の整備やコミュニティ施設備品の整備を進めてきた。生活環境整備の進展に伴い、平成6年度からはいわゆるハード事業からソフト事業への転換を行い、新たに研究・交流事業等を進めている〉

同協会が設立されたのは、一九七二（昭和四五）年五月の沖縄の本土復帰から九年後の一九八一年五月である。

ここを訪ねるまで、沖縄県対米請求権事業協会とは米軍基地などアメリカによって不利益を被っている沖縄県民が、アメリカに対して当然の賠償請求を行う窓口機関だとばかり思っていた。だがそれは勘違いで、沖縄県民からの賠償請求に対して日本政府がそれを肩代わりして補償している機関だとわかった。

参考までに、これまで沖縄県対米請求権事業協会が「文化高揚及び地域振興を図る」ために補助してきた主な出版物をあげておけば、『山羊で町おこし・村おこし』や、マングースなどの『移入動物に関する研究』がある。

米軍による精神的被害とはおよそ関係のないこんな研究のために、日本政府がアメリカの肩代わりの資金を提供しているかと思うと、あまりの情けなさにため息をつきたくなった。

情けないのは、言うまでもなくアメリカに文句一つ言えない日本という国である。こんな体たらくだから、〝空飛ぶ危険飛行物体〟のオスプレイにも文句一つ言えず、唯々諾々と受け入れてしまうのである。

そんな中で、當山さんたちが現在取り組んでいる「終戦から67年目に見る沖縄戦体験者の精神保健」は、元々アメリカが資金を出してやるべき研究テーマという意味でも、沖縄県対米請求権事業協会の本来の目的にかなっている。

宜野湾市《ぎのわん》の嘉数《かかず》高台公園は一九四五年四月八日から一六日間にわたって沖縄戦最大の戦闘が行われたところである。戦時中、この高台は第七〇高地と呼ばれた。嘉数の戦いによる日米両軍の戦死傷者は、約一〇万人にのぼったといわれる。

この公園にはもう何回来たかわからない。

かつて沖縄戦最大の激戦地だったその公園の頂上にある展望台からは、皮肉なことに、世界一危険な飛行場と言われる普天間飛行場が一望できる。

双眼鏡で覗くと、羽根を折った状態のオスプレイが十数機、駐機しているのが見えた。飛行しているオスプレイも不気味だが、羽根を畳んで駐機しているオスプレイの姿もグロテスクだった。

展望台に上る途中の回廊に腰かけ、クラシックギターを弾いている中年の男性がいた。毎日ここに来てギターの練習をしているのだという。

――オスプレイが飛んでいるのを見たことがありますか。

「あるよ。あれは朝早くか夜遅くに飛ぶんだ。だから、飛んでいるところは地元の人以外はめったに見られない。騒音？　思ったほど騒音はないよ。それより臭いがきつい。あれは特殊な燃料を使っているんじゃないか」

オスプレイは臭いがきつい。オスプレイに関してこうした〝身体性〟のある発言を聞いたのは、初めてだった。

展望台では、平和学習ガイドとおぼしき初老の女性が、県外から来た女子大生らしい女性に沖縄県の置かれた〝特殊事情〟を説明していた。

「沖縄は日本地図の中だって、欄外に描かれているじゃない。そこからして〝差別〟が始まっているのよ」

やれやれ、沖縄の〝キンニク系左翼〟はこれだから困る。沖縄が日本地図の中で欄外に描かれているのは、〝差別〟からではない。同一のスペースにおさまらないからだけである。

そう思っていると、東京から来たらしい色とりどりのファッションをした華やかな女子高生の一団が、「キャー、なにあのヒコーキ！　カッコいい！」と嬌声をあげながら上がってきた。

やれやれ、オスプレイを物見遊山気分で見学に来る観光客にも困ったものである。

私は複雑な思いに駆られながら、嘉数高台公園のきつい階段を、一人とぼとぼと下りた。

「オールジャパン」対「オール沖縄」

二〇一二年一一月一一日の那覇市長選で四選を果たした翁長雄志《おながたけし》は、オスプレイの普天間飛行場への配備を先頭切って反対した男である。翁長はオスプレイ配備に反対する県民大会の共同代表をつとめた。

『朝日新聞』は一一月二四日付の紙面の一ページを使って「沖縄の保守が突きつける」と題する翁長のインタビューを載せた。その前書きにはこうある。

〈解散総選挙で「沖縄」を語る声がほとんど聞こえてこない。原発問題は大事だ。消費税も大事だ。でも米軍基地問題はどこへ行ったのか。そんな本土の風潮に、沖縄を代表する保守政治家で、オスプレイ配備に県民大会代表をつとめた翁長雄志・那覇市長（62）は問う。「甘えているのは沖縄ですか。それとも本土ですか」〉

私も二〇一二年の総選挙で、沖縄問題がほとんど取り上げられないことに不満を持っていた。特に、「太陽の党」の石原慎太郎と野合した「日本維新の会」が、オスプレイの問題にはまったくふれず、「国を強くしろ」「景気をよくしろ」一辺倒のスローガンを言い立てたことには、恐怖さえ感じた。

民主党に次ぐ議席数を獲得した「日本維新の会」や、歴史的大勝をして政権与党となった自民党の連中は、憲法改正どころか北朝鮮、中国に対抗するため核武装だってやりかねない。

翁長のインタビューは、こうしたタカ派ナショナリスト連中に冷水をぶっかけて目覚ましい。

沖縄の基地問題をどうするのか。この問題については、本土では衆院選の争点になっていません。この朝日新聞記者の問いかけに、翁長はこう答えている。

「意外ですか？　オスプレイ反対で県民が10万人集まったって、本土は一顧だにしないんですよ。基地は、目に見えない遠いところに置けばいい。自分のところに来るのは嫌だ。アメリカには何も言わない。いつも通りだ。沖縄は困難な闘いを戦っているんです」

「いまは『オールジャパン対オール沖縄だ。沖縄の保守が革新を包み込まねば』と発言していますね」という問いかけに対する答えはこうである。

「沖縄の中が割れたら、またあんた方が笑うからさ。沖縄は、自ら招いたのでもない米軍基地を挟んで『平和だ』『経済だ』と憎しみあってきた。基地が厳然とあるんだから基地経済をすぐに見直すわけにはいかない、生きていくのが大事じゃないかというのが戦後沖縄の保守の論理。一方で革新側は、何を言っているんだ、命をカネで売るのかと」

インタビュアーの本土の記者を指して「あんた方」という言い方に、翁長のヤマトンチュに対する反感がにじんでいる。

自民党時代と民主党政権になってからの、沖縄に対する愛情の深さの違いについても語っている。

「自民党の野中広務先生は、新米の県議だった僕に『いまは沖縄に基地を置くしかない。すまん。許してくれ』と頭を下げた。でも民主党の岡田克也さんなんか、足を組んで、ＮＨＫの青年の主張みたいな話をして、愛情もへったくれもない」

オスプレイの配備に反対すると、「中国のスパイだ」とレッテルを貼る。翁長はそうも述べている。これには翁長は客家《はっか》の出身だからというまことしやかな尾ひれがついている。客家とは中国漢民族にルーツを持つ一族のことである。

「民主党の前原誠司さんに聞かれたよ。『独立する気持ちはあるんですか』と。ぼくは、なでしこジャパンが優勝した時、あなたよりよっぽど涙を流したと話しました。戦後67年間、いじめられながらも『本家』を思ってきた。なのに基地はいやだといっても、能面みたいな顔で押しつけてくる。他ではありえないでしょう。日本の47分の1として認めないんだったら、日本というくびきから外してちょうだいという気持ちだよね」

最後の発言も、本土の政治家にとって強烈である。

「よく聞かれるよ。自民党政権になっても辺野古《へのこ》移設に反対ですかって。反対に決まっている。オール日本が示す基地政策に、オール沖縄が最大公約数の部分でまとまり、対抗していく。これは自民党政権だろうが何だろうが変わりませんね」

だが、こうした翁長の言葉とは裏腹に、官邸筋では辺野古埋め立てのための懐柔工作を水面下ですでに進め始めているという。

私はこのインタビューに記事に感動した。大田昌秀のような革新政治家ならいざ知らず、翁長は自民党県連幹事長をつとめた保守派の政治家である。その翁長がここまで踏み込んだ発言をしたことに、目を見開かされる思いがしたのである。

祖父も叔母も沖縄戦で死んだ

翁長の父親の翁長助静《じょせい》（元・真和志市市長）は、沖縄戦で父親の助信《じょしん》を亡くした。沖縄戦当時、助静は南風原青年学校の校長だった。助静は『私の戦後史』（沖縄タイムス社）で、沖縄戦当時をこう振り返っている。

〈同校では約一年の在任。昭和十九年八月、今や戦場必至の情勢と見た私は妻子四人を台湾に疎開させ、単身で学校長を続けた。翌二十年四月になると生徒も登校できない状態となり自然解散の状態。職員も（中略）残ったのはわずかに女教師二人と男教師一人だけ〉

助静は鉄血勤皇隊・千早隊十数人を部下とする情報宣伝部長となった。父の助信が戦死したのは沖縄本島南端の喜屋武《きやん》岬海岸近くだった。

〈翌日夕方摩文仁《まぶに》に移動しながら喜屋武岬海岸近くで簡単な壕をつくって小休止。このとき突然米軍の砲撃を受け、目前で父助信が戦死した。

同じ壕にいた十数人の避難民のなかで、父だけに破片が命中したのだから悲運としか言いようがない。日本の勝利を信じ命をかけて行動した私にも敗戦思想が強まってきた。敗残兵が住民を壕から追い出し、食糧を奪い取る光景も何度も見てきている〉

先の朝日新聞のインタビューにも、こんなやりとりがある。

〈――翁長家は、沖縄戦没者の遺骨をまつった「魂魄《こんぱく》の塔」の建立に携わったと聞きました。

「旧真和志村《まわしそん》に住んでいた。いまの那覇新都心ですね。戦争で村は焼け、住民は糸満市に住むように指定された。あたりは遺骨だらけ。村長とおやじが中心になって4千体くらい集めたらしい。最初は穴に埋葬していたけれど、数が多くて骨が盛り上がり、セメントで覆った。それが魂魄の塔。命名したのはおやじです。だから僕も、選挙の時には必ず早朝に行って手をあわせる」

「おやじとおじいちゃんは防空壕から艦砲射撃を見ていたそうです。『大変だね』と話していたら、おじいちゃんがやられた。埋葬する余裕がないから、石を上においた。戦後遺骨を探したけれど見つからなかったそうです。母親の妹は、ひめゆりの塔で看護師として亡くなった。沖縄の人は、みんなこうなんだよ」〉

翁長助静とともに遺骨収集にあたったのは、当時、真和志村村長の金城和信だった。

沖縄県遺族連合会の会長でもあった金城が二人の娘を「ひめゆり学徒」として亡くしたことは、第一章ですでに述べた。

摩文仁の丘に散乱していた遺骨の九割方は、このとき収骨された。

糸満市米須にある「魂魄の塔」は、沖縄で最初につくられた鎮魂の碑である。そこには歌人でもあった翁長助静の次の歌が刻まれている。

「和魂《にぎたま》となりてしづもるおくつきの　み床の上をわたる潮風」

翁長助静は戦後の昭和二九（一九五四）年、真和志市の初代市長となった。真和志市は首里市や小禄村《おろくそん》を合わせてすでに編入していた那覇市に、昭和三二（一九五七）年、編入された。

旧真和志地区には、安里《あさと》、古波蔵《こはぐら》、識名《しきな》、壺屋《つぼや》、寄宮《よりみや》、与儀《よぎ》など那覇市の大半が含まれ、いまでも人口は、旧真和志地区が那覇市の六割を占めているという。

翁長雄志の兄の翁長助裕《すけひろ》（故人）も、政治家である。一九七二年から沖縄県議を二期つとめ、西銘《にしめ》順治県知事時代には副知事をつとめた。

大田昌秀知事にも挑んだことがあるが、惨敗した。

翁長雄志には二〇一二年一二月二七日付で、担当編集者を通じて取材申し込みをした。

秘書課の担当者と電話で話した上で、「二〇一三年の二月二〇日前後に沖縄に取材に行く予定があるので、その際、一時間ほど時間をとってインタビューさせてほしい」という趣旨の申し込みをファックスで入れた。

年が明けて、一月一五日頃に再度電話を入れた。そのとき担当者からは「二月の予定はまだ未確定なので、もう少し時間がほしい」と言われた。

二〇一三年、一月下旬に担当者から、「二月二〇日前後は、市議会開催中なので、申し訳ないが、今回は取材の時間がとれそうにありません」との電話があった。

担当編集者が重ねて「議会開催中でなければ、内容的に取材は受けてもらえるんでしょうか」と訊ねたところ、「それはまた別の話です」という回答が返ってきた。

取材拒否のニュアンスが強かったので、親しい地元の新聞記者にその件を伝えると、こんな答えが返ってきた。

「インタビューは難しいかもしれませんね。いまは出ないと思います。あの朝日新聞の記事で（沖縄県知事の）仲井眞さんサイドとハレーションを起こしているみたいなんです。仲井眞さんは、今度、高良倉吉《たからくらよし》（琉球大学教授）と川上好久という県の総務部長を副知事にすることを発表しました。これは誰が見ても翁長さんに対する牽制球です。仲井眞さんは翁長さんを自分の後継者にするんじゃないかと見られていたけれど、言うことを聞かないと、後継者は別に立てるよということです」

——ということは翁長雄志は来年（二〇一四年）一一月の次期知事選に野心ありありってことですね。

「それが大方の見方です」

別の地元記者によれば、仲井眞は年齢のこともあり（二〇一四年で七五歳）、次期知事選にはまず出馬しないだろうという。

ということは、このまま進むと、翁長が次期知事の最有力候補ということになる。

翁長は一九五〇年に生まれ、那覇市議、沖縄県議を経て二〇〇〇年から那覇市長になった。二〇一二年一一月に行われた市長選で四選を果たした。

翁長雄志というのは、どんな男なのか。翁長の知恵袋と目される又吉民人《たみと》氏（沖縄県経営者協会専務理事）に会って話を聞いた。

「僕は、去年（二〇一二年）亡くなったお兄さんの翁長助裕さんはよく知っていましたが、弟の雄志さんと知り合ったのは、稲嶺（恵一）知事の最初の選挙戦のときです。彼は当時、県会議員の二期目だったけど、もう自民党県連の幹事長をしていたから大物です。僕らの経験からすれば、県連の幹事長っていうポストは、もう明日、明後日には国会議員に出るようなポストでしたからね。それが、僕に言わせればポッと出の、市会議員を何期やったか知らんけど、県議二期目の翁長雄志さんがやったわけですからね。ところがその手腕がすごかったので、舌を巻きました。この男は沖縄の将来を背負って立つ男だと思いました」

又吉氏によれば、全国に先駆けて自公路線を敷いたのも、翁長だという。

「だからいまでも自公の関係が全国で一番うまくいっているのは沖縄だと思います。完全に翁長体制に舵を切ったのは、オスプレイの問題です。彼は要するに、もう基地経済に頼らなくてもいいと言っている。那覇新都心が生まれる前（返還される前）に入る軍用地料は五七億円だったそうです。それが彼が市長になって新都心が本格的に軌道に乗ったら、その経済効果は六〇〇億から七〇〇億ぐらいになった」

――それはすごい。一二倍ですか。

「そうです、基地はもういらないと言えるところまできたんです。それでも軍用地料は沖縄全体で年間九〇〇億円あるから、無視はできませんけど、沖縄の風向きは完全に変わったんです」

――翁長氏は次期知事選に出馬しますか。

「僕は彼のファンとして言うんですが、彼は次の知事の最大の候補だと思っている。本人は今年（二〇一三年）の新年会でも、自分は小学校五年生のときに親父の後を継いで那覇市長になりたいと思った、だから那覇市長で終わっていいと思っている、と言っていました。だけど僕から言わせれば、お前、そんなこと言うな、そんなこと言わなけりゃ次の知事は確実だと思っているんですけどね。僕としては立ってほしい。次の時代の沖縄のためにもね」

――それだったら、なぜインタビューを断ったんですかね。

「そこです。そういう微妙な段階で、佐野さんみたいな辣腕のインタビュアーにつかまったら、裸にされると思ったんじゃないでしょうかね。オスプレイに反対といっても、彼は何といっても保守派のエースですからね。佐野さんに本音を語って、『あいつ』ということになると、保守票がどうなるかわかりません。朝日新聞のインタビューだって、あれは次の知事選に出るためのパフォーマンスだと言う人だっているわけですよ」

――ああ、あの記事はそういう見方もされているんですか。

「はい、はっきり言って、知事サイドは、ご本人が割と真剣だなと感じとっているものですから。

『あれ？』と思い始めているんですよ」

——翁長家は下級とはいえ、士族の出身です。そのせいなのか、最近は何か風格が出てきましたよね。仲井眞知事より保守本流の匂いがします。

「翁長家は政治家一家ですからね。ご本人が、自分は小学校の四、五年ぐらいから親父のポスター貼りをやっていたと言うんですからね。彼が小学校のときは、教職員組合の天下の時代です。復帰運動の真っただ中で、革新の牙城です。お前の親父は保守派でどうしようもないって、友だちから相当言われたらしいですよ。

父親の翁長助静さんは沖縄社会大衆党出身の平良良松《たいらりょうしょう》と那覇市長選を争って負けました。小学校から帰ってきたら、お母さんが背を向けて選挙事務所の後片づけをしていたらしいんです。その背中があまりに寂しそうなものだったので、『お母さん』と声をかけたら、お母さんが振り向いて『雄志、あんただけは政治家になりなさんなよ』と言って、ワーッと泣いたそうですよ」

——いい話ですね。

「この話はご本人から聞いたから間違いありません。『そのとき、オレは那覇市長になってやろうと思った』と言っていましたからね」

翁長は朝日新聞のインタビューで、「オール沖縄」対「オールジャパン」という言い方をしているが、これは二〇一二年の自民党県連の新年会ですでに述べている主張である。

これは、自民政府側にきわめて危険なイデオロギーと映った。〝沖縄の赤い星〟というのが、翁長に対する官邸側の共通した見方である。

地元紙の記者によれば、翁長の知事選出馬には待望論と反発の両方があるだろうという。

——反発はどんなところから出そうなんですか。

「北部の首長たちからでしょう。彼らは基地経済に頼らざるを得ませんからね」

——「オール沖縄」対「オールジャパン」という主張が受け入れられたのは、沖縄県民には根っこにそうした感情が元々あったからじゃないですか。

「九五年に米兵の少女暴行事件があって、大抗議集会があった。そのとき初めて本土の人間が沖縄に注目したんです。ところが、そこまで沖縄が盛り上がりを見せたのに、本土のその後の反応は冷たかった。それに気づいた沖縄の人びとの間に、その頃から、『オール沖縄』対『オールジャパン』という意識が芽生えてきたんだと思います」

沖縄は確実に変わりつつある。その根底には、おびただしい数の戦死者を出した沖縄戦があることをもう一度強調しておきたい。

沖縄は日本の植民地か？

二〇一三年一月二七日、翁長は沖縄県の全四一市町村長とともに上京し、日比谷公園でオスプレイ配備反対デモの先頭に立った。保守系の首長が日本の中心で反オスプレイの態度を旗幟《きし》鮮明にしたのは、たぶんこれが初めてである。

そのニュースで思い出したのは、ごく最近読んで強い刺激を受けた『本当は憲法より大切な「日米地位協定入門」』（創元社）という本だった。

著者の前泊博盛《まえどまりひろもり》氏は元琉球新報論説委員長で、現在は沖縄国際大学大学院の教授となっている。私とも旧知の仲である。「入門」というタイトルから想像して、マイルドな概説書だと思われるかもしれないが、どうして、かなり過激な内容の本である。

これを読んで、沖縄を訪ねる度に募ってくる根本的疑問が氷解したような気がした。私が沖縄に抱く疑問とは、沖縄は本当に日本なのかという根源的な思いである。

疑問はそれだけにとどまらない。沖縄のオスプレイ配備問題に指一本触れられない日本は、本当に独立した主権国家なのか。

この本を読むと、沖縄は日本の「植民地」であり、日本は「宗主国」アメリカの「属国」だということがはっきりとわかる。

同書の中に、こんなQ&Aがある。

「東京大学の構内にオスプレイが墜落したらどうなるのですか？」

オスプレイの訓練飛行は本土でも始まったのだから、十分に想定できる範囲内の事故である。

二〇〇四年八月、宜野湾にある沖縄国際大学に米軍のＣＨ５３Ｄ大型ヘリが墜落し、爆発炎上した。このときの対応とまったく同じというのが、著者の答えである。

ヘリ墜落事故直後、隣接する米軍普天間基地から数十人の米兵たちが基地のフェンスを乗り越え、事故現場の沖縄国際大学構内になだれこみ、事故現場を封鎖するとともに、日本の警察、行政、大学関係者、報道陣を現場から完全にシャットアウトした。

もし東京大学にオスプレイが墜落し、安田講堂が炎上しても、米兵は正門や赤門を封鎖して、警視総監の立ち入りを拒否することができるという。

これが事実とすれば、オスプレイ配備は、「日本の沖縄化」の始まりである。

こんな無法なことが許されるのも、米軍が強大な権益である「日米地位協定」に守られているからである。

首都圏に世界に類のない米軍の巨大な制空権圏域があることはよく知られている。

世界的に見てもきわめて異常な状態にある東京の「空」を、当該の都市の〝元知事〟がそのことを何も解決できないまま、遠く離れた尖閣諸島の問題で「愛国心」を煽るのは、どう考えてもおかしい。著者の前泊氏は、そう皮肉っている。

同書によれば、そもそも日本政府は、いま自国内に米軍関係者が何人いるかさえ把握できていないという。ふつう外国人はパスポートを提示して出入国管理局の審査を受けなければ入国できない。しかし、米軍関係者はそうした手続きを一切行わずに、基地に勝手に出入りすることができる。

この根拠になっているのは、次に挙げる日米地位協定第九条第二項である。そこにはこう明記されている。

「合衆国軍隊［米軍］の構成員は、旅券［パスポート］および査証［ビザ］に関する日本国の法令の適用から除外される。合衆国軍隊の構成員および軍属ならびにそれらの家族は、外国人の登録および管理に関する日本国の法令の適用から除外される」

米軍関係者は何のチェックも受けずに日本の米軍基地に到着し、そのままフェンスの外に出て行くことができる。そしてフェンス外でどんな不行跡を働こうと、基地内に逃げ込めば、もう罪は問われない。

これでは明治時代の不平等条約となんら変わらないではないか。

翁長の主張や反オスプレイデモは、そんなことまで訴えているような気がする。

いまや時代は「オール沖縄」対「オールジャパン」の対立を超えつつある。

不穏なことを言えば、「オール沖縄」＋「オールジャパン」対「オールアメリカ」の時代に入らなければ、オスプレイの問題も普天間基地の辺野古移設問題も一切解決できないだろう。

ところが日本政府はこのほど、サンフランシスコ講和条約が発効した一九五二年四月二八日を「主権回復の日」として、政府主催の記念式典を行う閣議決定をした。これに対し沖縄県内の八割の首長が「県民の心を踏みにじるものだ」として、猛反対している。

こうした事態の推移を見れば、「オール沖縄」＋「オールジャパン」連合のタッグチームづくりは〝夢のまた夢〟だろう。

サンフランシスコ講和条約が発効した一九五二年四月二八日は、沖縄や奄美諸島、小笠原諸島が条約発効により日本から切り離され、米国統治が正式に決まった日だ。このため四月二八日は沖縄では「屈辱の日」と呼ばれる。

翁長雄志那覇市長は「主権回復の日」に反対する理由として「沖縄が日本から切り離され、今日の苦悩につながった」とコメントした。

沖縄は日本と日本人にとって、依然何の解決もできないまま東シナ海に浮かぶ謎の島である。

もしこのまま何の解決策も出せず、日本社会の保守化・右傾化のままに憲法改正となり、日本が戦争のできる国になったら、私たちはまたおびただしい数の戦争孤児を生み出すのである。

それだけは、われわれの世代でどうしても阻止しなければならない。延々とつづく閉塞感を打破するために戦争を始められたのでは、沖縄戦二〇万の死者にわれわれはどんな顔向けをすればいいのだろうか。

第五章

「集団自決」の真実

「集団自決」の島

今回の沖縄行きの最終的な目的は、渡嘉敷島《とかしきじま》を訪問することだった。那覇の泊《とまり》港から高速船に乗ると、慶《け》良《ら》間《ま》諸島で最も大きな渡嘉敷島の島影がぐんぐん近づいてくる。泊港を出てわずか三五分でもう渡嘉敷島だった。

「慶良間見いーぃしが、どぅーのまちげは見ぃらん」という那覇で古くから唄われた俗謡がある。慶良間はよく見えるが自分の睫毛《まつげ》は見えない、という意味である。那覇と渡嘉敷島の距離があまりに近かったので、そう唄われた理由がよくわかった。

私がこの島に来たのは、その俗謡になぞらえて言えば、あまりにも身近に起きたことだったので、長い間「見ぃらんまちげ」となっていた集団自決事件の現場を見るためである。

米軍が読谷村《よみたんそん》の渡具知《とぐち》ビーチに上陸する五日前の一九四五年三月二七日、米軍の一部が渡嘉敷島に上陸した。その前日に、米軍は同じ慶良間諸島の阿嘉島《あかしま》と座間味島《ざまみじま》に上陸していた。

事件が起きたのは、米軍が渡嘉敷島に上陸してきた翌日の三月二八日だった。この集団自決で三二九名の人命が犠牲になった。慶良間海峡を挟んだ座間味島と慶留間島《げるまじま》でも、その二日前に座間味島で二三四名、慶留間島で五三名の集団自決が起きた。

座間味島は一九八八年に公開された安田成美主演の松竹映画『マリリンに逢いたい』の舞台に

なった島である。

慶良間諸島の阿嘉島の民宿で飼われていた雄犬のシロが、対岸の座間味島にいる恋人（犬？）のマリリンに逢うために海峡を泳いで渡ったという実話を元にした映画である。

そんな平和的というより、他愛もない話の舞台になった座間味島の美しい海と砂浜を求めて訪れる観光客には、六八年前にこの風光明媚な島で凄惨な「集団自決」があったとはまったく信じられないだろう。

座間味のガイドブックによると、港から阿真《あま》ビーチに続く道路脇に、恋人のシロのいる対岸の阿嘉島をじっと見つめるマリリンの像が立っていて、そちら目当ての観光客が多いという。

『渡嘉敷村史　資料編』には、集団自決の地獄絵図を目撃して『ニューヨーク・タイムズ』の記者に語った米軍第七師団の兵士の生々しい証言が紹介されている。


〈「人間とは思えない声と手りゅう弾の爆発が続いた。ようやく朝方になって、小川に近い狭い谷間に入った。すると、『オーマイガッド』何ということだろう、そこは死者と死を急ぐ者たちの修羅場だった。この世で目にした最も痛ましい光景だった。ただ聞こえてくるのは瀕死の子供たちの泣き声だけだった。そこには二〇〇人ほどの人がいた。そのうち、およそ一五〇人が死亡、死亡者の中に六人の日本兵がいた。……われわれは死体を踏んで歩かざるを得ないほどだった。およそ四〇人は手りゅう弾で死んだのであろう。周囲には、不発弾が散乱していたし、胸に手りゅう弾をかかえて死んでいる者もいた。木の根元には、首を絞められ死んでいる一家族が毛布に包まれ転がっていた。母親と思われる三五歳ぐらいの女性は、紐の端を木にくくりつけ、一方の端を自分の首に巻き、両手を背中でぎゅっと握りしめ、前かがみになって死んでいた。」〉

『渡嘉敷村史』は、この『ニューヨーク・タイムズ』の記事を引用したあと、次のように続けている。

〈一般に「集団自決」と言われているが、実態は親が子を殺し、子が年老いた親を殺し、兄が弟妹を殺し、夫が妻を殺すといった親族殺しあいの集団虐殺の場面であった。誰が命令したかということも重要なことであるが、いくら狂気の時代だとはいえ、「なぜ、肉親同士の殺しあいができたのか」という、自らへの問いかけが必要であろう。乳幼児が自決をすることはできないはずである。「生キテ虜囚《リョシュウ》ノ辱《ハズカシ》メヲ受ケズ死シテ罪禍ノ汚名ヲ残スコトナカレ」という『戦陣訓』でたたえられた皇軍の「玉砕」と、老幼婦女子の「虐殺」とを同列に考えることはできないであろう〉

幸運にも集団自決から生き残った人びとにも地獄が待っていた。

島民を襲ったのは、激しい飢えだった。人びとはトカゲ、ネズミはおろか、ソテツの幹まで食べた。死期が近づくと人びととの衣類の縫い目にたかっていたシラミはいなくなり、辛うじて呼吸を続けている人の目には、早くもハエが卵を産みつけた。

渡嘉敷島の集団自決現場には、その現場にいた当時六歳の吉川嘉勝さんが案内してくれた。入り口には、日本語と英語で表記された「戦跡 Battle Site　集団自決跡地 Mass Suicide Site」という看板が立っていた。集団自決の跡地は、そこから小高い丘を少し登った雑木林に囲まれた狭い土地だった。その風景は、もし「集団自決跡地」と書かれた石碑が立っていなければ、誰もが通り過ぎてしまうような変哲のない場所だった。

——ここにいつ集められたんですか。

「米軍が上陸した三月二七日の夕刻です。壕の中で夕食の準備をしていると、日本軍との連絡役にあたっていた村の防衛隊員が回ってきて、『アメリカーが上陸してくるから、みんな北山《ニシヤマ》に集まりなさい』という命令がありました」

沖縄では北を「ニシ」と言い、南を「ハエ」という。ちなみに東は太陽が上がる方角だから「アガリ」、西は沈む方角だから「イリ」という。ニシヤマというのは、すなわち「北の山」という意味になる。

「こういうときは、みんなで助け合わないといけないので、近くの壕から三、四家族が出てきて、それじゃ一緒に行こうということになった。それで非常用の鰹節と黒砂糖、それにお米を持って、ここに集まったんです」

——それはどこですか？

そう言うと、吉川さんは「この辺じゃなかったかな」と言って、雑木林の近くを指さした。それは狭い土地の中でもとりわけ隅っこで、下から谷川のせせらぎがかすかに聞こえた。

——隅っこに座ったのは、黒山の人だかりだったからですか。

「はい、そうです。僕ら家族八人はこの辺でひと固まりになっていた」

小さかった吉川さんは、一六歳年上の姉に背負われて大雨の中をここまで来たことを覚えている。邪魔な樹木は大人が鎌や鉈《なた》で伐採して、座る空間をつくった。

「土砂降りの中を川沿いの山道を、姉が枝をつかんでは、はいあがって登ってきたんです。ここに着く頃には雨はすっかりあがっていました」

もう二八日の明け方になっていた。

——ここには何名ぐらい集まっていたんですか。

「僕は一〇〇名ぐらいいたんじゃないかと思っています。そのうち八割くらいは自決したんじゃないかな」

——八割の方が自決ですか。

「米軍はもう上陸していますから、艦砲射撃がばんばん飛んできて、雑木林の枝がパシパシパシッといって折れるんです。そんな中で、村長さんが何か訓示のようなスピーチをして、それが終わったかと思うと『天皇陛下万歳！』と叫んだんです。すると手榴弾がどこかで一発爆発して

『キャー』という悲鳴が聞こえた」

それを合図にしたかのように、あちこちで手榴弾が爆発した。

「それで僕らもやるよということになった。僕は家族八人の中で一番小さかったから、お母さんが僕の上に覆いかぶさった。だから、恐怖心はなかった。ただ、爆発してお母さんが死んで、僕が生き延びたらどうしようと思っていた。ところがいくらやっても手榴弾は爆発しなかった」

それを見た吉川さんの父親が、「火の中にぶち込め」と命じた。当時、役場職員で防衛隊員だった嘉勝さんの兄の勇助さんが手榴弾を火の中に投げ込もうとすると、それまで何も言わなかった母親が「勇助！　その手榴弾捨てなさい！」と叫んだ。

「そしてこう言ったんです。『死ぬせーいちゃてぃんないさ。生《い》ちかりるーうぇーかや、生ちちゅしゃさ。ぬちどぅたからやさ』って」

そう言った吉川さんの言葉が早口の沖縄口《ウチナーグチ》だったので、さっぱりわからなかった。そこで、吉川さんに翻訳してもらった。

「死ぬのはいつだってできる。生きられる間は生きなくてはいけない。命は宝だよ」

集団自決跡地で、一番心に残ったのは集団自決跡地の石碑のそばにある看板だった。その看板には「集団自決の実相・ここであったこと」と書かれ、一九四五年四月二日の『ロサンゼルス・タイムズ』の朝刊記事が引用されていた。それは、集団自決跡地の石碑に書かれた「不気味な炸裂音は谷間にこだまし、清水の流れは寸時にして血の流れと化し」という〝文学的〟文句より、ずっと戦争の悲惨さを伝えていた。

少し長くなるが、集団自決の現場が外国人ジャーナリストの冷静な目で書かれた貴重な記録なので全文を引用しよう。見出しは「侵攻軍、日本民間人の集団自殺を発見。『野蛮なヤンキー』の噂で『拷問』より死を選ぶ日本人達」である。

〈琉球列島、3月29日（遅）（AP）―米国の「野蛮人」の前に引き出されるよりも自殺する方を選んだ日本の民間人（注：渡嘉敷島の人々）が、死体あるいは瀕死の状態となって折り重なった見るも恐ろしい光景が、今日慶良間列島の渡嘉敷島に上陸した米兵達を迎えた。

最初に現場に到着した哨戒隊に同行した、ニューヨーク市在住の陸軍撮影兵アレキサンダー・ロバーツ伍長は「いままで目にしたものの中で最も悲惨」と現場の様子を表現した。

「我々は島の北端に向かうきつい坂道を登り、その夜は露営した。闇の中に恐ろしい叫び声や、泣き声うめき声が聞こえ、それは早朝まで続いた」

と彼は語った。

「明るくなってから、悲鳴の正体を調べにいくため、2人の偵察兵が出ていった。彼らは2人とも撃たれた。その少し前、私は前方6ヶ所か8ヶ所で手榴弾が炸裂し炎が上がっているのを見た。開けた場所に出ると、そこは死体あるいは瀕死となった日本人（注：渡嘉敷島の人々）で埋め尽くされていた。足の踏み場もないほどに密集して人々が倒れていた」〉

この記事に書かれた〝開けた場所〟に、いま自分は立っている。そう思うと背筋に冷たいものが走った。


〈「ボロボロになった服を引き裂いた布はしで首を絞められている女性や子供が、少なくとも40人はいた。聞こえてくる唯一の音は、怪我をしていながら死にきれない幼い子供達が発するものだった。人々は全部で200人近くいた」

「細いロープを首に巻きつけ、ロープの先を小さな木に結び付けて自分の首を絞めた女性がいた。彼女は足を地面につけたまま前に体を倒し、窒息死するまで首の回りのロープを強く引っ張ったのだ。彼女の全家族と思われる人々が彼女の前の地面に横たわっており、皆、首を絞められ、各々汚れた布団が掛けられていた」

「さらに先には手榴弾で自殺した人々が何十人もおり、地面には不発の手榴弾が転がっていた。日本兵（注：島人の防衛召集兵）の死体も6体あり、また他にひどく負傷した日本兵（注：島人の防衛召集兵）が2人いた」〉

私がとりわけ衝撃を受けたのは、次の記述だった。

〈「衛生兵は負傷した兵士らを海岸へ連れて行った。後頭部に大きなV字型の深傷を負った小さな男の子が歩き回っているのを見た。あの子は生きてはいられない、今にもショック死するだろうと軍医は言った。本当にひどかった」〉


——この少年はその後どうなったんでしょうね。

そう質問すると、吉川さんは驚くべきことを言った。

「生きていますよ」

——エーッ、本当ですか？

「お医者さんの子どもで、那覇でひとり生き残っているという話です」

——名前はなんていうんですか？

「名前は何ていったかなあ、三月二八日の慰霊祭に来ていましたよ」

——それはいつの慰霊祭ですか？

「五年前でしたかね。その時、『沖縄タイムス』の記事になっています」

——年齢はいまいくつくらいですか？

「七〇くらいですかね」

——そうすると、沖縄戦当時は三歳くらいですね。当時の記憶はないでしょうね。

「ええ、記憶はないと言っているそうです」

はっきりとした記憶がなくとも、この少年にはぜひ会いたかった。

その男の子の連絡先については吉川さんに調べてもらい、あとで連絡してもらうことにした。

渡嘉敷島の集団自決の現場を目撃した『ロサンゼルス・タイムズ』の記事は、こう結ばれている。

〈負傷した日本人（注：渡嘉敷島の人々）を海岸の応急救護所まで移そうとしている米軍の担架運搬兵らを、道すじの洞窟に隠れていた1人の日本兵が機関銃で銃撃した。歩兵らがその日本兵を阻止し、救助活動は続けられた。

質問に答えられるまでに回復した日本人達（注：渡嘉敷島の人々）は、米国人は女は暴行、拷問し、男は殺してしまうと日本兵が言ったのだと通訳に話した。彼らは、米国人が医療手当をし、食料と避難所を与えてくれたことに驚いていた。自分の娘を絞め殺したある老人は、他の女性が危害を加えられず親切な扱いを受けているのをみて、悔恨の情にさいなまれていた〉

生き残った少年

吉川さんは役場に問い合わせ、五年前の慰霊祭に出席したメンバーを調べてくれたが、集団自決の現場にいた後頭部にV字型の傷がある少年の名前まではわからなかった。

そこで『ロサンゼルス・タイムズ』と、渡嘉敷の集団自決というキーワードを頼りに知り合いの沖縄タイムスの記者に問い合わせてみた。

その結果、二〇〇九年六月二三日付の沖縄タイムスにこんな記事が掲載されていることがわかった。

〈「あまり島のことは考えたくなかった。長く連絡も取らず、いろんな人に不義理をしてしまった」と伊野波盛淳《いのはせいじゅん》さん（69）＝那覇市＝は悔やむ。

1945年3月。当時4歳だった伊野波さんは、両親ときょうだい7人とともに、住民が「集団自決」に追い込まれた渡嘉敷島北方の山中にいた。伊野波さんの家族も、ここで「自決」した。伊野波さんが住民から聞いた話では、父親の盛秀さん＝享年49＝が日本刀で家族の命を絶ったという。伊野波さんも重傷を負い、米兵に救助された。

「カーン、カーン」と手りゅう弾を石に打ちつける音。もうもうと目の前に吹き上がる砂塵。幼かった伊野波さんにとって「自決」の光景はおぼろげだ。だが、自分の首に走る数カ所の刀傷が、「体の記憶」として惨劇を忘れさせない〉

記事には伊野波さんの顔写真も載っている。伊野波さんは首筋に手をあて「首にはまだ傷が残ってるよ」と話している。

記事はこう続く。

〈「捕虜になるより自分の手で、と考えたのかも知れない」。父親は島の診療所の医師だった。人を救う立場でありながら、家族の命を奪わざるを得なかった心情を、伊野波さんは思いやる〉

「家族にも戦争の話はほとんどしたことがない」という述懐や、戦後県外に渡り、沖縄出身であることもほとんど明かさなかったという話も語っている。

渡嘉敷島から本島に戻った後、伊野波さんに連絡をとって、那覇市内のホテルで会った。

——集団自決のときどこにいたんですか？

「白玉之塔って行かれましたか？　あそこの上だったと思います」

白玉之塔は、渡嘉敷島の集団自決地から山を下った高台にある慰霊塔である。渡嘉敷港もすぐ下に見える。

——つまり北山《ニシヤマ》ですね。

「北山です。すぐ近くの展望台から東シナ海が見えます。小さいときから、これだけははっきりした記憶があります。島中、船で全部囲まれましたからね。縦に並べたら、渡嘉敷から本島まで往復できたと思います。ものの本では二〇〇〇隻と書いてありました」

展望台には北山の集団自決地に行く前に吉川嘉勝さんの案内で上った。展望台からは、青い海に浮かぶ座間味島、阿嘉島、慶留間島の島影がはっきり見えた。この海一面がアメリカの艦船でびっしり埋め尽くされたと思うと、渡嘉敷島住民の恐怖はいかばかりだったろうかといやでも想像できた。

「そのとき父親が後ろにいたんです。あれから悲劇が始まったんじゃないかと思うんです。親父はそれ（艦隊）を見てパッといなくなった。それが最後です。親父の思い出は」

――お父さんがいなくなった？

「ええ、たぶん、これはダメだと思ったんでしょうね。軍人以上の軍人でしたからね。医者だったですから。実は一昨日は兄貴の三回忌だったんです。首里一中を出て、予科練に行った。その兄貴も（集団自決については）何も喋りませんでした」

――予科練？　それじゃ本土に行ったんですね。

「そうです。一中からそのまま引っ張られて」

――それじゃ特攻を？

「はい、やる予定だったんでしょうね。でも、もう飛行機がなかったと言っていました。特に沖縄を救うための特攻ですからね」

――お兄さんは亡くなるまで何をおやりになっていたんですか？

「大阪市の消防士です」

――お住まいも大阪だったんですか?

「兄貴は最初、沖縄の人が結構多い大阪の西区でした。それから港区に変わって、お金が少しできてから堺に結構いいお家《うち》を建てましたけどね。いまはもう処分したんじゃないですかね。娘があんまり詳しいこと言わないんですよ。バブルのときに売れば一億円したのになあって冗談言ってましたから」

――お父さんの出身はどちらですか?

「首里です。それから開業医として渡嘉敷に来ました」

――なぜ、渡嘉敷に来たんですか?

「わからないけど、たぶん生活のためだったと思います。親父が行くまで渡嘉敷には診療所がなかったんじゃないですか。親父も頼まれたらイヤと言う人じゃなかったようですからね」

――無医村だったわけですね。

「そうですね。でも、生活は本島よりよかったんじゃないですかね。そういうふうに人から聞きましたけど」

――診療所の雰囲気は覚えていますか?

「かすかに覚えています。白っぽい瓶のお薬がずらーっと棚に並んでいた。その中に白いメリケン粉みたいな粉薬が入っていた。それを舐めたことがあります。とても甘かったことを覚えています」

——診療所ですから、入院施設はなかったですね？

「ないです。患者さんと接するところに骸骨の標本みたいなものが置いてありました」

——看護婦さんはいましたか？

「いやあ、母親が看護婦代わりをやっていたんじゃないでしょうか。いや、母親もやらなかったかもしれません。手のかかる年齢の子どもがいっぱいいましたからね」

——ご兄弟《きょうだい》は何名ですか？

「九名。僕は下から二番目です」

——男は何名ですか？

「男は……五名ですね」

——あと四名が女性ですね。

「そうですね。そのくらいしか僕にはわからないですね」

人間の記憶とは不思議なものである。伊野波さんは肉親の死についてはほとんど覚えていないが、北山までの道ははっきり覚えているという。

——あの日は豪雨だったそうですね。

「はい、その通りです。北山まで行く道の脇に小さな川があって、そこでカニとカラスがケンカしていたのを覚えています。カラスがカニを食おうとしていたんです」

豪雨が降る小さな川の中でカラスがカニを食おうとしている。それからすぐに集団自決の惨劇が起きることを思うと、四歳の伊野波さんの脳裏に刻まれたこの光景は、ひどく生々しい。

——ほかに覚えていることはありませんか？

「診療所の玄関が赤い血でいっぱいだったことをチラッと覚えています」

——沖縄タイムスに、「『カーン、カーン』と手りゅう弾を石に打ちつける音」が聞こえたという記憶を語られていますね。

「その音は確かに聞きました。それと爆風と砂塵です。アメリカ軍の飛行機が低空飛行でわーっと降りてきたのは記憶にあります」

——渡嘉敷島の北山に記念碑が建っているんですが、そこにロサンゼルス・タイムズの記事からの引用があって、「三歳くらいの男の子が頭に深い傷を受けてもう助からないだろう」って書いてあるんです。これは伊野波さんのことですよね。

「そう書いてあるんですか。僕にはよくわかりませんが、アメリカの兵隊さんに助けられたのは間違いありません。抱っこされてね」

——頭にVの字型の傷がある男の子だったそうです。

そう言うと伊野波さんは、首筋に手を当てた。

「僕はあちこち……親父が日本刀で」

そのあとに続く言葉は、間違いなく「体のあちこちを突き刺した」だった。だが、さすがにその言葉は呑み込んだ。

――そのときのことは覚えていらっしゃいますか？

伊野波さんは、そのときの思いを一気に吐き出すように語った。

「全然覚えていません。ただ、なぜ自分だけ急所を突かなかったのかなあって、いう気持ちはあります。医者ですから、急所はわかるはずです。あと（の兄妹）はほとんど、即死みたいなんですよ。ただ、三女の姉が……僕が『水、水』と言ったのはかすかに覚えています。それで姉は谷の下までよちよち歩いて行って、水を汲んで僕にくれて、僕は飲みました。姉はそのあとパタッと倒れました。それで悲しいとも思わないですよ。僕もそういう状態ですからね」

伊野波さんの話を整理すると、以下のようになる。

北山の集団自決現場にいたのは、両親と九人きょうだいのうち男四名、女二名の合計八名だった。『沖縄タイムス』には自決現場には伊野波さんの家族は七名と書いてあるが、これはおそらく生き残った伊野波さんをカウントしなかったことから生じた間違いである。そのうち両親と男三名、女二名合わせて合計七名の家族が死に、助かったのは伊野波さん一人だった。

予科練に行っていた長男と、白梅部隊に行っていた長女、それに那覇にいたもう一人の姉の三名は無事だった。白梅部隊は沖縄県立第二高女の四年生で編成された学徒隊である。

「僕は半分死んでいたらしいんです。近くまでアメリカ軍の戦車が来たとき、『その子はまだ生きてるよ』って誰かが言ってくれたっていう話でした。それで助かったんです」

――そのままの状態だったら、完全にアメリカ軍戦車のキャタピラの下敷きになっていたわけですね。

「間違いなく死んでいます。相手は戦争をしているんですから。戦車から降りてきたカーキ色の服を着た帽子をかぶった兵隊さんが、抱いてジープか何かに乗せてくれたと思うんです。ガタガタって車に揺すられる感触はかすかに記憶にあります。そして病院に連れて行かれ、着ているものを包丁かナイフで全部切り取られて裸にされ、消毒されたところまでは覚えています。もし、そうしてくれなかったら、この世にいません。ほとんど仮死状態みたいだったそうですから」

——米軍のキャンプにはどれくらいいたんですか？

「そうですね、一年ちょっとですね」

——その頃は英語はペラペラだったんですか？

「はい、できました。いまはまったくチンプンカンプンですが（笑）。『ハイ、ベイビー』と言って、みんなかわいがってくれました」

——食事はどうでしたか？

「第一線で働く兵隊さんのための食料が支給されました。一包に缶詰、チーズ、チョコレート、髭剃り、トランプまで入っているんです。それを見て、よくこんな国と戦争をしたなって思いました」

伊野波さんが言ったのは、アメリカ軍が第二次世界大戦中に配給したKレーションと呼ばれる戦闘用糧食である。

「それが山というほどありました。いまで言う賞味期限なんでしょうね、ある期間が過ぎると、それを集めてガソリンをかけてばーっと燃やすんです」

これは那覇に帰ってからの話だが、伊野波さんは那覇軍港でこんな光景も目撃している。

「あの当時は、まだ軍艦がひっくり返っていましたよ。僕は、その間を歩いて遊んでいましたからね。そこに大きなトラックがやってきて、白い包帯をした大きな塊を、足でどんどん落とすんです。何だと思いますか？　肉なんです。三年間分の肉をストックしてあるって、アメリカ兵が言っていましたね」

食料といえば、こんな話も興味深かった。

「渡嘉敷島の隣に阿嘉島という小さな島があります。その島で二十何年か前に仕事をやったとき、九十何歳かの方からこう言われたことがあります。『すぐ傍の渡嘉敷では（集団自決を）ポンポンやっているのに、こっち（の島）では米軍が上陸して、白いテーブルクロスを敷いて、こんなの食べていたよ』って、ナイフとフォークでステーキを食べる真似をするんです。その人は五、六年前に亡くなりましたけどね」

話題を変えて伊野波家について聞いてみた。

——お父さんは首里の出身だそうですが、そうすると伊野波家は元は武士階級だったんですか？

「ええ、士族です。亡くなったおばあちゃんが言ってました。あんたの父ちゃんは部下を一五名連れて中国戦線で亡くした。それ以来、戦争の話はしなかった。三線も一切弾かなくなった。親父は一本気でしたからね。唄も名手だったらしいですが、それ以来、唄ったことはないそうです」

伊野波さんのその後の生活に話題を変えた。

「こっち（本島）に白梅部隊にいた姉がいて、渡嘉敷で僕が生き残っていると聞いて、引き取りに来てくれました。それまでは、親父が無料で薬を渡したり、よくしていた島（渡嘉敷島）の診療所の近くのおばあちゃんに育てられていたんです。最初、白梅部隊に行っていた姉を見たとき、僕は誰かなあと思って。もう他人としか思えませんから。それで那覇軍港近くのあばら家で兄と姉と一緒に暮らしました」

──学校はどうされました？

「学校は小学校だけで五回変わりました」

──それは沖縄の小学校ですか？

「すぐに熊本に行きました。姉の旦那が熊本出身だったものですから。姉は僕を連れて嫁ぎ先の熊本まで行ったんです。姉は間もなく離婚しましてね。その後は結婚もせず、苦労してずっと僕を育ててくれたんです。予科練に行った兄はそのとき、大阪の消防に行っていたんですが、姉はその兄にも毎月五〇〇円ずつ仕送りしていました」

伊野波さんは姉と暮らした熊本から、福岡の高校に行き、卒業後は兄を頼って大阪に出た。

──沖縄に戻られたのはいつですか？

「沖縄に来たのは、海洋博の前です。パスポートで来ましたから復帰の前です。もう一人の姉の旦那から、これからは水道設備関係の仕事が増えるよ、って言われて、この会社をつくったんです」

伊野波さんはそう言って、「穂高建設工業」と書かれた名刺を差し出した。

——これが水道設備関係の会社ですか？

「いや、最初は水道設備だけだったんですが、バブルが弾けてからは何でもやっていかないと食っていけませんから、いまはリフォーム関係をやっています」

——社員は使っているんですか。

「前は三〇名いましたけど、いまは三名です。当時はいい時代でした。断るのが仕事だったですよ、ホントの話（笑）」

——それは沖縄海洋博の頃の話ですか？

「そうです。海洋博の頃は、もういくらでも仕事がありましたよ。大工さんが、釘一本打ったら一万円もらえるといわれた時代ですからね。海洋博の会場に土地を売ったドラ息子たちが、現金を持って歓楽街に毎晩遊びに来ました。そして賭博ですってんてんになって、明くる日また来るんです。そういう時代でした。でも海洋博が終わったらもうひどかったですね」

——これまでの人生で幸せだったと感じたことはどんなときですか？

この質問に伊野波さんは直接答えず、こんな話を明かした。

「これは初めて話すことですが、福岡の高校に行っていたとき、空を見て、一度でいいから母親と話したいなあ、と思いました。お母さんって言って空を見上げたら、涙がとまらなくなりました。戦争が終わってちょうど一〇年目でした。あれからまだ、一〇年しか経っていないのかって考えながら、お母さんに会いたいなあって思いましたよ」

——そのときの空は青かったですか？

「いや、夜です。僕は母親の顔も知りませんからね」

母親の顔も知らないから、青空の上にではなく、星の瞬く夜空に母親の顔を思い浮かべた。思わず胸が熱くなってくる話だった。

——ほかに覚えていることはありませんか。

「母親に抱かれながら、戦争が終わったらばあちゃんのところへ帰ろう、って言われたことは何となく覚えています。ばあちゃんの実家は、具志頭村《ぐしかみそん》（現・八重瀬町《やえせちょう》）の大地主なんです」

——最後に、五年前の慰霊祭に出席するため渡嘉敷島に行ったのはどういう心境だったんでしょうか？

「やっぱり、歳をとったからでしょうね。若いときなら行っていませんよ。記念碑に刻まれた名前を指でなぞって、これだけ死んだのかなあって思いましたね。一人や二人じゃありませんからね」

——三二九名です。

「そうですか」

溜め息まじりの声だった。

――渡嘉敷に知り合いはいるんですか。

「僕には知り合い、友だちはいません」

きっぱりした言い方に、集団自決から奇跡的に生き延びた伊野波さんの複雑な思いが読み取れた。

集団自決については、二七歳を頭にした三人の娘たちにも一度も話したことがないという。娘は全員独身で、孫はいない。

伊野波さんは別れ際にひとりごちるように言った。

「国が弱いとみじめだと思いませんか。自分の国は自分で守らんとね。僕はそう思います。だからこれはあまり書いてほしくないんですが、米軍基地反対とか、オスプレイ反対とか僕は言わないんです」

最後の言葉には、深々と考えさせられた。集団自決に遭遇した人びとが、全員、反米反基地になるというのは、あまりにもナイーブな見方である。

話を渡嘉敷島に戻そう。「集団自決跡地」の石碑が立てられたのは、一九九三(平成五)年である。「新しすぎませんか」。そう言うと、吉川嘉勝さんは灌木の生い茂った丘の斜面を指さして言った。

「ほら、あそこに石が見えませんか。あれは昔の石碑です。あそこにははっきりと『赤松（嘉次）隊長の命令により』と書いてあったんです。それを曽野綾子の本に過剰反応した役場の連中がひっくりかえしちゃった」

曽野綾子は『ある神話の背景』で、この集団自決問題に軍の命令がなかったのではないかと疑義をはさんだ最初の人物である。

曽野綾子と吉川さんにはほかにも因縁話がある。それについては、あとで述べる。

集団自決跡地を離れ、渡嘉敷島守備隊隊長の赤松大尉がいた本部壕《ごう》跡に行った。本部壕跡まで下りる険しい山道は、雑草が生い茂り、何度も足を滑らせそうになった。

先頭を行く吉川さんは、念のため先端が巨大な洗濯バサミ状になったハブ捕獲棒を持ち、七三歳とはとても思えない達者な足取りで、その山道を難なく下りていった。

幸いハブに襲われることもなく、そばに谷川が流れる本部跡の壕にたどり着いて上を見上げると、いま行ってきたばかりの集団自決跡地がある小高い丘が、すぐ目の前に見えた。

「この距離ですから、集団自決の悲鳴が本部壕に聞こえなかったはずはないんです。もし赤松隊長が集団自決は命じてないと言うなら、悲鳴を聞いてすぐに集団自決を中止させにくるはずです」

渡嘉敷島と座間味島の集団自決に、赤松隊長と座間味島防衛隊の梅澤裕隊長（少佐）が関与していたかは長年の論争になっていた。

赤松隊長の弟二人と梅澤隊長本人が、「集団自決」は赤松隊長と梅澤隊長が命じて行ったと記した大江健三郎の『沖縄ノート』と、家永三郎の『太平洋戦争』（いずれも岩波書店）は名誉棄損にあたるとして訴えていた、いわゆる〝岩波裁判〟は、二〇一一年四月、最高裁が元隊長側の上告を棄却して、大江ら岩波側が勝訴した一審、二審判決が確定した。

家永三郎の『太平洋戦争』は、沖縄の集団自決についてはっきりこう記している。

〈沖縄の慶良間列島渡嘉敷島守備隊の赤松隊長は、米軍の上陸にそなえるため、島民に食糧を部隊に供出して自殺せよと命じ、柔順な島民三二九名は恩納《おんな》河原でカミソリ・斧・鎌などを使い集団自殺をとげた。（中略）座間味島の梅沢隊長は、老人こどもは村の忠魂碑の前で自決せよと命令し、生存した島民にも芋や野菜をつむことを禁じ、そむいたものは絶食か銃殺かということになり、このため三〇名が生命を失った〉

一方、大江健三郎は『沖縄ノート』で、赤松とは名指ししていないものの、「慶良間列島の渡嘉敷島で沖縄住民に集団自決を強制したと記憶される男、どのようにひかえめにいってもすくなくとも米軍の攻撃下で住民を陣地内に収容することを拒否し、投降勧告にきた住民はじめ数人をスパイとして処刑したことが確実であり、そのような状況下に、『命令された』集団自殺をひきおこす結果をまねいたことのはっきりしている守備隊長」という文言で渡嘉敷島の集団自決が軍の命令なしには行われなかったと述べている。

出生地は尖閣諸島

この最高裁判決について、雑誌『Ｗｉｌｌ』は「狙われる沖縄」と題する増刊号を出し、曽野綾子や櫻井よしこら右寄りの文化人を総動員して、集団自決に軍命はなかったという持論を展開している。

同誌をめくっていて思わず目がとまったのは、旧知の奥茂治《おくしげはる》（南西諸島安全保障研究所副理事長）の「沖縄タイムスを使った米軍の住民洗脳工作」と題する文章である。

実は奥には、渡嘉敷島に来る前日、那覇市内の寿司屋で久しぶりに会った。最高裁判決について質問するためだけではなく、きな臭さが日増しに加速している尖閣問題についても尋ねるためだった。

――原告側は最高裁判決で完璧に負けましたね。

「それは違います。あの判決は軍命令に関しては確認ができないと言っているんです。僕はあの裁判は負けたという気はしないんですよ。むしろ集団自決に対して、梅澤さんや赤松さんが命令したと確認はできないという結論を誰も大切にしていないんです」

いつもの持論だった。集団自決問題について奥とこれ以上論争するつもりはない。ただ、読者には、日本軍がいなかったところに集団自決は起きていない、という事実だけは知っておいていただきたい。

さらに付け加えるなら、右翼系の「チャンネル桜」で元座間味島守備隊長の梅澤の三時間にわたるインタビューが放送されたとき、梅澤が元軍人なら当然言って然るべき「(私は命じていないが)座間味の集団自決でお亡くなりになった人たちは本当にお気の毒です」という発言が一言もなかったことを言っておく。

中国は尖閣の次には沖縄本島をとりにくるのでないか、という過激な意見がある。こういう中国嫌いの偏った意見に対しては、沖縄はもうとっくに米国にとられっぱなしではありませんか——と言ってまぜかえすことにしている。だが、そんな物騒な見方をおくびにも出さず、奥にはこんな質問をした。

——尖閣が日本の領土だと国際的にアピールするいいアイデアはありませんか。

「尖閣にどんどん本籍を移すことです」

——奥さん自身も本籍地を尖閣に移していますね。

「尖閣に本籍を移した人はもう五〇人います。でも、尖閣が出生地の人は一人もいないでしょ」

——いないでしょうね。

「ところが、うちの娘は生まれたときから本籍が尖閣になっているんです」

——その娘さん、いまいくつですか?

「四歳。だから、二〇歳になったとき、お生まれはと聞かれたら堂々と『尖閣です』と答えられる。こういう既成事実の積み重ねは大きいですよ」

そう言う奥に対して、「でも、尖閣問題で尖閣に本籍をもっているその子が集団自決に巻き込まれるような世の中だけにはなってほしくないですね」と言って、前夜、別れてきたたばかりだった。

渡嘉敷島の守備隊本部があった壕の跡を見たあと、吉川さんの案内により車で渡嘉敷島を回った。

その車内でさっき出た曽野綾子の話になった。

曽野綾子の話になったのは、集団自決裁判は、この問題を最初に報じた『鉄の暴風』（沖縄タイムス社編、朝日新聞社刊、一九五〇年八月）に疑義をはさんだ曽野の『ある神話の背景』が、いわば発端になっていたからである。

曽野は集団自決裁判に原告側証人としても出ている。集団自決裁判に被告側証人として出た吉川さんとは正反対の立場である。そう言うと、吉川さんはこんな昔話をして笑わせた。

「私は若い頃、失恋をしたんです。それで女性の研究をせんといかんと思って曽野綾子の『誰のために愛するか』を三回も五回も読みましたよ。それでアタックしたのが、いまの妻です（笑）」

――それが、裁判では真逆の立場になった。皮肉なものですね。

「ええ、『誰のために愛するか』のなかに、〝沈黙の静のうちに、愛は成就する〟と書かれた言葉を信じていたんですけどね（笑）」

渡嘉敷のビーチまでのドライブ中、赤瓦の家が目についた。

「戦争中の慰安婦宿です」

——慰安婦はどこから連れてきたんですか。

「韓国です。ここは叔父さんの家だったもんで、時々、唐辛子を持って行って金平糖と交換してもらっていました。甘いものがない時代でしたからね」

——韓国人の慰安婦は貴重な金平糖を誰からもらっていたんですか？

「おそらく日本軍からでしょう。そこに通ってくる日本兵からもらったんでしょう」

——慰安婦は、何人ぐらいいたんですか？

「七名です」

——日本語はできたんですか？

「ほとんどできなかった」

——若い女性なんですか？

「ほとんど一〇代ですよ」

吉川さんの話では、島にいた五〇〇名ぐらいの兵隊を、その七名で相手にしていたという。

——朝鮮から来た慰安婦たちは戦争が終わって国に帰れたんですか？

「四名は帰れました。三名は亡くなっていますね」

――それは米軍の攻撃で亡くなったんですか？

「一人は米軍の艦砲射撃が始まった三月二三日にやられて、二人は怪我をして行方がわからない。その二人は最後まで赤松の世話をしています。炊事係として。人によっては本当にメシの世話しかしていなかったのかという人もいますが」

赤松と朝鮮人慰安婦との関係の真偽はわからない。

赤松はよく太って、愛人を連れて山を下りてきたという噂もある。だが、曽野綾子は、この噂について著書の『ある神話の背景』で、これは「よくできた話」であり、「どこでも、ジャーナリズムと人の噂」は、「『よくできた話』を作りあげることに手をかすものである」と否定的な見解を述べている。


渡嘉敷島には渡嘉志久《とかしく》と阿波連《あはれん》という二つのビーチがある。阿波連ビーチを望む眺めのよい高台に瀟洒な別荘があった。児童文学者の灰谷健次郎が晩年に使っていた別荘だという。白い砂浜とマリンブルーの海は息をのむほど美しかった。この美しい島で、凄惨な集団自決が起きたかと思うと、なおさらやりきれなかった。

砂浜には水着姿の米兵の姿も目についた。吉川さんがブロークンイングリッシュでどこから来たのかと話しかけると、「Kadena Air Force」という答えが返ってきた。

「Welcome! This is beautiful island. My island.」

吉川さんがノー天気なほど明るい声でそう答えたとき、この島で起きたことなど何も知っていそうにない嘉手納基地の若いパイロットに、「この人はあなたの国と戦った戦争で、危うく家族から殺されかかった人ですよ」と、よほど教えてやろうかと思った。

「母親は号泣していました」

渡嘉敷島から那覇に帰った翌日、キリスト教の牧師の金城重明氏に那覇市内のホテルで会った。金城氏は家族の殺害に加わった当事者の立場で、集団自決裁判の弁護側証人として出廷している。

約束した部屋にゆったりとした動作で入ってきた金城氏は、「沖縄キリスト教短期大学名誉教授」「日本キリスト教団那覇中央教会名誉牧師」と書かれた名刺を出すと、緊張を解きほぐそうとしているのか、ひどくゆっくりと口を開いた。

ずいぶん物静かな人だな。あれだけの体験をしたことが、静かな風圧を感じさせるこの人の人格をつくったのだろう。それが第一印象だった。

広く秀でた額の下の奥まった目から、時折鋭い視線が飛んでくる。金城氏はこれまで会ったことのない種類の人間だった。

そのたたずまいは、奇妙な連想だが、シベリアの強制収容所（ラーゲリ）体験を持つ詩人石原吉郎の『望郷と海』の中にある、「死においてただ数であるとき、それは絶望そのものである」という一節を思い出させた。石原も洗礼を受けている。

集団自決の話題に入る前に、金城氏の家族と、渡嘉敷島の当時の暮らしを紹介しておこう。

金城氏の記憶に残る戦争の最初の思い出は、昭和一二（一九三七）年の「支那事変」と「南京陥落」である。

このとき全国で提灯行列があったことは戦後になって知った。島は貧しく提灯を持つ経済的ゆとりがある家はなかった。戦前の渡嘉敷には、電気も水道もなかった。

沖縄戦のとき、家族は両親と下から六歳の弟、小学四年生の妹、金城氏、次兄の六人だった。長兄は南太平洋ミクロネシアのパラオに行っていて、いなかった。

金城氏は渡嘉敷島の集団自決が起きたとき一六歳だった。この年齢からも想像できるように、集団自決の記憶は鮮明である。この点が前日渡嘉敷島を案内してくれた吉川嘉勝さん（当時六歳）とは、決定的に違うところである。つまり金城氏は殺害現場の光景が現在でも脳裏に焼きついている。ましてや金城氏自身が家族を手にかけたと証言している。それを知った上でインタビューする私も、金城氏以上に最初から緊張のしっぱなしだった。

――去年（二〇一一年）、集団自決裁判の判決が出ましたね。

「いい判決が出たと思います。もう万歳と言って感謝したいところです。その体験をすべて事細かに話すことはできませんが、沖縄戦の流れをかいつまんで言うと、まず米軍が三月に慶良間占領をやります。そして四月一日に沖縄本島に上陸します。これはキリスト教ではイースターなんです。復活祭。キリストが復活した勝利の日ですからイースターに上陸すれば勝利に導かれるという内面的な思いがあったんだろうと思います」

――渡具知ビーチですね。

「このとき皇軍は――あの頃日本軍という言葉はありませんから――皇軍は学徒兵を入れても一〇万か一一万ぐらいです。対する米軍はマリーンが一八万、プラス補充部隊などを含めて五三万数千人です。これは当時の沖縄県の人口に相当する。戦中の沖縄の人口は六〇万人といわれていますが、疎開で外へ出ていますから米軍の上陸部隊と同数くらいの人口です。これで立ち向かうわけですから、負けることは覚悟の戦争だったんです」

金城氏はそう言うと、唐突に天皇の話を持ち出した。

「記録によると、一九四五年の二月ですね。元総理大臣の近衛文麿が昭和天皇に『もう勝ち目はありません。早く手を打たないと、戦争が終わってからどうなるかわかりません』という意味の上奏文を書くんです。近衛は天皇制維持の問題が一番気になっていた。それに対して昭和天皇は戦争終結を決断しなかったんです」

イースターの話から始めたかと思うと天皇制の話を持ち出す。金城氏は話の途中で、何度か「ごめんなさい、混乱して」と言ったが、金城氏の話は確かに混乱していた。

それを聞きながら、渡嘉敷島を前日案内してくれた吉川嘉勝さんが言っていた話を思い出した。

吉川さんの話では、戦後すぐ、金城氏は誰から見てもおかしな精神状態だったという。〝ふりむん〟のような状態だったんですか。そう聞くと、「そうそう、何かもう、うつむきっぱなしでね、毎日」と答えた。

それほどひどい状態ではなかったが、話の飛躍ぶりは尋常ではなかった。だが、これから自分が直接家族を殺害した話をすることを考えれば、これくらいの混乱は当たり前だと思った。

それにイースターの話には自分がキリスト教に入信した寓意がこめられているように思えたし、天皇に関する話には明らかに「集団自決」と密接にかかわる皇民化教育に言及する伏線が張られていた。

金城氏はその後も、沖縄戦の概況を話しつづけてなかなか本題に入ろうとしなかった。しかし、そんな解説をいくら聞いても埒《らち》があかないので、非情だとは思ったが、話題をいきなり「集団自決」当日の話に切り替えた。

――三月二八日はかなりの豪雨だったようですね。

「ええ、二七日の晩から。ものすごい豪雨でした。真っ暗闇の中を歩いて北山《ニシヤマ》に着いた。時計がなかったから、正確な時間はわかりませんが、四時か五時頃だったと思います。空が雨雲でどんより曇っていました。非常に暗い感じです。これから嫌なことが起こりそうな……」

――二七日の夜から二八日にかけて雨の中を北山に移動したんですね。

「はい、そこで村長から『天皇陛下万歳』の三唱があったわけです。『天皇陛下万歳』というのは、戦地へ行ってここで死ぬんだというとき唱えるものです。だから、村長が『天皇陛下万歳』と言ったときは、もう自決命令なんです」

　金城氏の話はさっきとは打って変わっていきなり核心に入った。

「その万歳が唱えられる前に、実際には赤松隊長からの軍命が、村長が派遣した防衛隊の隊員に通告されるわけです。防衛隊の隊員が『村長、軍命が出ました。自決命令が出ました』と言うんですが、爆音が激しくてなかなか聞き取れない。それで村長は聞き返すわけです。『何だって』『命令が出ました』というやりとりがあったんです。それを村長のそばで聞いていたのが、僕の同級生で役場に勤めて間もない吉川勇助くんです」

――吉川嘉勝さんのお兄さんですね。

「はい。村長はそれを確認してから、『天皇陛下万歳』と唱えるんです。そして手榴弾が配られます。ご存じだと思いますが、天皇陛下から授かった武器を非戦闘員に配るということは許されない行為です」

――そうですね。重大な軍紀違反ですからね。

「だから隊長は重大な決断をしたと考えられます。実は集団自決の一週間くらい前の三月二一日頃、役場の男子職員と住民約二〇人ぐらいを集めて、米軍上陸前に手榴弾を渡すんです。一人二個ずつ」

　初めて聞く話だった。

「最初に一発は敵に当てろ、残る一発で自決しろという意味です」

――村長が「天皇陛下万歳」を三唱したあとに手榴弾が配られた。そのあと、どうなりましたか。

「手榴弾を配ったということは、もう死になさいということです。けれど操作ミスがあったり、前夜はものすごい雨ですから湿気も入っていて、爆発した手榴弾は非常に少なかった。だから手榴弾による犠牲者はごく少数だったんです。だけど、手榴弾を渡されたときから、もう〝死ぬ〟という気持ちになっている。特に私のようなティーンエイジャーは皇民化教育を強烈に受けた世代ですから、死ぬ以外はないと思っていた」

――ということは、金城さんにも手榴弾は配られたんですね。

「いや、ないです。すべての人に配られたわけではないんです。だけど、もう『死ね』という命令が出ているわけですから、自分では死ねない身内の者から先に命を絶つという方法がとられたわけです」

――それでどうされたんですか。

「私は大人の行動を凝視したんです。大人はどういう行動をするだろうと。少し高い所に座って大人の行動を見ていた。そのとき現れたのが、かつての区長だった。名字も同じで、私の伯父さんにあたります」

――金城さんというんですね。

「前区長が現れ、木の枝をへし折っているわけですよ」

——いくつくらいの方ですか。

「六〇ぐらいにはなっていたでしょう。その木片が彼の手に握られるやいなや、それが凶器に変わって、自分の妻子を滅多打ちにした。それが始まりでした」

——木の枝で人間を殺せるものなんですか。

「おそらくは完全には殺せなかったでしょう」

——とにかく妻子を滅多打ちにしたわけですね。

「それを見て、ああ、自分たちも家族にこうやるんだという、その手本が示されているわけです。だけど武器がないわけです」

——ええ、刀があるわけでもない。

「鎌を持っている人は鎌で頸動脈を切ったりですね」

——家族の？

「家族のですね。手首を切った人もいたのかな。座間味村の慶留間というところでは紐を使った人が多かったと聞きました」

——紐で首を絞めたんですか。

「首を絞めて。私の従兄弟は二人きょうだいなんですが、姉を両サイドから弟と母親が引っ張った。だから姉の方が先に窒息死しちゃって、弟と母親は生き残ったんですよ」

息もできない話

金城氏はそこでふっと息をつくと、「皇軍も住民も『最後は一緒だよ』という洗脳教育を受けていたんです」と言った。私は心を鬼にして次の質問をした。

――六〇代の前区長が自分の妻子を滅多打ちした。そこまでお話をしていただけたんなら、お聞きしたいのですが、枝で叩かれた奥さんと娘さんは、悲鳴をあげませんでしたか。

「泣いていますよ。悲鳴をあげていますよ。たぶん奥さんが死んで、娘さんは生き残ったんじゃないかという気がするんです。問題はそこに前区長が登場することです。村長から命令が出た。そして前区長が現れる。われわれもこうして手で」

――撲殺するんだと。

すると金城氏は、母親を手にかけたときのことをいきなり話し始めた。

「記憶に鮮やかに残っているのは、これくらいの石です。その石を兄と一緒に持って母親の頭部を叩いた」

そう言うと、金城氏は両手で石の大きさを示した。大きな弁当箱くらいに見えた。

金城氏の言葉は私の耳朶《じだ》にしっかり残り、金城氏の仕草も私の脳裏にはっきり刻まれた。だが、私にはそれがこの世で本当に起きた出来事のようには思えなかった。

人間がまだ人間になる前の太古の神話世界に起きた身の毛がよだつ出来事だと思いたかった。しかし、それは悪夢ではなく、六七年前に渡嘉敷島で現実に起きた出来事である。

それを思うと、日本の〝皇軍〟が、沖縄で起こしたむごたらしさが、ただただ許せなかった。そして、もし許されるなら、その場で頑是《がんぜ》ない赤子のように、身も世もなく泣きわめきたくなった。それどころか、衝撃的な証言をする金城氏が目の前から消えてくれればいいとさえ思った。

自分の母親を石で撲殺した金城重明氏が、キリスト教に救いを求めて牧師になった。その過程を詳細に書けば、優に一冊の本になるだろう。私がそうしなかったのは、母親殺害の様子を詳しく告白してくれた当事者の金城重明氏が、私の目の前にいたからである。それ以上、金城氏に何を聞く必要があるだろうか。

金城氏はキリスト者になるまで、自殺するより辛い夜を幾晩も過ごしただろう。それを想像するだけでもう十分だった。

「兄貴と一緒に石を持ったかどうかは、あまり記憶が定かではありません。交代で使ったかもわからない。何度も叩いたかもしれない。母親は号泣していました。私も、やりきれなくて号泣しました。号泣したのは生まれて初めてです」

私はぼおっとした頭で、金城氏が次に言う言葉を待っていた。

「生き残った弟と妹もそのままにしておくわけにはいきません。子どもですからどういうふうに手をかけたかは、明確には覚えていません。妹は四年生に上がる年齢でした。三月ですからね。弟は学齢期。六歳になっていた」

私は我に返って質問した。質問を躊躇するのは逆に失礼だった。

――それからどうしたんですか。

「これから話します。死のうと思ったけど死ねない人が泣きわめいているんです。『殺してくれ』と。死へのうめきですよね。『みんな死ぬ』という認識を持っているわけですから、生き残ることがかわいそうですよね。その人たちに手を貸したことも事実です。殺すという意識じゃないです。生き残ると米軍の捕虜になって女は凌辱され、男は戦車の下敷きになるという軍国教育の結果、何人かの人に手をかけた。それは逃げで言うのではなく、何人に手をかけたかは覚えてないです。複数に手をかけたのは確かです」

息もできない話だった。

前掲の『渡嘉敷村史　資料編』に、当時一四歳だった山城《やましろ》盛治という少年が、自決し損ねた島民を三人一組で封助したが、そのうちの一人は大学の先生をしているという証言が載っている。名前は特定していないが、集団自決現場にいてその後大学の先生になった人物と言えば、金城重明氏以外思い当たらない。

この証言をもとに、拓殖大学教授などを歴任した秦郁彦は、曽野綾子との対談（「沖縄の『悲劇』を直視する」＝『沖縄戦「集団自決」の謎と真実』〈ＰＨＰ研究所〉所収』）の中で、「要するに金城牧師は、一種の『殺し屋』だった」と述べている。

金城氏の話を続けよう。


「いよいよ兄と二人で死のうということで、死の順番を話し合った。そこに、一六、七歳の少年が駆け込んできた。あとでわかったんですが、彼は役場の収入役の息子だった。そして『ここでこんな死に方をするよりは、米軍に斬り込んで死のう』と言うわけです。ためらいましたね。だけど、どうせ死ぬんだから、米軍に斬り込んで死のうという思いに変わるわけです。これは大変なことです。米軍に捕えられたら惨殺されるのが承知の上での行動ですからね」

——それで米軍に斬り込みに行ったんですか。

「で、行こうとすると、少年三名と小学校六年生の女の子二人がやってきた。『私たちもついていく』と。『何言ってるんだ、お前たち女の子はダメだ』と言ったんですけど、『いや、一緒に行く』と。結局五名の少年少女と、北山の広場を出ていくんです」

——男三名、女二名の子どもたちを連れてですね。

「でも米兵がどこにいるかわからない。二、三〇メートル歩いていったら、何と最初に会ったのは日本軍なんです。非常に衝撃を受けました。ふつうの感覚、常識的な感覚なら『日本軍も生きていたか、ああ生き延びてよかった』という安堵感が出ます」

——ええ、ホッとしますよね。

「しかし『日本軍は生きていたのか』と非常に驚いたんです。最初は驚きです。それから裏切られた思い」

――住民が死んでいるのに、日本軍は生きていると。

「一緒に死ぬはずが、どうして生きているのか。裏切られた思いが出てくるわけです。実は私は赤松隊長に山の中で偶然二度会っているんです。一回目に会ったときは硬い表情で、一言も話さなかったのですが、二回目に会ったときは『われわれは、大本営に報告しなくてはいけないから、生き残らなければならないんだ』と、言っていました」

赤松の証言は二〇〇七年六月の沖縄タイムス主催のシンポジウムで金城氏が明らかにしている。「われわれは、大本営に報告しなくてはいけないから、生き残らなければならないんだ」という

――それが赤松隊長とわかったのは、威厳のようなものがあったからですか？

「威厳じゃない。日本刀を、軍刀をぶら下げていたからです。非常に緊張した顔をしていた。そしてその日本軍から『住民はいま向こうにいるよ。だから向こうに行きなさい』と言われた。これは第二の衝撃でした。やはり裏切られたという」

――そこには「万歳三唱」をした村長もいたんですか。

「そうです。助役はじめ村の三役はみんないた」

――それでどうされましたか。

「この戦争は長引くに違いない、だから、死ぬチャンスはまたくるだろうと思ったんです。非常

に妙ちくりんな言葉ですが」

――死しか希望がないという心境に追い込まれてその後を過ごすわけです」

「ええ、そういう心境に追い込まれてその後を過ごすわけです」

――それが六月二三日の敗戦まで続くんですか。

「戦争が終わったのを知ったのは、一九四五年の八月一五日です。アメリカ軍の飛行機からビラがまかれ、そのビラに『日本が負けた』と書いてありました。そのときは、『神国日本が負けるはずがない』と思っていました。が、しばらくすると、日本は負けてよかったと、思うようになりました。もし、日本が勝っていたら、米軍の捕虜になった私は死刑になったでしょうね」

――敗戦を知ったのは渡嘉敷の山の中ですか？

「いや、アメリカ軍の収容所で知りました。収容所といっても、焼け残りのテントでしたが」

――そこでアメリカ軍が落としたビラを拾ったわけですね。ところで、集団自決の起きる前、慶良間諸島の周辺の海はアメリカ軍の艦船で埋め尽くされたそうですが、その光景はご覧になりましたか？

「見ました。ご存じかと思いますけど、米軍が慶良間諸島を占領する目的も意味もないんです。慶良間海峡を封鎖することだけが目的だった。そのために、地上軍を上陸させて慶良間諸島を占領するんです」

――北山に集められたとき、米軍の飛行機が低空飛行で飛んできて、激しい艦砲射撃もあったようですね。

「ええ、ありました。艦砲射撃は特に恐ろしかったですね」

――ところで、ご両親や弟さん、妹さんたちは靖国に祀られているんですか？

「祀られていると思います。ただ、それを詮索したこともありません。援護金は手続きもしていないし、もらってもいません」

金城氏の戦後の生活をかいつまんで訊ねた。

「戦後は、私は生きる意味を喪失しました。ただ家族を失ったということとは違います。家族を殺したという現実がある。ふつうに人間として生きていること自体が不思議なんです。あの苦境から生き延びられなければ、自殺していたかもしれない。苦悩は何年も続きました」

――そのときキリスト教と出合うんですね。やっぱり宗教との出合いがなければ、生きてこられなかったですか。

「はい、生き延びることはできなかったと思いますね。キリストは十字架にかかって苦しんで死んだ。私は強制集団死の加害者として苦しんで、多くの人が死んだ。キリストは愛ゆえに命を捨てた。私は罪のゆえに苦しんだ。あまりキリスト教的な話をするのはどうかと思いますが、その苦しみは、キリストの十字架の苦しみと重なるわけです。そうすると、内面的に非常に気持ちが楽になる。キリストが私の罪を負ってくださったという」

最後にこんな質問をしてみた。

――オスプレイの反対集会には行かれますか。

「行けたら行きたいと思っています。この問題は宗教や思想を超えて、県民すべてが体験した沖縄戦に直接結びつくわけですからね。あれだけの犠牲を沖縄県民に与えておいて、沖縄はまだ戦後の状態から脱皮していない。政治家は戦争になっても、自分は軍隊には行かない。子や孫を行かせるわけです。戦争は絶対させちゃいけない、やっちゃいけないんです」

インタビューは一時間三〇分以上におよんだ。これほど精神的に疲れたインタビューは生まれて初めてだった。そしてインタビューを終えてあらためて思った。

私たちはこの痛ましい事件に寄り添って戦後を真摯に生きてきただろうかと。

太陽の子

沖縄戦で天涯孤独の身となった戦争孤児たちと、渡嘉敷島の集団自決の当事者たちに会ったこの取材を続けながら、私はかなり前に観た浦山桐郎《きりお》監督・脚本の『太陽の子　てだのふあ』（原作・灰谷健次郎、一九八〇年公開）という映画を思い出していた。

「てだ」とは沖縄口で太陽、「ふあ」は、やはり沖縄口で子どものことである。原作者の灰谷健次郎が晩年、生まれ故郷の神戸を離れ、海の見える渡嘉敷島の高台に別荘を構えたことはすでに述べた。

監督の浦山も兵庫県相生市の生まれで沖縄とは縁がない。だが、昭和五（一九三〇）年の生まれだから、「集団自決」の実態を詳しく証言してくれた金城重明氏とほぼ同世代である。

ストーリーを確認するため、『太陽の子』をもう一度、ＤＶＤで観てみた。

冒頭、神戸港とポートタワーの風景が出てくる。時代は戦後三五年経った一九八〇年である。神戸もあの戦争で丸焼けになったが、いまはすっかり近代都市に生まれ変わって焼け跡の面影はまったくない。

沖縄出身の父直夫（河原崎長一郎）と母菊江（大空真弓）の間に生まれた小学校六年生の〝ふうちゃん〟こと芙由子（原田晴美）は、天真爛漫で底抜けに明るい。

勉強もスポーツも学校で一番という非の打ち所のない子である。それでいて、嫌味がまったくないので、誰からも好かれた。まさに太陽から生まれたような少女だった。

〝ふうちゃん〟は、神戸の下町で、夫婦が営む「てだのふあ沖縄亭」という沖縄料理店の人気看板娘である。

「沖縄亭」は夜になると、造船所などに勤める沖縄出身者で賑わう溜り場となった。

三線が入ると、沖縄民謡になり、全員で両手を高く上げて左右に振り、足を踏み鳴らすカチャーシーを踊り出す。

父は優しかったが、時折わけもなく不機嫌になり、黙りこくった。突然、暴れ出すこともあった。その理由は誰にもわからなかった。

ある日、親子二人で神戸の街を散歩していた〝ふうちゃん〟の父親の直夫が、神戸の高台にある上流階級の子弟が通うことで有名な女学校の近所を通りかかったとき、女学生たちが合唱する「旅愁」の歌声が流れてきた。

それを聞いた瞬間、直夫の表情が歪み、不意に発作を起こした。

〽更け行く秋の夜　旅の空の
わびしき想いに　ひとり悩む
恋しやふるさと　なつかし父母
夢にもたどるは　故郷《さと》の家路

その歌声に呼びさまされるように、父の脳裏に、故郷の波照間島《はてるまじま》の美しい風景が蘇った。

波照間島は八重山諸島にある日本最南端の有人島である。波照間に行くには石垣島からの船便しかない。

〝ふうちゃん〟に介抱され、やっと正気に返った父に、〝ふうちゃん〟はやさしく聞く。

「お父さん、波照間に帰りたいの？」

「いや、帰ってもマラリアで家族全員が死んで、家もないしな。ただ、波照間の青い海と、大きな真っ赤な太陽を思い出すだけでいいんや、ふうちゃん」

波照間の住民は、戦時中、西表島《いりおもてじま》に強制疎開させられた。波照間の住民は、そこで猛威をふるっていたマラリアに感染してかなりの人が命を落とした。

直夫もその意味で、沖縄戦の犠牲者となった戦争孤児だった。

そんな話をしたあと、父は〝ふうちゃん〟に、こう釘を刺す。

「ふうちゃん、お父さんが発作を起こしたことは誰にも内緒だよ」

父にとって「旅愁」には、故郷につながる以上の思い出したくない悲しい過去の出来事があった。

直夫はある夜、暴れて警察の留置場に放り込まれた。そこでも発作が起きた。頭の中から無数の蛆虫が湧き出すような不気味な音が聞こえ、同時にいくら忘れようとしても忘れられない思い出がよみがえってきた。

沖縄戦の敗色濃い昭和二〇年六月、少年兵だった父は、激戦地の摩文仁《まぶに》の丘で負傷していたところをひとりの女学生（大竹しのぶ）に命を助けられる。女学生は負傷した日本兵を救援する看護係だった。

そこに日本兵が現れる。日本兵は沖縄弁で会話する直夫と女学生をスパイとみなし、女学生を草むらの中にひきずり込んで強姦しようとする。だが、怪我で衰弱した直夫は女学生を助けてやることができない。

女学生は、自分を襲ってきた日本兵に「畜生！」という激しい言葉を浴びせかけ、自決用の手榴弾の信管を抜くふりをしながら、何とか危地を脱した。

そして、断崖の上で女学校の同級生たちと再会する。

死を覚悟した女学生たちは真新しい学校の制服に着替え、断崖の縁《へり》に座って、「〽更け行く秋の夜　旅の空の……」から始まる、あの「旅愁」を合唱する。

合唱が終わると、女学生たちは米軍の投降勧告も聞かず、ある者は谷底に身を投げ、ある者は手榴弾で自決した。

その一部始終を物陰から遠目に眺めていた直夫はなすすべもなく、その場に立ち尽くすだけだった。

日本軍から渡された手榴弾も使わずじまいだった。自分には勇気がないため、生き残ってしまった。直夫はそう自分を責め立てた。

直夫には、生き残ってしまった者のやましさと、無力感だけが残った。

誰にも打ち明けられない苦しい思い出を抱えながら、〝ふうちゃん〟の父の直夫と母の菊江は一七年前、菊江の叔父（浜村純）を頼って神戸に駆け落ちした。

まだ復帰前で、「本土」に渡るには、パスポートが必要な時代だった。復帰運動をやっている労働者たちは危険人物視されて、パスポートが出なかった。

この映画で秀逸なのは、「集団自決」にさりげなく触れている場面が出てくるところである。

かつての不良仲間たちから沖縄モンと差別され、ついかっとなって傷害事件を起こした沖縄出身のキヨシを、「沖縄亭」の常連客のロクさんが病院に見舞うシーン。

「沖縄亭」の手伝いをするキヨシは子どもの頃、Ａサインバー（本土復帰前の沖縄で米軍の衛生基準に合格した店に与えられた許可証＝Ａサインが与えられた店）に勤める母親に捨てられた不幸な少年だった。

溶接工のロクさんは、負傷したキヨシを取り調べる刑事（大滝秀治）に、ふだんの温厚さとは別人のような激しい態度を見せて、キヨシ少年を見舞いに来た〝ふうちゃん〟を驚かせる。法の前に沖縄も本土もない、みな平等だという刑事に、ロクさんは突然上着を脱いで右腕を見せる。右腕は途中から切断されて手首がない。

「この腕は手榴弾で吹っ飛ばされた。俺は大工だった。兵隊じゃなかったから、敵に吹っ飛ばされたわけじゃない。日本の兵隊が、国のため、天皇陛下のために死ねと言って手榴弾をくれた」

ロクさんは「集団自決」の生き残りだった。

ロクさんは赤ん坊が泣くと敵にばれると言われて、壕の中で生まれたばかりの自分の赤ん坊も絞め殺した過去の秘密も打ち明ける。

ロクさんは、キヨシを取り調べる刑事にこれまで三五年間、胸の内にため込んできた思いの丈を爆発させる。

「あんたは自分の子どもを殺したわしの手に手錠をかけることができるのか？　あんたは法の前

に日本国民は全員平等というが、沖縄の失業率は全国一、逆に高校進学率は日本最低。これで本当に平等と言えるのか」

刑事はロクさんの言葉に何の反論もできず、ただ服を着てくださいと言うだけだった。

それからしばらくして、直夫はノイローゼを治すためにという周囲からの進言を受け入れて、故郷に戻ることを決意する。

親子三人揃って波照間島に一七年ぶりに帰るという一九八〇年のゴールデンウィーク直前の夜、「沖縄亭」で送別会が開かれた。

その夜、直夫の脳裏に、自爆した女学生たちの姿が生々しく去来して、直夫を激しく責め立てた。

「お母さーん！」。自分を命がけで助けてくれた女学生の最期の叫び声は、手榴弾で玉砕する爆風にちぎれてかき消された。

その夜、送別会に集まった男たちが帰り、家族も寝静まった頃、直夫は寝間着姿のまま、裸足で店を飛び出した。

菊江や〝ふうちゃん〟が手分けして探したが、直夫の姿はどこにもなかった。そして翌日、店からかなり離れた姫路の海岸で水死体で発見された。

直夫が入水した海岸は、女学生たちが集団自決した摩文仁の断崖の風景によく似ていた。そのため、直夫は時々そこに行っていた。

遺書にはこう書かれていた。

「菊江ユルシテクレ、僕ノ頭ノ傷ミハ、ナオラナイ、フウチャンヲ　タノム」

直夫の葬式が行われた日、テレビは七九歳の誕生日をにこやかに迎えた天皇と皇室一家の一般参賀のもようを報じていた。

皇居前に詰めかけた群衆が、日の丸の小旗を激しく打ち振る。しかし、その光景はひどくむなしく見える。

未亡人となった菊江は、〝ふうちゃん〟と一緒に父の故郷に帰る船室の中から、直夫の遺骨が入った白木の箱を、遠く霞み出した波照間の島影に見せる。

そして、サトウキビ畑に囲まれた波照間の一本道を歩く直夫の葬列の場面で、映画は終わる。


この映画で、直夫が「島ちゃびって知っているか？」と訊ねる場面がある。

「島ちゃび」とは、波照間など絶海の離島で暮らす人びとの名状しがたい寂しさのことである。漢字で書くと「孤島苦」となる。

映画を観終って感じるのは、背筋のあたりから這い上がってくるその寂寥感と、誰からも見捨てられた疎外感である。

思えば沖縄本島も、観光客であふれる景色を一皮めくれば、「島ちゃび」の状況が見えてくる。

いまも〝いくさ世〟の島〝アメリカー世《ゆ》〟の島としてしか生きられない沖縄のことを、本当に思いやる本土の人間がどれだけいるだろうか。

その意味でいうなら、沖縄はいまも本土の人間から忘れ去られた、という言い方に語弊があるなら、基地を押しつけられ、それを見て見ぬふりをされてきた絶海の孤島である。

この映画で唯一救われるのは、〝ふうちゃん〟の天性の明るさである。その子を残して直夫が自殺したと思うと、沖縄戦のむごさがいまさらながら胸に迫ってくる。

直夫同様、太平洋戦争の真っただ中に青春時代を過ごした監督の浦山桐郎は、やはり直夫同様、戦後の高度経済成長期を上手に渡り歩けるような小器用な男ではなかった。

だから、純粋といえば純粋、べたといえばべたすぎるこんな映画をつくりつづけた。

浦山はいつも時代との違和感にとらわれて、そこから逃れるため酒と女に溺れた。

そしてその挙げ句、この映画をつくってから五年後、五四歳の若さで急逝した。

『私が棄てた女』（一九六九年）をはじめとする浦山の映画には、いつも主人公と時代との間のギシギシという不協和音が通奏低音となって響いている。

その不協和音を現実に聞こうと思えば、「本土」と沖縄の関係に耳をすませばよい。「本土」と沖縄の間の歴史は、いうなれば不協和音の連続だった。

オスプレイの普天間飛行場の強行配備に象徴されるように、時代が進めば進むほど、本土と沖縄の間の不協和音は窓ガラスを爪でひっかくような不快感を増し、もう限界だというシグナルをあげつづけている。

「僕ノ頭ノ傷ミハ、ナオラナイ」

実の母親の頭を石で打ち砕いた金城重明氏の証言を聞いて、沈黙のうちにそう訴える沖縄の人々の声が、いまも〝いくさ世〟が続く基地の島から、遠い海鳴りのようになって聞こえてはこないだろうか。

いつ発作が起きてもおかしくない自殺衝動を七〇年近くも抱え、その苦しみの胸のうちから歴史の真実を絞り出すように証言してくれた金城氏にあらためて感謝したい。

金城氏には、久米にある那覇中央教会でもう一度会った。牧師として会った金城氏は時おり軽口も言って、集団自決の生き証人としての金城氏よりはずっとおだやかにみえた。金城氏はここまで長生きをしてくださって本当によかった。それが私の心の底からの偽らざる実感だった。

金城氏はキリスト教系の雑誌『福音と世界』の二〇一二年八月号のインタビュー「沖縄は『もはや戦うことを学ばない』」の最後に、旧約聖書のイザヤ書二章四節を引用して結語としている。

〈主は国々の争いを裁き、多くの民を戒められる。
彼らは剣を打ち直して鋤とし、槍を打ち直して鎌とする。
国は国に向かって剣を挙げず、もはや戦うことを学ばない〉

沖縄は基地の島であると同時に神々の島でもある。ニライカナイの神話に始まって、ノロ、ユタの呪術的神々から、平安期に創建されたという沖縄総鎮守の波上宮《なみのうえぐう》、沖縄戦の英霊を祀った護国神社もある。

そこに、沖縄戦や集団自決で深く傷ついた人びとの魂を救済する創価学会やキリスト教も加わった。神咲き匂う島は、いまも戦争の傷癒えない人びとがひしめく島である。

逝きし世の面影

柳田國男は遺作となった『海上の道』で、沖縄を日本文化伝播の道と記した。祖霊信仰も〝海上の道〟を通って誕生し、稲作文化も沖縄を経由して日本列島に伝わった。

沖縄の祖霊信仰を象徴する「お盆」は、旧暦で行われる。取材中、その「旧盆」に遭遇したときは、大げさではなく沖縄に来て最大のカルチャーショックを受けた。

店はすべてシャッターが閉められ、町は閑散としていた。にもかかわらず、「お盆」の親戚回りは鉄道がないため自動車を使うので、道路はどこも大渋滞だった。

どの町でも村でもエイサーが練り歩く「道ジュネー」が行われ、三線と太鼓の音が辻々に鳴り響く。

ラヴェルの「ボレロ」を思わせる単調なリズムが聞こえ、演舞進行役兼お道化役のチョンダラー（京太郎）が素足で腰を落とし、顔を真っ白に塗った化粧で篝火だけの暗闇から登場すると、全身に鳥肌が立った。

〽イーヤーサーサー……念仏僧を思わせる白黒の衣装の太鼓打ちが、背筋をピシッと伸ばし、バチを空高く持ち上げせて太鼓を低く高く打ち鳴らす。

そこに甲高い指笛の音が入り混じって耳をつく。〽ヒュー、ピー……。太鼓、三線、指笛、大地の底からつんざくようなその音色を聞いていると、思わず身内から血がざわめいた。

私が観たのは、最も古色が残るといわれるうるま市勝連半島平敷屋《へしきや》のエイサーだが、これを観てしまうと、いわゆる〝観光エイサー〟など子どもだましに思えてくる。

この「旧盆」の時期だけは、時空を超えて沖縄の逝きし世の面影がよみがえるのである。

その日本文化の源流の島の人びとは、皮肉にも、その生成過程から生まれた近代天皇制を下支えとする日本軍（皇軍）の非人道的な玉砕戦と集団自決によって、地獄に等しい仕打ちを受けた。

沖縄戦がもたらした影響は、それだけにはとどまらなかった。いまだにＰＴＳＤとなって沖縄の人びとの精神を蝕んでいる。

にもかかわらず、沖縄の人びとの多くはキリスト教などの一神教には帰依せず、彼らを悲惨のどん底に叩き込んだ天皇制と密接に関わる日本伝統の八百万《やおよろず》の神々を敬っている。

それどころか、一部の沖縄の人びとにとっては、島民を殺戮し尽くした米軍さえも、戦後基地経済の恩恵を与えてくれたという意味で、八百万の神の一部くらいに映っているのかもしれない。

沖縄は護国神社の古代合掌造りの屋根の上空をオスプレイが飛び、ジュゴンが棲むといわれる辺野古の海が普天間基地の代替施設として強制埋立てされようとしている。

この島は、壕の提供（実際には強制立ち退き）や、軍命による〝集団自決〟に従った反対給付として支給される援護法のお金も、米軍から支払われる形をとって実は国から支給される軍地料も一緒くたになってしまう摩訶不思議な島である。

日本軍によって強制的に奪われた命も、米軍によって強制的に奪われた土地も、その補償金は同じ財布の中から出ている。

だからと言ってサンフランシスコ講和条約が発効した一九五二年四月二八日を記念した主権回復の式典には「ノー」というのが、沖縄の心である。沖縄はこの講和条約で日本から切り離された屈辱を忘れていない。

にもかかわらず政府は主権回復式典を強行する。こんなバカなことがまかり通っているところが世界中のどこにあるだろうか。沖縄はやはり日本の「植民地」であり、日本の「宗主国」はアメリカなのである。

多くの戦災孤児を生み、不幸な集団自決を生んだ沖縄戦はそのことを鮮明にあぶりだしている。沖縄戦は現在の沖縄としっかりつながりあっているのである。

沖縄。これほど不思議な島はない。私にとって沖縄は、訪ねれば訪ねるほどわからなくなる島である。

そして困ったことには、それに比例してこの島が、ますます魅力的に見えてくるのである。

主要参考文献

【沖縄戦一般】
『鉄の暴風』沖縄タイムス社・編著（朝日新聞社／一九五〇）
『戦史叢書　沖縄方面陸軍作戦』防衛庁防衛研修所戦史室（朝雲新聞社／一九六八）
『戦史叢書　沖縄方面海軍作戦』防衛庁防衛研修所戦史室（朝雲新聞社／一九六八）
『秘録　沖縄戦記』山川泰邦（読売新聞社／一九六九）
『写真集　沖縄戦』大田昌秀・監修（那覇出版社／一九九〇）
『語りつぐ戦争　15人の伝言』早乙女勝元（河出書房新社／二〇〇二）
『ドキュメント　沖縄　1945』毎日新聞編集局・玉木研二（藤原書店／二〇〇五）
『沖縄戦新聞』琉球新報社（二〇〇五）
『沖縄戦を生きた子どもたち』大田昌秀（クリエイティブ21／二〇〇七）
『死者たちの戦後誌――沖縄戦跡をめぐる人びとの記憶』（北村毅／二〇〇九）
『沖縄　空白の一年　一九四五―一九四六』川平成雄（吉川弘文館／二〇一一）
『沖縄戦　第二次世界大戦最後の戦い』アメリカ陸軍省戦史局・編　喜納健勇訳（出版舎　Ｍｕｇｅｎ／二〇一一）
『祖父たちの告白　太平洋戦争70年目の真実』中日新聞社会部・編著（中日新聞社／二〇一二）

【集団自決】
『太平洋戦争』家永三郎（岩波書店／一九六八）
『悲劇の座間味島　沖縄敗戦秘録』千代田印刷センター・編（一九六八）
『沖縄ノート』大江健三郎（岩波書店／一九七〇）
『沖縄県史　第8巻　各論編7　沖縄戦通史』琉球政府・編（琉球政府／一九七一）
『日本軍を告発する』沖縄県労働組合協議会・編（沖縄県労働組合協議会／一九七二）
『これが日本軍だ　沖縄戦における残虐行為』沖縄県教職員組合編（沖縄県教職員組合／一九七二）
『ある神話の背景――沖縄・渡嘉敷島の集団自決――』曾野綾子（文藝春秋／一九七三）
『沖縄県史　第10巻　各論編9　沖縄戦記録2』沖縄県教育委員会・編（沖縄県教育委員会／一九七四）
『証言記録　沖縄住民虐殺――日兵虐殺と米軍犯罪』佐木隆三（新人物往来社／一九七六）
『慶良間戦記』儀同保（叢文社／一九八〇）
『渡嘉敷村史　資料編』渡嘉敷村史編集委員会・編（渡嘉敷村役場／一九八七）
『裁かれた沖縄戦』安仁屋政昭（晩聲社／一九八九）
『人間学紀要　第21号』（上智大学人間学会／一九九一）
『生き残る　沖縄・チビチリガマの戦争』下嶋哲朗（晶文

社／一九九一）
『「集団自決」を心に刻んで』金城重明（高文研／一九九五）
『チビチリガマの集団自決　「神の国」の果てに』下嶋哲朗（凱風社／二〇〇〇）
『母の遺したもの』宮城晴美（高文研／二〇〇〇）
『沖縄戦・渡嘉敷島「集団自決」の真実　日本軍の住民自決命令はなかった！』曾野綾子（ワック／二〇〇六）
『《新版》母の遺したもの』宮城晴美（高文研／二〇〇八）
『挑まれる沖縄戦　「集団自決」・教科書検定問題　報道総集』沖縄タイムス社・編（沖縄タイムス社／二〇〇八）
『証言　沖縄「集団自決」——慶良間諸島で何が起きたか——』謝花直美（岩波新書／二〇〇八）
『沖縄戦「集団自決」の謎と真実』秦郁彦・編（ＰＨＰ研究所／二〇〇九）
『沖縄戦　強制された「集団自決」』林博史（吉川弘文館／二〇〇九）
『記録・沖縄「集団自決」裁判』岩波書店・編（岩波書店／二〇一二）
『検証「ある神話の背景」』伊藤秀美（紫峰出版／二〇一二）
『字誌　なーぐすく』なーぐすく字誌編集委員会・編（浦添市宮城共有地等地主会／二〇一二）
『非業の生者たち——集団自決　サイパンから満洲へ』下嶋哲朗（岩波書店／二〇一二）
「座間味島一九四五」本田靖春（『小説新潮』一九八七年一二月号／新潮社）
「『同化政策』の結末——沖縄・座間味島の「集団自決」をめぐって——」宮城晴美（近代を読みかえる　第1巻『マイノリティとしての女性史』奥田暁子・編〈三一書房／一九九七〉所収）
「狙われる沖縄」（『ＷｉＬＬ』二〇〇八年八月号増刊／ワック・マガジンズ）
「座間味島の「集団自決」　ジェンダーの視点から（試論）」宮城晴美（沖縄・問いを立てる　4『友軍とガマ　沖縄戦の記憶』（社会評論社／二〇〇八）

【宗教関係】

『琉球宗教史の研究』鳥越憲三郎（角川書店／一九六五）
『海上の道』柳田國男（岩波書店／一九七八）
『南東におけるキリスト教の受容』安齋伸（南島文化叢書6　第一書房／一九八四）
『永遠たれ平和の要塞　沖縄広布35周年記念写真史集』沖縄広布35周年記念写真史集編纂委員会・編（聖教新聞社那覇支局／一九八九）
『沖縄宗教史の研究』知名定寛（榕樹社／一九九四）
『時代を彩った女たち　近代沖縄女性史』琉球新報社・編　外間米子・監修（ニライ社／一九九六）
『聖地への旅　精神地理学事始』鎌田東二（青弓社／一九九九）
『日本の神々——神社と聖地（全13巻）　第一三巻　南西諸島』谷川健一・編（白水社／二〇〇〇）

『沖縄の幽霊』福地曠昭（那覇出版社／二〇〇〇）
『真理なき教団　沖縄創価学会―学会幹部に宿る組織崩壊の病理』大城浩（宗教批判シリーズ①　閣文社／二〇〇二）
『ご利益別　沖縄の拝所』座間味栄議（むぎ社／二〇一〇）
『沖縄シャーマニズムの近代――聖なる狂気のゆくえ』塩月亮子（森話社／二〇一二）
『沖縄社会とその宗教世界―外来宗教・スピリチュアリティ・地域振興―』吉野航一（琉球弧叢書㉘　榕樹書林／二〇一二）
「沖縄は基地を武器に『独立』を目指せ」吉田司（『現代』二〇〇〇年四月号／講談社）

【戦争孤児・児童福祉関係】
『愛隣園　創立20周年記念誌』社会福祉法人・基督教児童福祉会 愛隣園（一九七三）
『那覇市史　資料篇　第2巻中の6』那覇市企画部市史編集室・編（那覇市役所／一九七四）
『比嘉メリー先生を偲ぶ』社会福祉法人・基督教児童福祉会 愛隣園（一九七六）
『愛隣園　創立25周年記念誌』社会福祉法人・基督教児童福祉会 愛隣園（一九七八）
『愛隣園　創立30周年記念誌』社会福祉法人・基督教児童福祉会 愛隣園（一九八三）
『愛隣園　創立35周年記念誌』社会福祉法人・基督教児童福祉会 愛隣園（一九八八）
『愛のわざ　創立40周年記念誌』社会福祉法人・基督教児童福祉会 愛隣園（一九九三）
『戦後沖縄児童福祉史』沖縄県生活福祉部（一九九八）
『源遠流長　沖縄県立首里厚生園50周年記念誌』沖縄県立首里厚生園・編（二〇〇二）
『KOZAの本・4　21歳のアメリカ将校がみた終戦直後の沖縄』沖縄市総務部総務課・編（沖縄市役所／二〇〇五）
『戦場の童――沖縄戦の孤児たち』謝花直美（沖縄タイムス社／二〇〇五）
『おきなわ・メッセージ　絵本　つるちゃん』金城明美＝文・絵（絵本『つるちゃん』を出版する会／一九九七）
『流汗悟道』知名武三郎（私家版／二〇〇七）
『田井等誌』字誌編集委員会・編（名護市字田井等／二〇〇八）
『愛の園　創立20周年記念誌』知的障害者授産施設 愛の園（二〇〇九）
『年表　戦後沖縄の社会福祉の流れと姿（一九四五～一九九五）』戦後沖縄社会福祉事業史研究会
「沖縄の福祉事情～私の仕事を通して～」渡真利源吉（公開研究会講演録Ⅰ　学校法人日本社会事業大学社会事業研究所／一九九三）
「沖縄における戦争孤児対策」渡真利源吉

【援護法・靖国関係】
『沖縄からヤスクニを問う』池永倫明（新教出版社／一九

七九）
『援護法令ハンドブック』厚生省援護局援護課（ぎょうせい／一九七七）
『沖縄から靖国を問う』金城実（宇多出版企画／二〇〇六）
「イデオロギーの問題となった集団自決という言葉の意味―「軍民一体意識」の形成をめざす国防族―」石原昌家（『南島文化』〈沖縄国際大学南島文化研究所紀要〉第30号抜刷／二〇〇八）
「靖国神社の合祀に到る一連の援護手続き作業に携わった元琉球政府援護課職員金城見好さんからの聞き書き（一九五六年一月一日～一九六三年三月三一日まで従事）」石原昌家・松井裕子（二〇一一）
「沖縄靖国神社合祀取消訴訟　2010年1月19日　専門家証人尋問　意見書」石原昌家・沖縄国際大学総合文化学部社会文化学科教授

【伊江島関係】

『空白の戦記』吉村昭（新潮文庫／一九七〇）
『証言・資料集成　伊江島の戦中・戦後体験記録―イーハッチャー魂で苦難を越えて―』伊江村教育委員会・編（伊江村教育委員会／一九九九）
『戦争体験談　伊江島徴用労務記』楠木一生（私家版／二〇〇二）

【沖縄戦の精神的影響関係】

『沖縄の文化と精神衛生』佐々木雄司・編（弘文堂／一九八四）
『うつ病を体験した精神科医の処方せん』蟻塚亮二（大月書店／二〇〇五）
「沖縄行（1966年）」岡田靖雄（『青人冗言9』／二〇一二）
「言葉が立ち上がる時　9――からだの記憶と表現」柳田邦男（『こころ』Vol.9　平凡社／二〇一二）

【ひめゆり関係】

『墓碑銘―亡き師・亡き友に捧ぐ―』ひめゆり平和祈念資料館・建設期成会資料委員・編（財）女師・一高女ひめゆり同窓会／一九八九）
『ひめゆり平和祈念資料館　ガイドブック（展示・証言―日本語版）』ひめゆり平和祈念資料館 資料委員会・執筆・監修（財）沖縄県女師・一高女ひめゆり同窓会、ひめゆり平和祈念資料館／二〇〇四）
『沖縄戦の全学徒隊』ひめゆり平和祈念資料館　資料集4（公益財団法人 沖縄県女師・一高女ひめゆり平和祈念財団立 ひめゆり平和祈念資料館／二〇〇八）
『ひめゆり平和祈念資料館　開館20周年記念特別企画展　ひめゆり学園（女師・一高女）の歩み　図録』（財）沖縄県女師・一高女ひめゆり同窓会立ひめゆり平和祈念資料館（二〇〇九）

『生き残ったひめゆり学徒たち―収容所から帰郷へ―』ひめゆり平和祈念資料館　資料集5（公益財団法人 沖縄県女師・一高女ひめゆり平和祈念財団立 ひめゆり平和祈念資料館／二〇一二）

【従軍慰安婦関係】
『沖縄のハルモニ〈大日本売春史〉』山谷哲夫（ルポルタージュ叢書21　晩聲社／一九七九）
『赤瓦の家―朝鮮から来た従軍慰安婦』川田文子（筑摩書房／一九八七）
『アリランのうた――オキナワからの証言』朴壽南（青木書店／一九九一）

【天皇制・戦争責任関係】
『失はれし政治　近衛文麿公の手記』（朝日新聞社／一九四六）
『細川日記（上）（下）』細川護貞（中公文庫／一九七九）
『侍従長の回想』藤田尚徳（中公文庫／一九八七）
『現代史における戦争責任』藤原彰、荒井信一・編（青木書店／一九九〇）
『昭和の終わりと黄昏ニッポン』佐野眞一（文春文庫／二〇一一）

【占領史・米軍基地関係】
『対米協15年のあゆみ』（社）沖縄県対米請求権事業協会編・発行（一九九七）
『沖縄戦、米軍占領史を学びなおす――記憶をいかに継承するか』屋嘉比収（世織書房／二〇〇九）
『第4回　沖縄・提案―百選事業　私たちの考える「沖縄の米軍基地」』（社）沖縄県対米請求権事業協会編・発行（二〇一一）
『本当は憲法より大切な「日米地位協定入門」』前泊博盛・編著（創元社／二〇一三）

【その他】
『宜野座村誌　第二巻資料編1　移民・開墾 戦争体験』宜野座村誌編集委員会（宜野座村役場／一九八七）
『ウルトラマン昇天―M78星雲は沖縄の彼方』山田輝子（朝日新聞社／一九九二）
『金城哲夫　ウルトラマン島唄』上原正三（筑摩書房／一九九九）
『読谷村史　第五巻資料編4　戦時記録　下巻』読谷村史編集委員会（読谷村役場／二〇〇四）
『対馬丸記念館公式ガイドブック』㈶対馬丸記念会／二〇一〇）
『「彫刻家　金城実の世界」　豊里友行写真録』（沖縄書房／二〇一〇）
「ウルトラマンを作った男」実相寺昭雄（『潮』一九八二年六月号／潮出版社）

本書は、集英社クオータリー『ｋｏｔｏｂａ（コトバ）』に掲載の
「『英霊』か孤児か　童たちが語る〝僕の村は戦場だった〟」（二〇一二年秋号）、
「『僕は母親を石で殺した』　童たちが語った『集団自決』の真実」（二〇一三年冬号）
に、書き下ろし部分を加え、大幅に加筆したものです。

【著者略歴】
佐野眞一（さの・しんいち）
一九四七年、東京都生まれ。早稲田大学文学部卒業。出版社勤務などを経てノンフィクション作家に。一九九七年『旅する巨人——宮本常一と渋沢敬三』で第二八回大宅壮一ノンフィクション賞を受賞。二〇〇九年、『甘粕正彦　乱心の曠野』で第三一回講談社ノンフィクション賞を受賞。著書に『遠い「山びこ」——無着成恭と教え子たちの四十年』『東電ＯＬ殺人事件』『阿片王——満州の夜と霧』（以上新潮文庫）、『津波と原発』（講談社）、『沖縄　だれにも書かれたくなかった戦後史』（集英社文庫）、『あんぽん　孫正義伝』（小学館）など多数。

僕《ぼく》の島《しま》は戦場《せんじょう》だった　封印《ふういん》された沖縄戦《おきなわせん》の記憶《きおく》

二〇一三年五月二〇日　第一刷発行

著者　佐《さ》野《の》眞一《しんいち》
発行者　館　孝太郎
発行所　株式会社　集英社インターナショナル
〒一〇一―八〇五〇　東京都千代田区一ツ橋二―五―一〇
電話　出版部　〇三―五二一一―二六三二
発売所　株式会社　集英社
〒一〇一―八〇五〇　東京都千代田区一ツ橋二―五―一〇
電話　販売部　〇三―三二三〇―六三九三
読者係　〇三―三二三〇―六〇八〇
印刷所　大日本印刷株式会社
製本所　加藤製本株式会社

ISBN978-4-7976-7246-6 C0095